U0811343

KUWEI
酷威文化
图书 影视

骗子律师

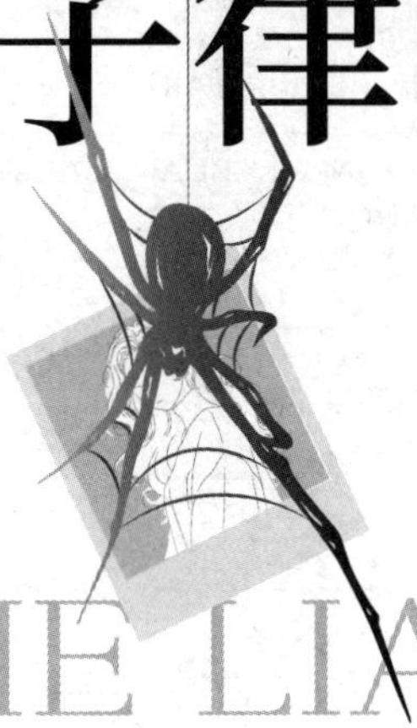

THE LIAR

[英]
史蒂夫·卡瓦纳
——
著

林零
——
译

天津出版传媒集团
百花文艺出版社

图书在版编目（CIP）数据

骗子律师 /（英）史蒂夫·卡瓦纳著；林零译. --
天津：百花文艺出版社，2024.8
ISBN 978-7-5306-8836-6

Ⅰ. ①骗… Ⅱ. ①史… ②林… Ⅲ. ①推理小说—英国—现代 Ⅳ. ① I561.45

中国国家版本馆 CIP 数据核字 (2024) 第 084706 号

THE LIAR
Copyright © Steve Cavanagh 2017
This edition arranged with THE MEARNS PARTNERSHIP c/o Rogers,Coleridge & White Ltd.
Through BIG APPLE AGENCY, INC., LABUAN, MALAYSIA
Simplified Chinese edition copyright:
2024 Jiangsu Kuwei Culture Development Co.,Ltd.
All rights reserved.

著作权合同登记号：图字 02-2024-063

骗子律师

PIANZI LVSHI

[英]史蒂夫·卡瓦纳 著；林零 译

出 版 人： 薛印胜
选题策划： 胡晓童
责任编辑： 胡晓童
出版发行： 百花文艺出版社
地址： 天津市和平区西康路35号　**邮编：** 300051
电话传真： +86-22-23332651（发行部）
+86-22-23332656（总编室）
+86-22-23332478（邮购部）
网址： http://www.baihuawenyi.com
印刷： 天津旭丰源印刷有限公司
开本： 880毫米×1230毫米　1/32
字数： 258千字
印张： 10.75
版次： 2024年8月第1版
印次： 2024年8月第1次印刷
定价： 48.00元

如有印装质量问题，请与天津旭丰源印刷有限公司联系调换
地址：天津市宝坻区新开口工业园天通路16号
电话：（022）82573686 邮编：301800
版权所有 侵权必究

莱纳德·哈维尔的女儿卡洛琳遭恶徒绑架，他向自己的老相识艾迪·弗林求助。艾迪·弗林深知失去女儿的痛苦，发誓一定会将卡洛琳救出。

救女心切的莱纳德·哈维尔中了绑匪设下的圈套，不但没有找回女儿，还让自己惹上了官司。

此刻，艾迪·弗林面临前所未有的巨大挑战，他是否能够力挽狂澜……

CONTENTS

目录

第一部

2002年8月2日

纽约上州

那孩子已经尖叫了20分钟。喂也喂过了，尿布也换了，还拍过嗝、抱起来摇，甚至还给孩子唱了歌。茱莉在怀孕后期读了一大堆书，那天，她第五次尝试“控制哭泣”的方法。书上说不要管婴儿，就让孩子自己平静下来。作者认为这是睡眠训练中很重要的一部分。这十分艰难，茱莉还没办法撑过书上建议的2分钟不去婴儿房把孩子抱起来。在模糊的记忆深处，茱莉想不起自己是否曾被母亲抱过。当她的孩子出生，她起先感到别扭，用自己的双手抱着那个珍贵的生命总感觉不那么顺手。这么新、这么纯净又这么脆弱的物品，好像不能交付到她手上。

茱莉推开婴儿房的门，一面靠近婴儿床，一面发出安抚声。孩子几乎立刻平静下来。房内的遮光窗帘被拉下，只有小夜灯将茱莉的脸照出柔和光晕，足以让孩子看见她的母亲。茱莉继续轻柔地哼歌，在孩子轻轻荡入梦乡前一直微笑着。

茱莉无声地从婴儿房退出，在关上门前，确认了婴儿监视器已被打开。

时钟显示此时是 10 点 05 分。

茱莉朝着临时工作室迈开步伐。那是屋中的杂物间，一张半完成的画布立在那儿，摆在画架上，仿佛在指责她。她将婴儿监视器的便携式喇叭塞进牛仔裤口袋，四处找寻围裙，发现它躺在一个角落。她穿上围裙，开始工作。最初的半小时一切顺利，然而当她的颤抖开始发作，笔触就变得生硬又沉重。她原本能画出平顺且细致的线条，现在线条却变得参差不齐、歪扭不定。之前她可以顺畅地一笔勾勒出屋顶的红砖瓦，此时却笔墨噼啪四溅，线条不自然又歪曲。

她需要调整一下状态。

茱莉将脱下的围裙丢回到稍早前找到它的那个角落，去寻找心灵慰藉。走道尽头的婴儿房对面有个秘密巢穴，她伸手打开门、再关上，并落了锁。打开墙上的一个开关唤醒吊扇，把风调到最强，打开每扇窗，接着从书桌上拿起一根玻璃烟斗，用老旧烟草罐里的白色小石填满其中。

她点燃烟斗，吸入。

另一次重击。

美好且甜蜜的感觉流遍茱莉的身体。她的心跳加快，那股飘飘然的感受甚至带着热度——就像被一条温暖的毛毯闷在里头。

前门关上的声音吓了她一跳。斯科特总算回来了。可卡因几乎瞬间就令她流出了汗，她抹抹前额的冷汗，将烟斗放回书桌上，打开通往门厅的门。

但那儿一个人都没有。她的感官现在有点钝。那些声响恍若很大声又仿佛很小声，就好像声源离她很近，但她人在水底，需透过一片水雾聆听。她听着，用力地听着。那声音又来了。婴儿房翘起的地板传来轻轻的一声嘎吱。茱莉越过走道，慢慢打开婴儿房的门。

门厅的光洒入房中。

有个人站在婴儿房里。

陌生人，全身黑，站在那里，笼罩着婴儿床。房间好似倾斜了。为了让孩子小憩，窗帘和遮光布都拉下了，这使得男人的五官模糊不清。但随着双眼逐渐习惯黑暗，那人的身影慢慢变得清晰。

他戴着黑色手套，是那种闪亮亮的皮革材质，不知怎地，那人的脸和头显得畸形丑怪。她踏入婴儿房，才看清他是戴了副面具。

先前所见的景象太过醒目，太有侵略性，太超现实，冲击着她的内心，以至于一开始她没注意到那股气味。现在她闻到了，是一种十分强烈，强得超越一切，而且非常、非常熟悉的气味。

汽油。整个房间都被汽油浸透了。

茱莉所有的感官瞬间切换成高速运转的状态；而在同一个令人无法动弹的片刻，她意识到孩子的哭声已然停下。

有一刹那，茱莉以为自己正在倒下。整个房间的黑暗似乎朝她袭来，接着她才真正倒下。撞到地面之前，前额一阵钝痛，她感到某种湿湿的东西流入眼睛，刺刺的。她擦擦脸，看着双手的鲜血，挣扎着要站起来，但黑暗顷刻间再次将她攫住。黑色手套握着她的双肩，将她往后推，推出婴儿房到走道另一边。

茱莉无法尖叫。她想尖叫——她必须尖叫。她的喉咙因惊恐而闭锁，心脏狂跳得像是塞进洗衣机里的足球。其中一只手被放开了，茱莉蠕动着，努力想让另一只手也获得自由。

某个非常硬的东西猛地朝她头顶敲下。这一次，她立刻就感受到痛。她脑中的火焰在头颅里炸开，针扎般的剧痛蹿下脖子，钻入双肩。那道黑影放开她的另一只手臂，在极短的一瞬间，她以为一切都结束了，他要放她走。但她错了。

强壮的双拳狠狠揍上茉莉的胸口，她往后飞去，接着听见自己的头撞上桌角发出的声响，紧随其后的是无形的黑暗。

死寂，静止，昏迷。

茉莉醒了过来。

有人在敲门，音量越来越大。她脑中的那阵闷痛变得越来越严重，仿佛有人转动刻度盘，将强度调到火辣辣的。

她睁开了眼，双手摸索着身下的地板，想撑起身体站起来，可头晕目眩的她摇摇晃晃的，不知到底是站起来还是倒下去，最终只得成跪地的姿势伏在那里。她努力想吸口气，可吸入嘴里的是浓黑的烟。茉莉开始狂咳，靠着书桌站起，嘴里喃喃道：

我的孩子。

她奋力转身，见到那扇门是关上的，但没有完全关死。门后，是一堵烈火之墙。热气以惊人的气势扑上她的皮肤，好比撞上一堵炽热的砖墙。火焰咆哮着从婴儿房中蹿出，很快就占领了走道天花板与地毯。茉莉探着双手勉强走到门厅，但无法靠近婴儿房。她看不见里头。婴儿房宛如炼狱。浓烟呛进她的肺部，脸颊上的泪水因高热一概蒸散，茉莉发出尖叫，长且凄厉的尖叫。

她不知道自己站在那里遭火灼烤了多久，房屋燃烧的嘈杂又将她的声音掩过多久。天花板逸出一声强大的爆裂声响，灰泥、尘土，接着是沉重的横梁，纷纷崩落，朝茉莉坠下。

她躺在那儿，意识飘进飘出，头皮渗出的血使她的皮肤冷却下来。她知道，在横梁落在身上之前，她有一股强烈的冲动想到房子的某处，去拿某个东西——但那是什么呢？她想不起来。当消防车停在外面时，茉莉知道自己很难过，因为她失去了某个东西，或某个人。

然后茉莉陷入昏迷。

00:01

时间已过午夜，我极度清醒。此时我穿着最好的黑西装、白衬衫，打着绿色的领带，站在我的办公大楼外头。我的鞋子打过蜡，头发也梳理整齐，正等着一辆车把我载进活生生的梦魇里。

因为入夜，转角酒吧早关了，西 46 街因此显得格外安静。任何还逗留在外面游荡的觅食者都避开了露天座位，转而待在室内，并赞叹着上帝发明了空调。我不过在街上待了 5 分钟，那件干净衬衫的后背就整个湿透。纽约的 7 月，意味着街上一切人事物都将会又热又湿。

夏天时，人们总会变得有点疯狂，犯罪率也随之上升。通常在一年的其他时候，大家不会这么疯。犯罪图表的底部会由一些一般犯罪者组成，因为天气该死的实在太热，他们不会对自己或他人做出太严重的伤害。而弥补这部分的则是因酷热失去理智的寻常男女，他们的双手被血与汗濡湿。人在红了眼的电光石火间，会对他人做出难以想象的行为。总之，7 月是疯狂的季节。

我们已整整两周都处于这种打破纪录的热浪中，即便黑夜降临，也没有带来纾解。

我与大部分律师不同，不带公文包或平板。说实话，我甚至不确定身上有没有笔。我外套口袋里有份文件，共四页，单行间距。那是我的委任契约书。委任契约书底下有个空格，是留给我的新委托人签名用的。我不需要其他东西。个人法律执业者最有利的地方就在于：我不需要记一大堆有的没的，以防有人接手我的案件。证人的证词、警察侦讯、法庭日期、陪审员的挑选——除去临时记录的潦草笔记，我全记在脑中。而那些我们都努力想忘却的案子呢……则是例外。

在我身着西装、不安等待的同时，我心中也思考着我将接下的这起案件是否会成为我未来拼命想忘记的案子之一。

电话是在20分钟前打来的，直接打到办公室的座机，而非我的手机，所以我一开始没接。只有少数经过筛选的人有我的手机号码，比如我几个最好的客户，一些朋友，以及半数辖区警局的行政警察。那些行政警察会在听到可捞一笔的犯人遭逮时给我通风报信。

因为已过午夜，所以我知道那不会是我的妻子或女儿。不管打电话的人想要干什么，都可以等。

我静待它转成电话录音。

辩护律师艾迪·弗林已经下班，请您留言……

“弗林先生，我知道你在听。请你接电话。”是个男人的声音，不年轻，可能四十或五十几岁，似乎很努力想将话讲得清晰得体，把纽约老工人阶级的爱尔兰腔藏起来：这是一名布鲁克林的爱尔兰后裔。

他等待着，等我伸手去拿话筒。我又往我的波本里倒了点水，然后坐到床上。我睡在办公室后方的一个小房间里。因为最近几笔优渥的报酬，我存的钱越来越接近支付买下一间公寓的首付款。但就现阶段而言，一张拉开能变成床的沙发，足矣。

“我时间不多，弗林先生，所以接下来我打算这么做：我要告诉你我的名字，你有 10 秒钟可以拿起电话。如果你不接，我就会挂断，你再也不会接到我的来电。”

根据这个声音，我觉得可以不用理这家伙。他打扰了我的睡前酒。一天一小酌是我这些日子以来唯一的放纵。一到 18 点我的肚子就渴望酒精，不过我发现只需要在睡前喝一点就行了。一只大玻璃杯、慢慢啜饮，能够帮助睡眠，有时甚至能让梦魇变得温和些。所以我不接，我下定决心，无论这家伙说他姓甚名谁，我都不会接这通电话。

“莱纳德·哈维尔。”那声音说。

我的第一反应是，这名字耳熟，但在晚上的这种时刻，我的脑子向来不太清楚。在传讯庭和客户会议之中度过漫长的一天，中间没什么空吃饭，意味着此时此刻的我整个人已头昏眼花，搞不好连自己的名字都记不住。

过了 4 秒，我终于意识到自己为什么会觉得这名字耳熟。

“哈维尔先生，我是艾迪·弗林。”

“能听到你的声音真好。你或许知道我为什么打来。”

“我看了新闻，也读了报纸，真的非常遗憾……”

“那么你应该理解，我不想在电话上谈。我想知道你接下来有没有空，我可能需要一点法律上的建议。抱歉这么直接，毕竟我没有太多时间。”他说。

我有成千上万个问题，但没有一个可以在电话上问。我们家的老朋友需要帮助，目前我只要知道这个就够了。

“凌晨 4 点你有空吗？”他问。不需要解释，一定是出大事了。

“有，但我不会 4 点才过去。如果有能帮上忙的地方，我可以现在就去找你。我刚才说了，我一直在关注新闻。我记得你以前在社区帮我爸经营足球投注，他一直很喜欢你。你女儿的事我真的很遗憾。如果这些话能带来什么帮助的话……我只能说，我也有类似的经验；我知道你经历了什么。”

他什么都没说。他没有预料到。

“我记得你爸——还有你。这算是我打来的原因吧。我需要能信任的人，一个能理解我状况的人。”他说。

“我懂。我希望我不懂，但我真的懂。我女儿那次被带走时才10岁。”

“但你把她救回来了。”哈维尔说。

“没错。我以前玩过这种‘游戏’。如果你要我帮忙，我现在就得到现场。你在哪里？”

他叹了口气，说：“我在家。我会叫车过去接你，你想在哪里上车？”

“我办公室，我会在外面等。”

“司机会在半小时内到。”哈维尔说。电话挂上了，发出一声“咔”。我回想着莱尼·哈维尔。现在的他不喜欢别人再叫他莱尼。他比我年纪大很多，在以前那个社区声名远播，最开始是个小流氓，犯些小罪，小偷小摸。他家很穷，成长过程艰辛，他家老头曾在他们家门口的台阶上痛打他，直到我爸某天目睹了他的遭遇，把莱尼的老爸拉到一边，进行男人与男人之间的对话。莱尼后来就再也没挨过打，也再没偷或抢过任何东西。不过，他开始帮我爸的非法赌博买卖当操盘手。莱尼从我爸那里学会下注。也可以说，莱尼是第一个教我怎么欺诈的人。某天，莱尼对一名周二赔不出钱的海军太过粗暴——因为那人在周一晚上的足球赛下错了注，欠下债款——被揍了一顿，后来那名海军对他说，他该去从军。那名海军赏识年轻的莱尼，将他纳入羽翼。加入海军使莱尼脱离了那样的人生轨迹，也让他把过往的老路抛诸脑后。

我知道那种感觉。20 出头时，我还是个骗子，之后进了法律业放弃了老本行。不过最近几年，我渐渐意识到，一个人其实很难真正将过去抛到脑后。

3 天前，我看到莱尼·哈维尔开了记者会。各大新闻频道都报道了那条新闻。当时警察局局长坐在他的左边，新太太苏珊坐在他的右边。苏珊手上戴着才不过 4 年的结婚戒指，戒指上那颗宝石因相机的闪光灯而闪烁不已。那东西的尺寸让我不禁好奇她究竟是如何戴着却不会折断那纤细的指头的。如果我是哈维尔的顾问，我会建议他自己上电视就行了。

他全程几乎没说话，其实也不需要。当他拿下眼镜、注视镜头时，他眼中荒芜的神情已道尽一切。他开口，声线残破且紧绷。我至今还记得他说的话，因为我也曾与他有过相同的遭遇，我知道那种痛。

> 不管抓住我女儿卡洛琳的人是谁，请不要伤害她。将卡洛琳还给我，我保证你不会有事。我们只想要卡洛琳回来。

卡洛琳·哈维尔，17 岁，已失踪了 19 天。虽举办过常规记者会，但这是她父亲首次现身。哈维尔可以说是比谁都了解失踪事件。他在海军服役 20 年，期间参加的大大小小战役从未取得过败绩。他以战斗英雄的身份回国，转职到执法机构。在过去的 10 年里，他经营哈维尔风险管理，收入丰厚。那是一家提供个人保护、人质谈判、敌对领域评估与威胁评估的安保事务所。

这个国家中熟悉绑架、人质、救援和谈判的人不多。而今，他的女儿成了受害者。

我还记得他将自己的恳求传达给抓走卡洛琳的人的画面——不管

那人是谁。他的每一句话说得都是对的，一字不落。他重复说着她的名字，一次又一次，我能从他的眼神中看出，从他嗓音的反响中听见那种怅惘的回声——曾经，我听起来也是那样。几年前，我的女儿被抓走。虽然痛苦的折磨不过两天，但时至今日那段经历依旧困扰着我。如果我没得到那么多帮助，绝无可能将她从黑帮手中救出。

每一次，只要我在电视上看到哈维尔的脸，或在报纸上看见他的照片，胸口都会涌出一股灼烧感和一种空洞感，就像看着自己的旧照片。我也曾这样过。

我得将手表表面凝结的厚厚一层发亮水珠抹掉，才能确认时间。从我接电话到现在已经过了 24 分钟。一辆红色福斯轿车停在一间叫“精酿”的酒吧外面。司机朝乘客座倾身，打量着我。这和我预期的车不太一样。我以为来接我的会是奔驰，或是高档宝马。哈维尔不会叫这样的车。

那人从车上下来，戴上一顶白色棒球帽。他穿着一件褪色的红 T 恤，胸口写着“阿尔纳快递”。他从后座拿起一个用牛皮纸包起来的包裹，上头压了只白色信封。他关上车门，越过街道朝我走来，将包裹和信封夹在一边的手臂下，另一边则夹着写字板。

“艾迪·弗林吗？”他问。

我浑身紧绷。现在送快递未免太晚了，而且这家伙显然跟莱尼·哈维尔一点关系也没有。我迅速打量了周围：街上一个行人都没有。所以，这家伙没有任何支援。他不是送快递的，这点我很确定。我转向右侧，将成为他靶子的概率降到最低，以防他牛仔裤后方藏了一把刀。

他在微笑，但不是真笑，而是装出来的。我放松双手。如果他突然有动作，我随时能打中这家伙的脸。

“我就是艾迪·弗林，但我不是在等快递。”

他把包裹和写字板放到人行道上，拿起了信封。他一这么做，我马上知道这人是谁了。

他递出信封，我没有拿。他慢慢上前，站在距离我仅几厘米的地方，将信封抵到我胸口，说：“请收专人送件。”

我接下信封。

这人是专送诉讼书的。做这行的人把时间全花在追踪别人上，无论是男是女。当他们找到要找的人，就会将这些没人想收的信封递交出去。因此，他们会装成送货人员、找路的观光客、新顾客或委托人。我没想过会接到公文。如果想找我，直接在下班后的时段来就好——就像大多数送诉讼书的人一样。不对，我几乎可以确定，这种送信时间是由雇用这家伙的人指定的。不管那人是谁，他们就是要我在这么晚的时间拿到，要我彻夜难眠。我用双手摸索着空白信封表面，认为这只可能是一种东西——离婚协议书。

我打开信封，不是我妻子克莉丝汀送来的。这是一张传票，要取得与一个叫茱莉·罗森的人相关的所有档案和文件。这张传票上要求所有档案必须在 14 天内送达递送诉讼书的办公室。从这份文件传递的少量信息判断，似乎是与茱莉·罗森公诉案的上诉有关。

这对我没有任何意义。我非常确定自己从未代理过叫这个名字的人的案件。这份传票是由律师替他代表的上诉人准备的，但一般而言，传票并不会注明罗森的上诉律师是谁。

“嘿，茱莉·罗森的律师是谁？”我问。

他什么也没说，只是转过身背对着我。就眼下情况而言，这实在不是聪明的行为。我把传票放进外套口袋，在那名快递员弯下身拿包裹和写字板时集中注意力听他讲话。

他背对着我说："我真是走了好运。我本来要打到你办公室，把整个快递流程走一遍的。你省了我好几层阶梯呢。晚安啊，老兄。"

"她的律师是谁？"我再次问。

那名快递员没有转身，而是朝他的车走去，"那是机密。你知道我不能告诉你的。"

"你不想把你的皮夹拿回去吗——布莱德？"

他停下来，摸索着臀部口袋，接着转过身。

"你是怎么……"

我一手拎着他打开的钱包，另一手举着他的驾照。

"你应该小心一点，不要背对陌生人。现在我知道你住哪里了，布莱德。"我边说边将驾照插回皮夹，"想把东西要回去，就告诉我是谁给你那张传票的，茱莉·罗森的代理律师又是谁。"

他皱起了脸，把那个假包裹和写字板丢到一边，双手捏成拳头，咆哮着向我大步走来，"我要把你揍得爬不起来。"

他像老电影中的斗殴者那样打直手腕，将其贴在下巴下方。据此，我判断布莱德不是什么受过训练的打斗者。20 年前，我在地狱厨房最恐怖的地方（也就是米奇·胡利的体育馆）学的第一堂课，就是如何痛揍某人而不弄断自己的手腕。米奇教我们将手腕弯曲大约 45 度角，这么一来，食指的指节就能与你手肘呈一条直线，这个角度会用到你手腕周围所有细小的肌肉，提供最扎实的出拳基础。

我可以在布莱德身上演练一番，将拳头打在他那张愤怒的脸上。就某方面而言，我还挺乐意这么做。布莱德可能认为自己很强悍，而我可以让他知道事实并非如此。但我没有。毕竟人在牙齿完好无缺的状况下讲起话来比较容易。因此，我使用了比右直拳更有力的东西，阻止他继续向前。

我把驾照塞回他的皮夹，又从我的口袋抽出一张 100 美金钞票，举到面前。

他放慢脚步，垂下双手。我趁此问了他几个问题。

“最近一般的行情是多少，200 美金，250 美金？你扣掉事务所抽的部分，扣掉税、油钱和保险，能拿到多少？我敢说 80 美金，我说对了吗？”

他停在不远处，上下打量我，然后盯着我手里的 100 美金钞票。

“89.5 美金。”布莱德说。

身为辩护律师，我差遣过全曼哈顿的诉讼书快递人员。我知道最低工资，也知道最高工资，我清楚地知道他们收了多少钱，以及该如何击破。

“布莱德，我可以做点什么，决定权在你手上。我可以天一亮立刻打电话给我认识的友善的法庭书记官，让她告诉我是谁发出了这张传票——我只需要在下次出庭时带上一盒甜甜圈就好。又或者，你可以帮我省却这个麻烦，在我把 100 美金收回去之前，换成放进你的皮夹里。你自己选。”我说。

布莱德抹抹嘴巴，盯着钱。

“要是后果还是我来担呢？我可能会被开除。”他说。

“听好，我不会说的。我没打算告诉任何人我是从你这里知道的。他们会觉得我是去跟书记官甜言蜜语获知的，只会是这样。”

我拉开布莱德皮夹的钞票位，他的皮夹很整洁，里面没有塞满旧收据或名片，驾照和几张信用卡从一个个整齐排列的独立卡位中凸出来。157 美金现金在皮夹中依序排放好。100 美金钞票在最后，然后是一张 20 美金，两张 10 美金，三张 5 美金，两张 1 美金。我将皮夹转向布莱德，把我的 100 美金小费塞进他的 100 美金和 20 美金中间。

“最后机会。”我说。

“科普兰，律师是马克斯·科普兰。”他说。

我后背仿佛通过一阵电流，冰冷且刺痛。

我在布莱德的注视下将100美金放入他的皮夹，然后“啪”一下关起，丢回去给他。布莱德接住皮夹，塞进自己前面的口袋——他再也不会把皮夹放在后面的口袋里了——至少在给皮夹买条扣链前不会。我看着他拿起那个假包裹和写字板，回到自己车上，发动车子离开。

离开前，布莱德没有检查皮夹，因为他见到我从口袋拿了张100美金，又直接放进他的现金之中。我打开右手，展开刚刚用指头及熟练的掌中技巧调包的那张布莱德皮夹里的100美金。布莱德没看见，是因为我没让他看见。我将手伸进他的皮夹，把我的钱放进去，但他没看到我将他的钱拿出来。我盯着这张100美金的钞票，想着马克斯·科普兰。

3年前，顶多有几个月的误差吧，除了法律业界，没有多少人知道马克斯·科普兰。他没有广告，没列在黄页[①]上，没有网站，办公室外甚至没有招牌。律师也大多只听过他的大名。马克斯·科普兰专门代理那些大家印象中最糟糕的客户，并且仿佛带着一股嗜血的狂热工作。只有当文章出现在《华盛顿周报》上，才会容大众看见这个名字。

“恶魔的辩护律师”，尽管老套，但算是对他相当精确的概括。马克斯代理过恋童癖、杀害孩童者、连续杀人犯和强暴犯。他这么做时心中有着明确的目标，就是把他们放出来，让他们回归社会。我从没

① 黄页是一种具有权威性、高认同率的信息库媒体，是纸上黄页在互联网上的延伸和发展。

见过他，也一点都不想见。我不喜欢有这种名声的人。

说来说去这也无所谓了——我从没代理过茱莉·罗森的案子，也相当确定手边没有与她相关的档案。

一对车头灯从转角出现，来自一辆定制的加长林肯汽车，黑色，很漂亮，约50厘米的铬合金轮辐外加打蜡，使得这家伙耀眼得像是苏珊·哈维尔手指上那颗钻石。

车子停在我面前，我将传票放进外套口袋，并产生一股迟来的感叹：也许，我不接莱纳德·哈维尔的电话比较明智。可能是因为那张传票，也可能是因为听到科普兰的名字——我不知道到底是哪个，但心里产生了一股强烈的冲动，想请那辆林肯汽车的司机告诉哈维尔我很抱歉，我改变心意了。

这晚一开头就不顺遂，而且不知为何，我觉得情况可能会越来越糟。

00:02

司机那侧的车门打开，一个有些行动不便的人下了车。他穿着一件稍显宽大的黑色西装，灰白色头发，皱纹横陈的脸与那双犀利蓝眼形成对比。他的年纪有些难以推测，若不是快50岁，就是在街上混了太久。街上的生活会让人变成那样，那比世上任何事物更能催人老。

我听着硬底鞋刮在路面发出的刺耳声响。他拖着右腿走路，跛脚的状况感觉相当笨拙且痛苦。他绕过车头引擎盖朝我走来，他的右脚内曲，在沥青路面上拖行时歪着脚，左腿则伸出打直，好弯身摇晃着前行。他低下头，靠在引擎盖上稳住身体。当他低头时，我瞥了一下他的脚，看见他脚踝上戴了一条皮制绑带，绑带连着一块金属，应该是内嵌在鞋弓里的，位于鞋跟那一侧。

“弗林先生？”他用轻盈，甚至有点像唱歌的语调开口。

“谢谢你来接我。”我说，并伸出一手。

他稍微跃步上前，握住我的手。力道比我想象中的要强劲。

“我、我、我是乔、乔、乔治，”他说，“霍、霍、哈维尔先生叫我来……”他要吐出“接”这个字时嘴唇一下子卡住，颤抖不已。

我外公也有口吃。6 岁还是 7 岁时，我常去他家跟他玩。他会在厨房的各个角落藏上糖果，然后由我来找。找的时候，他可以摇头或点头，让我知道自己是接近还是远离了糖果。那是他最喜欢的游戏，因为不必说话。如果我们开始说话，妈妈通常会出言责骂我，因为我老抢外公的话。后来我不再那样了，我学会了有耐心。

我等待着乔治说完，始终握着他的手。每过一秒，他手的力道就重一分，我都开始觉得疼了。他的脸渐渐变成深粉红色。当他终于快要吐出那不易说出的字时，颇为可观的唾沫如机枪般地从他口中喷出。最后，他稍微倒回到句子前面，再从头尝试一遍。

“……叫我来‘接’你。”他说。

“谢谢你，乔治。”我说。

他放开我的手，拖着脚步、刮着地面，转身往车后座的方向走去。

“我、我、我来开门。”他说。

“没关系，乔治，我 27 岁时就已经自己开车门了。”我说。

乔治笑了，伸出一根手指对我摆了摆，以不便的姿态转过身，绕回驾驶座。

他还没碰到驾驶座的门，我已坐进后座。车内空调被开到最大，感觉棒极了，就像从蒸气房走出来后，被一件冰凉的丝绸紧紧包裹。我朝前座中间的缝隙倾身，瞥了眼踏板。油门看起来是正常的，但刹车踏板被放低了，并用厚厚的橡胶块调整过，让乔治比较好踩。

莱尼·哈维尔依旧是个好人。

乔治坐进驾驶座，发动引擎，手伸进口袋拿手帕。他擦掉脸上的汗，说："又、又、又是一个炎热的晚上。"

他说得一点也没错。

我们在亨利哈德逊公园大道上沿着曼哈顿北侧开，伴着强大空调与左侧河面上的月亮，经过华盛顿高地、哈林区，接下来高速公路渐渐靠近英伍德街区，城市逐渐热闹。乔治下了匝道，开上前往新罗谢尔的越野公园大道。这期间，他除了问我是否舒适外，没说其他的话。我很高兴终于能脱离潮湿，头发也几乎干了。

我在脑海中搜寻茱莉·罗森这个名字，但什么也没想到。我的前搭档杰克·哈洛兰和我合作非常密切，如果那是杰克的案子，我一定能记起来。唯一的解释就是：那是一份搁在一家叫福特与基廷法律事务所仓库中的死档案。我之所以能进入司法界，是因为得到了机会跟当时身为兼任法官的哈利·福特见面。后来，我们成为朋友，当我挂上哈洛兰与弗林事务所的招牌，哈利也得到全职司法工作，并放弃他在福特与基廷的合伙关系。哈利的老搭档亚瑟·基廷差不多在同时间退休，于是杰克和我买下他们手上正在进行中的二三十件官司，连带着一并保管了他们的旧档案。因为接管了那些无用档案，所以购买时还获得了折扣，这些案子搞不好还可以赚点钱。

茱莉·罗森可能是福特和基廷这两位辩护律师的老客户吗？我看了眼手表，晚上 12 点 40 分，现在打给哈利太晚了，就算那是他其中一个旧档案，我也不想在这个时间打给他。等到早上吧。不管案件内容是什么，科普兰与此有关一事就足以让我胃部痉挛。

“我非、非、非常希望你能帮助哈维尔先生。”乔治说。

“我也是。他还好吗？”

乔治只是摇摇头，无须其他言语。

“家里其他人呢？”我问。

“还可以，”乔治说，顿了一下，“只有霍、霍、哈维尔太太，她、她、她不是那女孩的亲生妈妈，你知道吧。”

“我在报纸上看到了，哈维尔先生再婚了。”

乔治尽管口吃，但回应中带着某种沉重。

“也、也、也许这是好事！女孩的亲生妈妈已经入土，没、没、没有一个父母能接受失、失、失去小孩的。”乔治说。

《邮报》最初的几篇文章中有一篇提到，卡洛琳·哈维尔的母亲已过世一段时间了。

我们下了高速公路，迅速驶上主干道。这个时间点没什么车。我们朝新罗谢尔的普瑞米尔社区行进。那是普瑞米姆社区的姐妹社区。在高强度安保人员管理的普瑞米姆社区中住了五十名世界亿万富翁，相比之下，普瑞米尔社区就像是他的穷亲戚。那里也有安保人员管理的生活空间、私人街道，有全副武装的安保人员，但只要花个七八百万，你就能攀上通往普瑞米尔房地产梯子最底下的那根“横木”。尽管不会有直升机停机坪、私人高尔夫球场，但那里依旧很有吸引力。

新闻台的厢型车与大门对面开放停车场周围四散的各式各样的卫星天线，让我知道，我们已接近入口。基于商业考量的优良传统，某咖啡摊和墨西哥卷饼的厢型车也选中同一停车场，好让这些新闻主播与记者能始终处于高度兴奋状态，且被喂得饱饱的。见我们的车行驶过来，那些黑色身影把咖啡一扔，手忙脚乱地摆弄起镜头。当我们开进私人车道、停在警卫室前时，他们试图拍到几张照片。警卫室逸出暖暖的光，我们坐在那里等警卫出来。乔治将车挂到 P 挡，然后交叉双臂。我猜他早已习惯等待夜间安保人员慢吞吞地将屁股从警卫室里的电视前移开。夜间安保人员做事从来快不了，也正是因为这样，他们才会当夜间安保人员。

我的手机振动起来，是哈利·福特。这么晚来电只可能是因为某些棘手的大麻烦。

“嗨，哈利，你打来我还挺高兴——”

他打断了我，“艾迪，我刚收到一张提交书面文件的传票，跟一个旧官司的档案有关。我打来只是提醒你一声，你很可能也会收到一张。”哈利已步入 60 岁，是纽约历史上首批非裔最高法院法官之一，也是个会在一日将尽、坠入梦乡前享受几杯波本酒的人。我能从他的嗓音中听出威士忌带来的影响。

“晚了一步——我已经拿到了。我本来要给你打电话的，但不想吵醒你。我需要担心这件事吗？”

“那是我 15 年前处理的老官司，很糟的官司。茱莉·罗森被控谋杀：她在襁褓中的女儿还在婴儿床里熟睡时烧了房子。”

他嗓音中有着异样，但不是酒精，是懊悔，甚至是罪恶感。

你若请诉讼律师喝酒，大部分人会跟你炫耀自己最辉煌的胜利，各种打胜仗的故事。律师喜欢打胜仗，爱说他们如何力排众议，如何智取对手、拿下胜利。正因为我知道些内幕，所以就算是我的敌人，我也绝对不会向他们推荐这种律师。你如果让一位优秀的诉讼律师谈论职业生涯，他们不会和你聊胜仗，虽然你比较想听那个——他们会讲输掉的那些官司。

人都会输，迟早的事。纠缠你的永远是那些从手中“溜走”的判决。为什么对其他人来说败仗更重要？为什么这种事会纠缠着那些优秀的律师？答案很简单，因为他们就是该死的非常在意；他们把那当成一回事。我想要的律师会因25年前确判的盗窃罪彻夜难眠，因为他害自己的客户在新新惩教所关了一个月。你会希望站在你这边的是这种律师。哈利就曾是这样的律师，我能在他手下学习是我的幸运。没有哈利，我也不会有前途。他先收我做职员，之后支持我执业。没有他，我可能还在街上汲汲营营，而不是在法庭上汲汲营营。

哈利有几个结果不怎么好的官司。他大都告诉了我。我没印象他说过这类官司。

“我正在去见客户的路上。听好，哈利，我不想害你担忧，但那个送文件的人是为马克斯·科普兰工作。”

哈利没有说话。

“那个官司后来到判决阶段了吗？”我问。

“当然。茱莉告诉我，有个全身黑衣的男人纵火烧了她的家。她说，她没看到他的脸，或许他原本就没有脸。她讲得有点七零八落，头上的伤挺严重的。陪审团不相信她。”

“有那人的下落吗？”

“没有。没人见到他。你认为马克斯·科普兰找到那人了吗？”哈利问。

“我不知道，但他可能拿到了什么。听着，我得挂了，但早上我会打给你。”

“等下就打给我，我会醒着，要读一个明天的案子。”他说完就挂断了。律师和法官的作息时间都很怪，但我已经很久没见哈利这样熬夜读案子了。他很可能早就读过，或根本不必读。我有种感觉，哈利只是希望有个东西能把传票的事挤出脑袋。

我知道他在担心那张传票。科普兰惯于攻击他委托人过去的辩护律师。不管他打算在这次上诉中亮出什么新证据或新目击证人，都没有差别。他主要的批评目标会是哈利。他会寻找机会，证明那个定罪并不靠谱，因为茱莉·罗森有个蹩脚的律师，他总以此为由。为了赢得过往案件的上诉，他会毁掉别人的职业生涯。

而这也使科普兰成了我的目标。我不会让哈利被马克斯·科普兰那样低级的家伙弄得一身腥。

守卫终于从警卫室冒出来，乔治对着那个身穿有扣深色短袖衬衫的人伸出一只友善的手。他配了克拉克手枪，以及一顶上面写着“哈维尔安保”公司标志的棒球帽。

手电筒照了一下我的脸，使我看不清守卫的轮廓。

他转过身，关掉手电筒，挥手让我们通过。

路是双向的，两侧有高耸的白色栅栏，引领我们进到普瑞米尔社区里面。我摇下车窗，这么一来便能闻到东河水的咸味。10分钟后，我们右转进入一条单向的私人道路。路口一侧矗立着一道石墙，此外还有别的什么东西。起先我以为那是标明这个地产名称的牌子。我曾在一些私人道路见过，像是“曼斯”“小木屋”和“九月休闲屋”。哈维尔地产外头的路标并没有把名字大大地秀出来。当我们更靠近些，我看清楚了牌子上的蓝色字迹：待售。

车开在路上时，我忍不住思考着：不知道哪样东西会先断掉，是林肯轿车的悬吊系统呢，还是我的脊椎？这条路到处都是坑洞，有的很小，有的很大，而乔治……尽管他用尽一切努力，依旧该死地开到了每个洞上。就一块打算出售的地产而言，莱纳德·哈维尔似乎觉得，如果可以在不多花钱的情况下卖掉这栋房屋，就不用重新铺什么路了。大概过了 1 分钟，我看到远处有一栋巨大的屋子，几乎每扇窗的灯都亮着。它的体积大得不太能称作“屋”，然而在城镇的这片区域又不算大到能称为“宅邸”。

有五六辆厢型车和普通轿车停在屋外的碎石车道上。车是福特的，型号都相同。其中有两辆厢型车，一辆上面有纽约市警察局的制式标志，另一辆则有着联邦调查局的。

乔治将车停在房屋前头。我能看见打开的门口处站了一个人，确切地说是一道身影。从双腿的形状和头发，我猜出那是一名女性。外头没有灯，只有从窗户里散发出来的温暖光芒。

我下了车，转身面对车子，关上车门。

一个声音说:“联邦调查局！不许动！立刻把手放到车顶上！”

00:03

听那声音，是个女人，而且还很年轻。那双将我的脸直往林肯轿车打了蜡的车顶上推的手也是。

我听到乔治一阵咕哝，但没能吐出个解释。有个男性的声音也要他后退。

“不要激动。我的名字是艾迪·弗林。我是个律师。莱纳德·哈维尔找我来……”

“闭嘴。”那男人说。我感到有双手在搜我身。他们找到了那张还没签名的委任契约书、装了传票的信封、我的手机与皮夹。

“哪种律师不带公文包？”女人边说边放开我的头。

我总算抬起了头，但没转过去。

“要去见新委托人而且什么档案和文件都还没拿到的那种。”

“低头，手放车顶。”那名男性又发号了施令，双手用力压在我的肩胛骨上，使我不得动弹。

我低头抵着林肯轿车冰冷的车顶，双手一动也不动，毕竟谁都不希望被焦躁的探员一枪打穿肚子。站在我后方的人打开了手电筒，光束落在我的脸上，在我听到纸张翻动发出的沙沙声时，光束移开了。

“那是机密文件。”我提醒道。

“放开他。”女人喊道。抓住我的那双手松开了。我一回头便看到了一脸可怜兮兮的乔治，再来便看到了那个女人。她的身高略微超过一米五，棕色皮肤，短发，穿着一件塞进蓝色牛仔裤的绿色衬衫，脚上那双有鞋带的靴子几乎是放大版的她。她读着那份委任契约书，手电筒的光照在纸上。接着，她把手电筒塞到腋下，稍微掩去光亮，将委任契约书再折回去，递还给我。我猜她大约三十出头，有一张柔和的瓜子脸，虽然脸上的表情与柔和相距甚远——看起来简直有一肚子火。

她身旁的另一名探员跟我差不多高，西装领带，头发很短，剃成利落的造型。他将信封和我的皮夹交给她，说：“身份符合。”

她无视皮夹，接过信封打开，举起手电筒看向那张传票。

“皮夹你尽管看，但信是机密。”

“最好是。”她边说边读起了传票，最终摇了摇头，将皮夹、信封和传票揉在一起，朝我胸口一扔。

“你显然不该在这儿。乔治明明知道所有访客都要通过我们，门口的守卫没提到乘客的名字，所以我们必须彻查你的身份。现在，麻烦你告诉我，你为什么会在这里。”她说。

这时我才注意到她的口音——中西部，受过教育。

“不可以。”我回答。

她的双手叉在臀部，右手小指拂过腰上的克拉克底部。许久，她看向另一名联邦探员。我拿不准，她是在思考逮捕我，还是换另一招。

很快，她的搭档大摇大摆地走到我的右方，举起一只手。“我们不如重来一遍？我是特别探员乔·华盛顿。”说话间，这名身穿西装的探员换了个姿势，将那双大手交叉在胸前，再转往右侧看着那名女探员，说：“这位是特别探员哈珀。”

我向她伸出一手，“这位哈珀探员，可以问问你的姓氏吗？”

“少废话。”她说，双手仍叉在身侧。

“这个名字在大学里应该不是很受人欢迎。”我说。

她扬起下巴，上下打量了我一下，说：“至少在大学的时候我从不缺男人。”

她退开来，转身朝房子的方向走去。华盛顿拼命想控制住笑声。我已经无法在黑暗中看到她的身影，但听得见靴子在碎石路上发出的愤怒重踏声。我望向房子，见到那一直站在前门的女人在车道上投下长长的影子。

“听着，老兄，我很抱歉。我们处于高度紧绷状态。你的司机应该先跟我们说一声再带你来。我们是因为哈维尔先生才到这里的，不会干涉他的私人事务。你进去吧，如果有需要，我们可以稍后再谈。”

“为什么我觉得这好像不是你第一次帮搭档道歉？”我问。

“这也是我工作的一部分，我要支援她，本来就是这样。”

“值得吗？她能胜任这份工作吗？”我又问。

“她非常优秀。”他回答，语气十分真诚。

他们很紧绷，确实是这样。联邦调查局大量雇用白人男性，一名非裔美国人和一名女性探员自然会互帮互助。“模范好男孩”路线的联邦小团体会把他们当作外来者，但因为同一个理由，也可能让他们找到同伴。我也是外来者。布鲁克林并没有太多有证照又开业执法的前骗子。所以，即便他们越了线，我也不会抱怨。

这不是我第一次被执法人员暴力执法，可能也不会是最后一次。

真相是，与其说愤怒，不如说我感到了困惑。如果卡洛琳·哈维尔是失踪人口，或疑似遭到诱拐，那么会有一名警员担任家属联系人，一周来一次，而且因为哈维尔是百万富翁，还会有失踪人口小组的资深警官不时来访。但联邦调查局不该在这里，纽约市警察局也不需要放辆厢型车在这儿。他们对于安全问题不会绷得连屁股都夹得紧紧的，也绝不会有全副武装、手中有枪的战术军官在前方草坪当联邦调查局探员的支援。

这里还出了别的状况：非常严重的状况。

00:04

我跟乔治一同走向房子。他叫我先走，不用等他，但我不希望再有人从暗处跳出来拿枪指着我的脸，所以还是跟乔治一起走比较安全。此外，我还挺喜欢他的。

他从肩包变出一根折叠式手杖，甩了一下，让它“咚”一下变成一根坚实的拐杖。我们缓慢地顺着碎石车道前进，他的身体沉重地倚在拐杖上。即使有拐杖相助，在黑暗中行走时，乔治的脚依然在松松的碎石上拖拉出一条浅沟。

“他们房子外头没有灯？”我问。

“有。”乔治拿拐杖指了指一盏灭掉的仿维多利亚式街灯。我打量四周，确实看到几盏没亮的灯矗立在那儿。“但、但、但是有人切、切、切断了电线。”他接着说。

“是谁？”

乔治耸耸肩。

刚刚在门口的女人身影不见了。现在那里有一道非常不一样的影子，几乎挡住了入口门厅内所有溢出的灯光。我先是愣了一下，接着恍然大悟——我差点以为有人把那该死的门关上了。

那是一个男人，扎扎实实将近2米。我们走上台阶，越靠近门，那个男人的块头就越显庞大。他的脑袋几乎呈方形，长在一副看起来像臀部弯弧处的肩膀上。我还看到了他巨大且练得过壮的斜方肌，肩膀也同样“雄壮威武”。他正是那种在地狱健身房练过很多年的人，而且很可能还搭配了一卡车的类固醇。这副巨大甚至带点诙谐又生长过度的身躯，就接在一个细腰与仿佛塞满气球的双腿上。我对那人点点头，他动也没动。有一瞬间，我甚至怀疑他是真人还是假人——搞不好是那种放在窗户边用来吓走入侵者的假人。

靠近一点后，棚架般的下巴与长又胖的鼻子更清晰了，但他的眼睛还是难以看清，肿胀的脸上只有两道短小的黑色细线。

“哈维尔先生在等你。”他说。就他这种块头来说，他的音量有点过高。类固醇的事我想我是猜对了。他站到一边，让我进去。

我花了一会儿时间打量周遭。白色大理石门厅，弧形阶梯与一扇扇门分别在左右矗立。此外，我们头顶上有一盏巨大的水晶吊灯，看起来十分昂贵，但不知怎么缺少了点格调。我没太在意这些室内陈设和房屋内的其余装潢，因为有其他事物使我分了心。

紧绷感。

有如整栋房屋都上紧了发条。头顶上方地板发出的嘎吱声更衬此刻的气氛。这让我想到跟父亲一同去布朗克斯参加的爱尔兰式守灵仪式，当时我十岁左右。在那次之前，我参加过很多次守灵仪式，但都是极度喧闹的状态，与过世者相关的真诚故事甚至是搞笑轶事，就随着啤酒、三明治、威士忌和私酿威士忌一同在众人间流转。爱尔兰守灵仪式跟圣帕特里克日的自家派对没有太大差别，唯一的差异是派对开始前就有人死掉，不是在进行中。

布朗克斯那天的守灵仪式则十分不同。死者年约20出头，没有什么有趣故事。男男女女都痛哭失声，整间屋子似乎弥漫着暗黑的死亡气味。此时哈维尔宅邸给我的感觉与当时的感觉一模一样，单从空气就能感受到压迫。

那座山转过来，似乎要我跟他走。

“你去吧，弗林先生，我、我、我要去……”

“快点，我们没时间可以浪费。”那个巨人说。我忽视他，站在乔治旁边等他把话说完。

“……喝、喝、喝点茶。等、等、等下见。”他说。

“好的，谢谢你，乔治。”

他走过一个拱廊就不见了身影。那名巨人站在楼梯下方，向我示意。

我跟着他右转穿过一扇巨大的橡木门。门后是一间会客室，里面塞满警察，有些甚至是身着全套特警装备，其他的则身穿西装。那些穿西装的家伙在我走过时打量着我。我在角落瞥到两名联邦调查局探员在西装外还穿着防弹背心。执法人员将这间会客室当作某种项目处理室。他们或坐在打开的笔记本电脑前方，或注视着地图，地图展开在固定于墙上的 50 英寸电视荧幕上。到处都是咖啡杯和食物包装纸。闷闷的对话与手指敲在键盘上的声音不时被一名特警给 AR-15 突袭步枪上膛的金属拍击与喀啦声打断。

他们在做准备，有大事要发生了。但到底是什么事？我毫无头绪。

我跟着这个大脚怪穿过会客室、进入更后方的过道时，嘈杂声稍微降低了一些。我快离开会客室时，瞥见哈珀用手肘推了推另一名女警，示意她看看我。我装作没看见她们，将注意力转回大块头身上。

他带我进入走道尽头那扇看起来与先前木门一模一样的橡木门。这是一间巨大宽敞的读书间，窗帘尽数拉下，几盏灯照亮房间，但没有太亮。我左边有张棕色的皮沙发及颜色相应的扶手椅。一名穿着海军蓝色西装、深色皮肤的小个子男人坐在最靠近窗户的椅子上。他没注意到我来了。

莱纳德·哈维尔坐在右方一张桃花心木桌后面。他的头压向书桌，手指紧紧交缠在头后方，接着他长长吸进一口气，松开手指，坐了起来。哈维尔面前的桌上放着一把 9 厘米贝瑞塔手枪与弹匣，后面则是稍早我坐着林肯汽车过来时，门口那道身影的主人。她非常有魅力，那种气质与昂贵的香水味是因和哈维尔这样的人结婚才得以拥有的。我在某处读过，她的第一任丈夫死于二氧化碳中毒，她和哈维尔在他太太过世时搭上了线。真是奇妙，死亡竟能将两个人连在一块儿。

她俯身亲吻哈维尔的脸颊时，偏灰的金发随意散落在双肩。那个吻里头没有温情，似乎只是敷衍。

“你确定要这样吗？”她问。

“只有这个方法了。”哈维尔说。

她点点头，朝门外走去。经过我身边时，她的眼神稍作停留。我嗅到一股酒味。大块头关上她身后的门，再走回来，一双大手“啪”地伸到我双臂底下。

“手举起来，我得搜你身。”他说。

我举起双手，在他把我身上拍过一遍时静静等待。

“已经有联邦探员搜过了，这里也有够多的执法人员，多到都可以侵略一个小国家了。到底发生了什么事？”我问。

无人回应。

大块头将我的手机和皮夹拿出来，放到哈维尔面前的桌上。

“确认都关了。”哈维尔说。

那两根巨大的拇指艰难地寻找了一会儿开关键，最终才达成目的；我一同看着屏幕转黑。哈维尔检查着手机，确认它是关机状态。

“艾迪，谢谢你过来。恐怕我欠你两个道歉。第一，我坚持保证安全和隐私——所以请原谅马龙的行为；第二，我最后会回答你所有的问题，但我必须很遗憾地告诉你，今晚将会非常漫长。”

00:05

相比上回我在电视上见到的哈维尔，现在的他看起来更糟了。他的皮肤呈现出灰败的色泽，双眼周围一圈乌黑，眼神透着焦虑紧绷与赤裸裸的痛苦。就一个五十后半的人而言，他瘦得很夸张，然而你仍可以透过那件白色丝绸衬衫窥想到原来那副更年轻、更线条分明的体格。阔肩宽胸、精实的双臂，黑发——很可能是要价 200 美金的染发所助。

他的双手有些许颤抖，而我将之归咎于身体与精神上的疲惫。

“护送你进来的是马龙·布莱克，他负责这个家的安保工作。”哈维尔说。

我顺着他指的方向转头，双眼锁定在马龙的胸膛上。

“他不是很擅长指示说明。”哈维尔又说。

我伸出一只手，马龙以点头作为回应。

“你后面那位是麦考利先生，他是我的合伙人。”

我没有对麦考利伸手。那名穿着海军蓝色西装、深色皮肤的男人点起一根烟，只是对着我微笑。

“请坐。”哈维尔说。

面对哈维尔的那张椅子看起来像古董。我小心翼翼地就座。

哈维尔两肘撑在桌子上，双手抵在下巴底下，将我打量了一遍。桌上的枪只是某种形式，不管原因为何，莱纳德·哈维尔要我知道他才是老大。

“过来的路上怎么样？乔治不是最好的司机，也不是很健谈。但他心地很好，我也很信任他。这种员工用钱是买不到的。”他说。

“路上一切都好，我喜欢乔治。他是个好人。”

“好人难寻。当你碰到像乔治那样的人，就要紧紧抓住，而且要对他好。这是我从你爸那里学到的。听到他过世的消息我很抱歉。”

我点点头。

“社区里每个人都认识派特·弗林。那家伙是个高手，经营直接投注的生意。他带手下人很专业。如果能加入，就表示你够资格。但若是派特有一点怀疑你，你就得滚。关于信任这个问题，他非常在意，我也尊敬这点。我还小的时候，你父亲待我很不错。如果他能看到今日的你，一定会很骄傲。”

“他从来不希望我过那种生活，也不想教我诈骗花招。不过你用别的方式说服了他。”

我记得那是某个懒洋洋的周二下午，就在父亲用来经营赌注的某家爱尔兰酒吧后头。我爸出去收赌金了，而坏掉的台球桌使我无聊至极。莱尼教我寻找红心皇后的游戏（Three-Card Monte），用来打发那个下午。那是我第一次玩诈赌。我爸大约 4 点回到酒吧，看到我正在移动卡片。莱尼告诉他我是天生的好手，已经从常客那里赢了 20 美金，因此我爸同意教我。他教我欺诈手法、街头骗术，以及成为高手所需的一切技巧。

哈维尔露出微笑，但那笑没有停留太久。我看得出他的笑不怎么自然。他以手背将之抹去，然后转动起桌上的贝瑞塔手枪。这是为了分散注意力不经意做出的动作。不知怎么，我觉得这段闲聊其实是为了哈维尔，而不是我，并豁然顿悟：他是在为自己的嗓子暖身。我听出他喉中的沙哑，一股深暗的痛苦侵蚀着哈维尔，而他正尽全力不要显现出来。

“莱尼，我能帮上你些什么？”我问。

“我需要律师，我需要你。”

“像你这样的人应该跟法律事务所有长期合作。为什么你需要我？”

他往后靠向椅背，双手落在大腿上，又打量起我来。我注意到，他是先瞥了眼麦考利，才看向我的；我还闻到了麦考利的烟味。

“我听说你不再喝那么多了，我理解，但现在有点晚了，我实在需要喝一杯。介意跟我一起吗？”他站起来朝桌后方的酒柜走去，选了两只矮酒杯，一只倒上一半后，将酒瓶悬在第二只的上方。

“20 年的苏格兰威士忌。”他示意我。

“不，谢了，晚点再说吧。”我说。

他垂下双唇，耸耸肩，放下酒瓶，回到座位上。他将自己的酒杯放在我正前方，距离我的位子只有几厘米，离他足足有 90 厘米。

他拿起酒杯啜了一口，又放回来。

“卡洛琳不喜欢我在家里喝酒，我也再没碰过这玩意儿，直到……唔，直到她没回家的那晚……”

他又猛灌一口，喝干了那杯酒。他喝酒的方式跟我以前一样：并非品尝，也并非因为愉悦。酒是麻痹痛苦的良药。他又去重新倒了一杯。

我什么也没说。苏格兰威士忌已经赐予他足够的力量，让他说完另一句话。

“你大概已经从报道那里知道了。纽约市警察局和联邦调查局认为我女儿是被人抓走了。”

从报纸和新闻报道中，我知道卡洛琳正在读高中最后一年，是成绩全 A 的学生，已获得多所优秀大学的“入场券”。据她父母与朋友所知，她没有男友。数日来，她的照片出现在各大新闻平台上，她很符合现实中每个中学男孩对梦中情人的幻想——金发，学校啦啦队队长，待人亲切。她的兴趣则稍微有些特别：喜欢漫画。她不喜欢跟朋友去购物中心逛街，反而愿意将整个周六下午耗在二手书店，翻遍一篮篮的旧漫画。

19 天前，她开车去取一本在哈德逊街“零点漫画店”预订的漫画，却没有如约抵达，当晚她也没回家。哈维尔尝试打给她：没有回应。他打给卡洛琳的朋友：没人见过她。哈维尔打给警方，警方先是跟书店和她的朋友调查情况，接着针对哈维尔在她生日时买给她的 2015 福斯 Golf 发布全境通查令，但完全找不到车。那天，所有基地台都没留下她手机的记录。像卡洛琳这样的女孩闹失踪的情况多有发生，但她家中状况一切良好，认识卡洛琳的人没有一个想过她会离家出走。她要逃离什么呢？她没拿包，钱和手机充电器都留在房间里。

执法机构目前对案件的定性倾向于诱拐。她失踪后的几天里，几家报纸在针对她失踪的最初几篇报道中提到了这个可能，媒体的关注力果然如洪水猛兽。纽约市警察局的新闻发言人每 12 小时就会对记者通报一次案情发展。立案不过几天，受过特殊训练的警员就审问完她所在学校里的每个孩子，而且还审问了两遍。

没有嫌犯。她没有理由就这么突然独自离开，而且她的信用卡上没有取款记录。

是诱拐。

但是没人来要赎金。这不是什么好兆头。近两周来，所有人的嘴上都挂着一个词，你甚至能看得出连报纸都在暗示此事——电视也一样。在警察眼中也能看见。

谋杀。

3 天前，我看到的记者会证实了我对卡洛琳·哈维尔案的猜测。莱纳德·哈维尔试图联系抓走他女儿的人，“不管是谁”，这表明了一件事：嫌疑绑匪杳无音讯。失踪者被抓的时间越久，又没人索要赎金，那么他们被抓走的原因越可能与赎金无关——被抓只是因为某人的兴趣，而且失踪者大概率再也回不来了。

那对哈维尔来说是最后的赌注。他上电视，并祈求她还活着。基于哈维尔的专业，是为世界上最大的几家保险公司处理绑架与取回赎金，这很可能是有人想让他也尝尝小孩被抓走是什么滋味。

我突然想到，要是卡洛琳·哈维尔来自一个银行账户里没有百万美金的家庭，或是在福利计划中挣扎的人家，媒体连一厘米的专栏版面都不会给她。

“我知道这看起来像是一起绑架，我在电视上看到你的呼吁了。我为你们一家感到遗憾。”

他拿起桌子中央的杯子，一饮而尽，接着又放回我面前。他的面目扭曲，心里有两种情绪在交战，在抢夺控制权——恐惧和希望。当你发现自己的孩子被抓走，那感觉就像是有把刀在腹中转动，每过一秒，就会更深入肚腹一分。人们普遍认为，让人继续前进的动力是希望，认为期盼、相信最后一切定会否极泰来的想法真有帮助——其实不然。那只会使那把刀带来的痛糟糕千倍，因为那种感觉会一直提醒你究竟失去了什么，以及还会再失去什么。

“谢谢。重点在于，我原本认为她已经死了。我召开那场记者会时，不认为有谁挟持了我的女儿。你知道的，我是有这么希望过……但我也知道她不会离家出走。”

他将一只手伸进衬衫里，抽出一条挂在金链子上的耶稣十字像。链子很细，十字架看起来灰暗无光泽。

“这属于她已故的母亲，是她拥有的唯一属于她母亲的东西。她把它收在房间里的一个珠宝盒中，从来没有不带在身上就离开过。”

他用拇指与食指摩挲着那个十字架，目光飘远，望向一片虚无。我认得那种眼神，他在回想与她一同度过的所有时光，那些美好的时光——他抱着她，和她一起玩，圣诞节的早晨，以及一起看老电影时她靠在他大腿上的情景。

我摇摇头，知道我又在影射自我。在我的女儿艾米被抓走后，我也这样子过，回想和她一同度过的时光。我现在迫切想见到她，但这件事得先等等，之后再安排一天和她见面。

哈维尔让十字架落回胸前，重又塞回衬衫底下。

“我觉得她可能已经不在了，没人联系我们，也没人来要赎金……但后来，形式发生了变化。”

00:06

哈维尔打算继续说下去，但他的喉结上下移动着，话语仿佛卡在喉中。

“委任契约书。”麦考利在我身后开口。

“他说的没错。在我继续之前，得先确认保密。你身上带着委任契约书吗？”

我将委任契约书从外套里拿出来，但没放在桌上，而是握在手中。

“我不是很确定自己能否帮得了你。在签下这个之前，先告诉我你需要我做什么。”

他对麦考利点点头。

“简而言之，就是我需要律师帮忙处理赎金的事情。在电视上公开呼吁后，我们收到了赎金要求，还有我女儿被囚禁的照片，联邦调查局认为照片可信。卡洛琳有保险，而在我让保险公司同意支付赎金之前，我还有许多关卡得过。联邦调查局也将全面投入调查。因此，我这边需要一个懂法律的人，不能是那些念哈佛的蠢货。我需要一个能信任的律师。”

我花了一会儿工夫梳理思绪。在我将刚刚听到的一切翻来覆去地思考时，哈维尔将桌上的一张裱框相片翻了过来。

“这是我女儿。”他说。

照片中的女孩坐在一块草坪上，被朋友围绕着，但摄影师的焦点只在她一人身上，其他人不过是背景。她穿着黑白条纹的内搭裤，牛仔短裤，丑丑的黑靴子，粉红色T恤上头印着一个我隐约听过的朋克乐团团名。一件皮革骑士外套披在她肩上，衣领别了徽章，徽章上的团名我都知道：滚石、瘦利兹、珍珠果酱、黑键。我女儿也有过一件那样的牛仔外套，上面也满是徽章。这使我想起和艾米悠闲逛跳蚤市场的时光。几个小摊子卖T恤、大条丝质手帕，以及你能想到的各种摇滚乐团周边。艾米想要一枚黑色安息日的复古徽章，我们花了好几个月才在一个卖旧货小摊的皮带环底下找到了，那天我们还吃了冰激凌。她盯着那个徽章，花了好长时间决定到底该别在外套的哪里。

“外套是她自己装饰的吗？”我边问边检查着卡洛琳的照片。

他点点头。

“我决定接受你的苏格兰威士忌。”说着，我将委任契约书递给他。

马龙拿了哈维尔的杯子再次倒满，并为我拿了一个新的。他将两杯酒都放在桌上。我盯着哈维尔审读委任契约书的同时啜饮了一口。他拍了拍两边的口袋，说：“该死，我的眼镜哪儿去了？”

马龙和麦考利都没有帮他找眼镜。

“我想应该没什么问题。”他说着，然后从桌上拿起一支笔，签下委任契约书，又推回来给我。

“这表示从现在起你就是我的律师了，对吗？有客户保密协议的那种？”他问。

“没错。你对我所说的一切都将成为最高机密，受律师与当事人的秘匿特权保护，一个字都不会被泄露出去。”我回答说。

“很好，非常好。”他从桌子中央拿起贝瑞塔手枪，弹匣插进机匣，“因为，我将要犯下一起重大罪行。”

00:07

苏格兰威士忌也许陈酿了很久，但尝起来仍然很苦。

“莱尼，我得告诉你，如果我得到的信息足以令我认为某人有生命危险，那么，作为律师，同时也是司法人员，我有责任将信息上报给执法机构。如果我不那么做，将会违反我的宣誓，我也会变成帮凶。所以，请小心处理你要告诉我的事。还有，你最好明白地告诉我你需要我的原因，否则我就撕了这张委任契约书，叫辆出租车，把我今晚费用的账单寄给你。”

“合情合理，我会谨慎措辞的。”他说。

我听到身后麦考利的声音：“我早就说过了。”

我没转身，看着哈维尔摇摇头，将贝瑞塔手枪塞回裤子口袋。

“那我就不浪费你我的时间了。我知道你的身份，我知道钱伯斯街法院发生了什么事。有人绑架你女儿，而你把她救了回来。就是因为这样，你才会在这里。你扛得住压力，你是个父亲，曾跟我处于同样的状况，因此你备受推崇。我们和抓住我女儿的人联系上了，我想付赎金，而这么做严格来说是不合法的。”

“但是……等一下，那些联邦调查局的难道不会对赎金睁一只眼、闭一只眼？一般不都是这样吗？”

“一般的确是这样。绑架和赎金的游戏是基于人类生活的经济法则，全世界都一样。如果绑匪收到钱，人质就能平安返回，而绑匪会直接出门再干一票。付赎金助长了这种犯罪，给了它某种商业模式。美国的官方政策是不跟绑匪妥协，而非官方政策则他妈的天天上演。我就是靠着和这些绑匪交手维生的。”

“那这回你为什么需要律师？”我问。

哈维尔将身体前倾，双手放在桌子上。

“大多发生在国内的绑架案由联邦调查局来给付赎金。他们可以正当进行交付，因为这样就有机会跟踪绑匪，并进行逮捕，就像在钩上挂饵——只不过这一次，调查局是在不对的池塘里钓鱼。记者会后，我们收到赎金要求与证明人质还活着的照片，他们要 200 万。你可能也注意到了，特战小队的家伙和联邦调查局已经组织好，准备凌晨 3 点在新罗谢尔火车站进行赎金交易。与此同时，我需要你掩护我。”

我感到脖子上传来一阵灼热刺痛，“你说掩护你是什么意思？”

“一场骗局。绑匪把卡洛琳的照片寄给联邦调查局一小时后，用加密电子邮件系统联络了我，告诉我火车站是诱饵。他寄给我同一张卡洛琳的照片，并要求我支付 1000 万的赎金。这是她还活着的铁证，那照片绝对是卡洛琳没错，而且是近照。交换行动今晚进行——联邦调查局在火车站如无头苍蝇瞎忙的同一时间，我会把钱放在真正的交易地点。绑匪不想被逮捕——他希望调查局和警方那些人离真正交赎金的地点远远的。这人很聪明。调查局想抓到绑匪，再救出卡洛琳——是按照这个优先级。我女儿不是他们的第一优先级，这些人想要逮捕罪犯，我则要我女儿回来——其他的我都没兴趣。”

他听起来似乎在慢慢地振作，但他说得越多，就越显沉重，仿佛正压抑着不断高涨的绝望与恐惧浪潮。

“对于抓走她的人，你有什么头绪吗？”

“没有。我跟世界各地的绑匪都交过手，可能是他们中的任何一个，也可能都不是。没有明显的犯罪动机。而且是谁抓走她都无所谓，你只要帮我骗过那些调查局和纽约市警察局的家伙，我才能把女儿活着救回来。这游戏我玩过太多次了，而且在世界各地都玩过。我知道怎么救回人质——活着救回来。唯一可行的方式就是一个人、没有警察，外加一袋装得满满的现金。她是我女儿，这事情我说了算。但重点在于，我没有1000万，只有200万。”他说。

“那你要从哪里弄到赎金？”我问，但立刻意识到自己不该问这个问题。

“我的承保人会送1000万过来，我私下联系了他们，但调查局以为保险公司要拿200万来。保证人抵达时，我会把他带来这里——独自一人——然后拿枪对着他的脸，挟持他，把他绑起来，关在这里。我认识那个人，除非有必要，不然我不想伤害他。我会把我的200万给调查局，再挥手跟他们说拜拜。接着我要去救卡洛琳，我一定会把她救回来。我成功之后，会因为绑架与妨碍司法公正罪遭到逮捕。联邦调查局有一条不成文的规定，就是不能起诉选择付赎金的家庭成员。但我做得比那更过，我犯的是严重的绑架罪，还与抓走我女儿的人合谋，帮助他们逃避追捕。没有更委婉的说法了。他们将会因此起诉我——而你要帮我辩护。同时，我也违反了跟保证人的合约。有一项条款说，如果我拒绝跟执法人员合作，那么赎金要立刻偿还，而且是全额。”

我闭上眼，不禁咬牙切齿，真希望我没接起那通该死的电话（而且这想法不是今晚第一次出现）。哈维尔的提议远远超过常理。对于已经展开全面调查的联邦调查局和纽约市警察局而言，他救不救得回女儿根本无所谓。哈维尔打算犯下的是严重的违法行为，最后甚至会导致他被逮捕，并因那1000万被告上法庭。

时间过去了好几分钟。我细细观察着哈维尔面容的每一寸皮肤。在那张痛苦的面容后面，是一位父亲坚定的决心。

我有责任走出大门到会客室，对见到的第一名警察说出哈维尔刚刚告诉我的每一字每一句。这是秘匿特权唯一的例外：如果委托人告诉你他们将要犯罪，而这个行为可能让某人处于险境，你一定要打破保密协议并将之上报。我成为律师的第一天，在哈利·福特法官面前对法庭与宪法做了宣誓。当我第一次也是最后一次说出那个誓言，我见到哈利喜悦的微笑。他为我骄傲。我欠他的恩情永远也还不了。如果我对哈维尔的提议闭口不言，那么我就成了事实上的帮凶，也违背了我的誓言。我会被撤销律师资格，进狱中蹲十年苦牢。他要我做的事基本上等同于要我自毁前途，没有任何金额能说服我点头接受。

“案子我接了。”最终我还是同意了。

00:08

哈维尔雇用我其实是在玩一场危险的游戏，但他认为这么做是正确的。如果那是我的女儿艾米，我愿意杀人、说谎、坑蒙拐骗，愿意为此终身监禁——只要能让她毫发无损地回家。几年前，艾米被黑帮抓走时，我也做了很多这样的事。我将她救了回来，而且是靠着他人的帮助。哈维尔知道自己在做什么。这种人质游戏他玩了10年，他是极具天赋的谈判专家，他的公司曾从阿富汗、中美洲、巴西，以及一大堆因绑票赎金而黑市经济体繁盛的地方，将人质活着救回，并因此闻名世界。

世界上大概只有哈维尔能做得成这种事。

在我告诉他我同意接手后，我自问为何同意，但说实在的，不需要多么深入地分析。我这么做不单是为了哈维尔，也是为了照片中那个外套上满着徽章的小女孩。我愿意不择手段，如果卡洛琳能安然无恙地回来，那么之后不管事情如何发展都没有关系——因为一切都值得。

我一点头说好，哈维尔就站起来握住我的手。

“谢谢你，同为父亲，我真的很感谢你。”哈维尔说。

我点点头。

很快，他放开我的手，消失在书房后面的一扇门后。我扭转、伸展着后背，感到一阵疲惫，但是肾上腺素让我撑下来。不管用什么代价，我都不想和哈维尔交换位置，可我也同情他。只要能减轻那个负担，无论是什么，我都会立刻去做。

然而，即便说了要帮他，可是渐渐增长的不安感还是萦满了我的肚腑。挟持保证人的风险很高，有太多突发情况会发生。要是他反击呢？要是他受伤了呢？要是他逃出办公室、把消息泄露给执法人员呢？接着还有私人安保的问题要考量。没有人会带着1000万单独行动。如果保证人带着保镖，那么也要顺带处理那些人——而那些人大概率会持有武器。

该死。

“欢迎加入。”麦考利说。

我转过身也跟他握了握手。他的身材比哈维尔矮小很多，年纪相当，身上有种我捉摸不透的“迷雾”。我能轻而易举地读出大多数人的心思——当个骗子一定得这样。他脸上的笑，不是真实的笑容。

“哈维尔先生只是去收拾一些东西。对于你的加入，我们很高兴，但不希望你太担忧。这一切并不会牵连到你身上。哈维尔先生被逮捕时，我们会需要你。这里我需要解释一下，在还没签委任契约书前保留信息是我的主意。哈维尔先生一开始就希望直接坦白，是我说服他别那么做的，所以不要对他有所怀疑和不满。”他说。

“不过我得说，”他继续讲，“我一开始不觉得哈维尔先生选对了人，我以为你会跑去告诉调查局——这点我确实看错了。也正是因为这样，才由他主导对话。”

“你认识他很久了吗？”

“非常久了。我们拯救对方的次数多到自己都算不过来。一般而言，是由我进行赎金交付，而哈……而莱尼帮我支援掩护。所以，没错，他不只是我的生意伙伴；我欠他的。嘿，马龙，你能去请哈维尔太太过来吗？”

大块头从我进来的那扇门离开。

门再度关上，橡木门框随之颤动，我见到麦考利的面具滑落。他伪装出来的微笑消逝，表情变得严肃，将我从头到脚审视了一遍。

“现在的情况是生死攸关，我必须知道我们能不能信任你。”

若麦考利是哈维尔亲近的兄弟，就表示他和这一家的关系也很近。对于交赎金，他看起来疲倦、兴奋又紧张，即使卡洛琳被抓走已经过了 19 天，似乎也没有影响到他。虽然在这间华丽的老书房中，高压使得周遭空气令人反胃，也同样使得整间屋子填满闷窒与紧绷的氛围。

“我不会让你失望。”我说。

“很好。”

“对于抓走她的人你有什么头绪吗？”

麦考利噘起嘴唇，衡量着该怎么说，眼神越过我的肩膀。

“没有。他没说名字，只发来一张照片。我们不知道那人是谁，但把此事从头到尾地思考过。如果问我，我会说是私怨。我干这行很久了，跟索马里海盗、基地组织，甚至南美的一些毒枭都交过手。怎么说呢，这有点难以解释，但有时就是会有那个感觉——然后你就会了解——”

“了解什么？”

“了解不管跟你交手的是谁，那人都做好了万全准备，随时会杀死人质。”

他从外套口袋拿出手机，手指在屏幕上滑了几下，转过来。照片的确是卡洛琳·哈维尔。我在报纸上看过几张她不一样的照片。是她没错，手脚被缚，穿着蓝色牛仔裤和白色运动衫——一如描述，虽然她的皮外套不见踪影。我想她是在熟睡中。麦考利滑过屏幕，说：“这是另一张照片。”

我猜拍摄人在拍第一张照片时吵醒了她。这一张的她是醒着的，眼神有着纯然的恐惧。她的双眼湿润，因惊恐而不能动弹，脸颊因为泪水而脏兮兮的。由于挣扎着想解开束带，我见到她手腕上有干掉的血渍。我研究起照片中的背景：和第一张一样。拍照时用了闪光灯，卡洛琳周围的区域漆黑一片，唯一能看见的只有水泥地板。不管她人在哪儿，这应该是个黑暗的大房间，也许是地下室，或废弃的建筑物。

“苏珊来的时候……”

我身后的门打开，掐去麦考利喉中剩下的句子。

门口站的正是苏珊·哈维尔。她的表情看起来有些空茫，仿佛不麻醉自己就无法撑过这一切。我从她口中的气息闻到了所谓的麻醉剂——琴酒，很多很多的琴酒。

“马龙，谢谢你。”她的手抚上他的后背，想打发他离开。她的手停在那儿，手指循着他满是肌肉的后背线条抚摸。我不喜欢她的那种行为，像是在展示影响力与控制权。马龙走出房间，将门关上。

苏珊·哈维尔没理睬我，只对麦考利扬了扬眉毛。

“他会为莱尼辩护。”麦考利说。

她一言不发，曲起双腿坐进一张扶手椅，下巴搁在一只纤巧的手上。在面对极度高压时，每个人的反应会有所不同，有些会崩溃，有些会单凭意志力撑到最后，也有人会稍微有点疯。我想苏珊·哈维尔属于最后那类。若非如此，那就是她懒得管继女的死活，但我决定往好的方向想。

“为什么赎金金额有那么大的落差？”我问。

“我不知道，我们推测是绑匪在耍我们。但他也希望那个假的赎金交付行动看起来很真实。我们会给调查局200万，应该足以让他们疲于奔命了。”麦考利说。

哈维尔从后面房间出来，一只手提着一只行李箱，另一只手则拿着一沓现金。他将有轮的拉杆式行李箱放在桌上，将其打开，把六沓钞票放进里头再重新关上。那行李箱的容量足以放下那现金的十倍。

麦考利俯身，从一把椅子下方取出一只黑色的小袋子。他跪下来，打开袋子，将一把小型突袭步枪、弹匣、封口物、扎绳以及更多器具散放开来。

胃中隐约的不安感迅速变得如铅般沉重。这不会成的。我再次看向哈维尔桌上的行李箱。很大，而且笨重。如果他需要快速移动，这个行李箱不容易拖着走。

“那么一点现金为什么要这么大的箱子？”我不解地问。

哈维尔看着行李箱，“这是保险公司用的那种防子弹，甚至防炸弹的箱子。承保人是我的客户，过去我曾不得不用他们的箱子运送赎金，所以我买了一个。把这个行李箱拉进我办公室后，我得让调查局看到一模一样的东西从里头出来。一定要看起来很真。”

我揉揉颈后。苏珊·哈维尔从扶手椅中抬起头看我，眼神中带着担忧的神情。我感到麦考利将手放到我的背上。

“苏珊会在调查局面前帮忙掩饰，确保他们不进来。我可以处理保证人的安保团队。”麦考利说着，掀起外套，露出腰上的一把武器。

哈维尔又为自己倒了一杯酒，仰头饮尽，摇摇头。他在抵抗肾上腺素。我越想越觉得这个计划注定失败。如果情况糟到谷底，卡洛琳就死定了。

我想起在酒吧的那个下午，当时我还只是个孩子，坐在莱尼·哈维尔旁边的一张酒吧凳子上，看着他用双手移动卡片。

“这不会成功的。”我说。

麦考利看着地面，绷紧嘴唇。哈维尔摇着头，又倒了一杯酒，说：“非成功不可，没有其他方法。”

“有的。挟持保险公司的保证人风险实在太高，是不会成功的。而且即便你成功救回卡洛琳，不管我怎么做，你都可能会进监狱。”我说。

“如果能把她救回来，那我愿意承担这个风险。”哈维尔说。

“要是有别的方法呢？一个可以拿到钱、让调查局无头苍蝇般乱窜、又不必伤害任何人的方法？”我问。

麦考利和哈维尔交换了个眼神。

“怎么做？”哈维尔问。

我走回桌前，将一只手放在行李箱上，说：“寻找红心皇后。”

2001 年 8 月

纽约上州

茱莉·罗森坐在丽贝卡的沙发上，感觉挺不自在。同一条牛仔裤她穿了快一周了，也包括睡得很不好的那晚。如果这条裤子在花朵图样的沙发上留下污渍，可能得赔上天价。

丽贝卡端了两杯用马克杯装着的、热气腾腾的咖啡从厨房回来。

“拿个杯垫。”丽贝卡说。

茱莉从桌上的一个盒子里挑了两个杯垫，摊开放好。那是软木杯垫，上面是小狗在木头夹板上的图案。丽贝卡将马克杯小心放好，将茱莉的杯子把手转向她。

“你感觉怎么样？”丽贝卡问。

太阳晒着茱莉的颈背，让她感到灼热。透过推拉窗传来的阳光热度不知怎么地增强了好些。

“我很好。就是一天天地过，你知道的。”茱莉说。

丽贝卡点点头。茱莉知道丽贝卡对于戒毒过程一无所知。那种令人发抖的痛楚仿佛扩散到身体各处，牙齿咯咯颤动，十分大声，你连觉都睡不着；还有汗水，那正是清晰、诡异且黑暗的幻觉来临的前兆。

“你看起来健康多了，”丽贝卡说，“我见过毒品会对一个人带来怎样的影响。我见到的一些客户……不过基本上他们只剩皮和骨，甚至不算人了。”

茱莉点点头，在沙发上往前挪了点，感到更不自在了。她从前也听过丽贝卡谈论她的客户，每每令她感到皮肤表面像是有东西爬过。丽贝卡是这个郡的法医，而她的客户都是尸体。

“我看过烧伤受害者、谋杀受害者，上周我……”丽贝卡暂停下来，双眼搜索着地面。在茱莉看来，丽贝卡似乎只想谈现在，这么一来，她也许就不会注意到她回想起的恐惧——不管是什么样的恐惧。

“……上周他们带来一个婴儿，只有几周大。是两个警官在一家酒吧旁边的垃圾箱里发现的。你知道，我几乎是松了一口气。反正被那种母亲生下的小孩没有什么未来可言。那个孩子不会有正常的生活——至少无法多正常。小孩早就成了瘾君子，一出生就是。茱莉，你已经摆脱那些了，真是太幸运了。”

茱莉喝了一口咖啡，张望着会客室周遭那些柔美的装潢、挂在墙上的画作，以及刻意挑选的、搭配风景画的抱枕。在这种屋子里，丽贝卡竟说出那样可怕的话，这对茱莉来说相当诡异。茱莉不愿回想毒品或毒瘾。她试图将那种生活抛诸脑后。

“这里好漂亮。”茱莉继续东张西望。

“谢谢。对我们两人来说这房子算挺大的。”丽贝卡说。

“可以想象得到。”茱莉嘴上虽然这么说，但其实并不真的有办法想象得到。

她们静静地坐着喝咖啡，用虚假的微笑减缓紧绷。

“我知道这不关我的事，但我想知道你的财务状况如何。”丽贝卡说。

茱莉边想边说：“噢，那个……我做兼职，当服务生。你知道的，画画很花钱。我有几幅画在进行，希望完成后可以卖出去。”

“太棒了。”丽贝卡应和，眼中毫无神采。

她继续说：“只是，那个……嗯，我想我可以帮你……你知道……就是钱的部分。”

茱莉小心翼翼地将咖啡放回杯垫上，站起来，顺了顺自己的T恤。

“我不需要你的施舍。”说完，她朝门厅走了一步。

“等一下，这不是施舍。我想帮你，而且……这真的很难启齿……我觉得你也可以帮我。”丽贝卡说。

茱莉停下脚步，叹口气，转过身问：“我能做什么？你想买画吗？你是这意思吗？”

“是，也不是。抱歉，不太算那样，虽然能拿到一幅画是挺好的。”丽贝卡说话时看着地毯，无法注视茱莉的双眼。

茱莉突然意识到丽贝卡在哭。但——也许是假的眼泪。

“怎么了？”茱莉问。

“我需要你，我需要你的帮助。我已经没人可找了。我会付你钱的，我保证。1万美金，现在就付。另外1万事成之后给。”

“你到底在说什么？你到底要我做什么？”

丽贝卡站起来，抱住茱莉。

“这必须保密，只有你我知道。你愿意承诺吗？”

“我不知道你在……”

“你愿意发誓吗？”丽贝卡的声音中悄悄窜入一丝绝望。

“我发誓。告诉我你到底想要什么？”

“你最近没见斯科特了吧？你不跟他在一起了吧？”

茱莉叹口气，撒了谎。“没有，我没见他。我们不在一起了。”

丽贝卡点点头，捧起茱莉的脸。“很好，因为这绝对不能让别人知道。如果有人发现，我们就毁了。”

00:09

我举步穿越会客室，马龙跟在我身后，他告诉我设在房间最前方的小厨房在哪里。我猜那不是主要厨房，因为里面没有炉子，但不管用哪种标准来横量，这个厨房都算是大的。此时会客室的交谈声同我一开始走过时一样，好像特别为了我而降低了音量。执法人员就是这样，他们不相信有哪个律师过河时不会试图拆桥。

“在这里等就好，弗林先生，我会直接把委托费拿出来给你。”马龙说话音量之大，足以让那些资深探员和警察都听到。至少他没搞砸。他按照我的指示做了。

我在吧台前的一张高脚凳上坐下，给自己倒了杯咖啡。厨房里有两名特警在给水瓶灌水。他们浸湿头巾，拧干多余的水，将其绑在头皮上。当你身着全套战术装备、待在特战队的厢型车后方，绝对会热得要命。

从我的位子差不多能看到会客室的全貌。这个厨房比较像会客室的延伸，白色瓷砖地板划分出两个区域，一张餐桌摆在另一个角落。但我必须待在能听见执法人员谈话的范围里。我的注意力被两个特别拔高的声线吸引，一个听起来很熟悉，另一个则有些陌生。

哈珀探员正和一名身穿灰西装、白衬衫和打着红领带的男人争论。那人脖子上的链条上挂了一枚联邦调查局的徽章，站得离挤在计算机周围确认地图或打电话的团体有点距离。部分警察和其他探员都想偷听这场争论，即使他们表面上假装在忙交赎金的计划。

“你完全搞错了，”哈珀说，“那不过是个在电视上看到哈维尔的神经病，他要么是想大捞一笔，要么就是想让警察杀了他。这怎么看都像是有人希望通过警察自杀。就算是我错了，你还是不该去，因为那只可能是某种病态的恶作剧。”

和她谈话的探员站在那里，交叉双臂，时不时用拇指指甲剔剔牙齿。他虽然在听（因为其他人也在听），但我看得出他已打定主意无视哈珀。

“我们收到人质还活着的证明，哈珀，你要不就加入，要不就他妈的给我退出。”那名男性探员说。

“林奇，你完全搞错了，我很清楚，交赎金根本是一场闹剧。”

“你别忘了，我才是这里的SAC[①]！”他说。

他们四目相对，交换了某种不言而喻的信息。我发现哈珀几乎要踮起脚尖。她紧抿着嘴唇，已经准备好破口骂出一些她不想在其余团队面前诉诸言语的话。这两人之间的冲突一触即发，而且似乎不仅是专业上的意见分歧。我无法确定，但我猜他们有私人恩怨。

就目前情况看，谁的脑子好使一目了然。尽管哈珀的性格阴晴不定，但她拥有敏锐的直觉，知道火车站一事有些许不对劲。

“我没忘，”她说，“我很清楚你的身份。”

林奇将双手搭在臀部，下巴朝天花板努了努，好拿鼻子看哈珀。她看他的模样有如他刚刚脱了裤子在草坪拉了一坨屎。直到离开时，她脸上都还是那副神情。

也正是在这个时候，林奇注意到了我。

我点头示意，这次则换他一脸鄙夷，随后便去加入一组探员，一起就着固定于墙上的大电视研究新罗谢尔火车站的电子平面图。图上的所有出入口都以蓝点标记；小红点以及旁边的字母和数字，我猜代表负责监视的探员，散落在火车站的不同点位上，以涵盖所有潜在视角；一个绿点落在一排排长椅旁，还标注着名字“林奇”，我猜代表这位探员将负责交赎金。

“你看什么呢？”一个声音说。

我转过头，看到身后是那位名叫林奇的指挥官。因为我太全神贯注于平面图，以至于没注意到他离开了那群探员和警察。

“没看什么。”我说。

“你就是那个律师——弗林，是吧？”他又问。

① 所谓SAC是特别指挥官（Special Agent in Charge）的缩写，意指林奇的位阶比哈珀高。

“是我。很高兴见到你。”我边说边伸出一只手。

他无视我的举动。“我听说你和哈珀探员起了冲突，是吗？”

“我们打了个照面。”我站了起来。我不喜欢林奇对我居高临下的姿态。起身时，我从眼角余光看到哈珀站在会客室角落。她一定是听到有人提到他的名字。我转身背对她，这么一来才能跟林奇对话。

“我听到的似乎不止那样。有人向我报告说，哈珀探员对你十分暴力，把你的头抵到车顶上？如果我说的没错，那我想听听你的说法。调查局并不鼓励我们的探员做出那种举动。”

“你一定是听错了，哈珀探员相当有礼。”

“我觉得非常难以置信。”他说。

“不相信的话就去问华盛顿探员，我想他会证实我的说法。”我说。

他从我身上什么也没套到，因此决定放弃。走开时，他说：“弗林先生，我们一定还有机会谈话的。”

他差点撞上麦考利。两人相互打量了一下对方后，林奇便回到会客室。

“哈珀探员，”林奇说，“我们收到你对家族代表人做出的不当举止的申诉，我要你离开此地，立即生效。回局里，把你和弗林先生的冲突整理成报告，早上放到我的桌子上。”

我试图插嘴，但哈珀抬手阻止了我。她听见了我刚刚的矢口否认。最终，哈珀从椅背提起笔记本电脑包，众目睽睽下走出了房间。

此时，麦考利递给我一只黑色皮革手拉行李箱，说：“弗林先生，你的委任契约书。”我伸长拉杆，在走过会客室时将行李箱拖在身后，麦考利跟随在侧。行李箱撞到一张桌子，差点掀翻。我咒骂了一句，换了只手。轮子被厚厚的地毯边缘卡住时又被绊了一次。

我吸引到大家对箱子足够的注意力后，心满意足地离开会客室。

在通往前门的门厅，我看到华盛顿等在那儿，双手紧握在身前。

哈珀大步走向前门时，华盛顿伸出右手。他们握了手，然后她踏出这栋房屋，走入黑夜中。

我不禁想：除了我以外，有没有人注意到华盛顿利用跟哈珀握手的动作，将藏在掌中细瘦的黑色装置递给她？我想应该没有。

然后我又想：有没有人知道我拖在身后的行李箱里其实装了200万美金？应该也没有。

00:10

我站在门廊，目送哈珀上了一辆车，我猜那是她的私人轿车，一辆红色道奇战马，引擎盖上横过一条黑色赛车条纹。她转动方向盘，车子扭力转紧，在草坪喷起一阵砂砾雨，旋即消失在远处，开上一条通往大街的单行道。

麦考利和哈维尔过来加入我，没有说话，只是在特警爬上厢型车后方时将视线转向星空；调查局的人也跟着上车。没过多久，砂砾车道上大半的车辆都开始做热身准备了。

“哈维尔先生，我可以稍微跟你谈谈吗？”我们身后有个声音说。是林奇。

“当然。”哈维尔说。

林奇在车道上嘎吱嘎吱地迈开步伐，当他发现哈维尔没跟着他一起走时，便停了下来。他想要远离麦考利和我，私下跟他谈几句话。

“在这两位绅士面前你想说什么都可以。”哈维尔说。

林奇不情不愿地拖着双脚回到门廊处，“很好。局里希望你重新考虑我们的建议，哈维尔先生，你跟太太一起留在这里真的会比较好。我们知道你是专业人士，但我们可以处理得来。你女儿此时最不需要的就是一位心有矛盾的父亲被迫交赎金，然后……”

“害她被杀？你是要说这个吗？”哈维尔说。

那名联邦调查局探员低头注视着自己的双脚。

“我要说的是，我们不希望发生任何意外，哈维尔先生。我毫无不敬之意，但我希望你重新考虑此事，留在这里。如果你担心那 200 万——”

“听好，我懂。这不是因为钱，是因为卡洛琳。如果站在你的位置，我也会给出一样的建议。但同时，我也能理解一名父亲为何坚持要待在赎金交换现场。不过探员，我会考虑你刚刚说的话。”

“哈维尔先生，如果情况变成那样，我的人或许得对你施予保护性羁押。我们不希望你的行为危害到交易进行。”说完，他便坐上一辆福特的副驾驶座，开始打电话。假装要一同前去新罗谢尔的交换现场是哈维尔的点子，调查局也预期他会有这样的行动，而最终，哈维尔会容许他们说服自己不要去。

远处有汽车前灯朝这里过来，一根手指点点我的手腕——麦考利在告诉我，这就是我们在等的那辆车。

我一把提起行李箱，双眼在车道和面前半英亩大的草坪间切换。在接下来的 10 分钟，我决定假装警察和调查局的人仍在暗处监视我们的一举一动。车前灯一弯，转往右边，绕过来停在房屋前方。那是一辆运钞车，两名全副武装的制服人员下来，打开车子后方；身穿浅蓝色西装的第三人跳下车，站到碎石地上，手里拿着一只大行李箱。哈维尔说保险公司成堆成堆地买这种箱子。这种箱子很轻又耐用，而且跟我身旁的这只看起来像是一个模子印出来的。唯一不同处是，那箱子用金属手铐连在那人的手腕上，他的另一手则拿着一台平板电脑。

哈维尔走下台阶，迎接那名身穿西装的男人，带他朝房子的方向走来。林奇探员从福特车上下来，他是在那辆车里等待赎金。我看到他对着那名身穿西装、手拿行李箱的人做自我介绍。

“我们去办公室吧。”麦考利说。

哈维尔、林奇和那个拿行李箱的人走上通往房子的台阶。此时，我见到麦考利敲了敲过道上的一扇门。苏珊·哈维尔出现，脸上泪痕斑斑。

假的眼泪。

她的任务就是在那些人来到过道时晕倒。她将倒进林奇怀中，陷入歇斯底里的状态。在林奇试图让她镇定下来时，她会坚持跟他谈论交赎金的事。她会告诉他，她需要再次保证。我们得排除林奇这个阻碍。

麦考利推测这至少得多花上五到六分钟，有足够的时间让哈维尔把那名穿着上好西装的保险人员带到后方，完成移交钞票的文书作业，并且在联邦调查局开始问箱子里到底有多少钱之前把他从那里弄走。等到林奇终于从苏珊手中挣脱，他将从我手里接过那只装了 200 万、外貌一模一样的行李箱。

这些执法人员绝对不可能发现有两笔不同的赎金。卡洛琳的命就系在这上头。

苏珊·哈维尔擦着脸，把脸上的妆抹得更糊。我注视着她大步走上过道，一只手端着酒杯（杯子里很可能是更多的琴酒）。在把杯子放到桌子上前，她将头往后仰，将杯中物一饮而尽（冰块同时从她的双唇滑落）。之后，她站到过道最尽头，一切就位。

那三人无声地穿过门。哈维尔从左侧紧贴林奇，保险人员在右侧。他们越过麦考利和我，朝书房走去。

那三人越是接近苏珊·哈维尔，我心中的不安感越是强烈。她有些摇晃，以指尖压着前额。我不禁觉得，如果不是这一切远远超出苏珊·哈维尔的负荷，就是她的婚姻确实出了问题，而这场绑架使之浮上台面。哈维尔一定也注意到了苏珊的举止，因为他慢下了脚步。

“该死，希望她别说不出来。”麦考利说。

苏珊·哈维尔摇摇头，用手遮着嘴巴，走开了。

麦考利和我交换了个眼神，他说：“我就知道她做不来，她喝太多烈酒了。”

眼见那三人转过转角，麦考利和我拔腿跑了起来。

00:11

哈维尔关上门前，麦考利和我踏进了他的办公室。我感觉到哈维尔有些慌乱。

经过他身边时，我轻声安抚他：“听我说，我们还是能做到的。”

林奇探员站在书房远远的一角，将手肘架在书柜上。那名拿行李箱的人站在桌边，离哈维尔很近；麦考利和我则站在桌子对面。

哈维尔负责介绍。

“各位，这位是达尔基斯特股票的瓦尔特·贝里斯泰特。达尔基斯特负责我们一家绑架与赎金方面的保险，而这位贝里斯泰特先生手上有我们的赎金。瓦尔特，你见过特别探员林奇了，这边这位是我的律师艾迪·弗林。麦考利你之前就认识。”

保险公司来的大块头仿佛十分享受手握巨款的感觉。他身上的这套西装是定制的，非常合身，很搭他打理得整整齐齐的胡子与完美无瑕的发型。这人殷勤有礼，打了个招呼，但没有握手。他仍然一手拿着平板电脑，另一只手与1000万不记名债券铐在一起。我猜之所以用不记名债券，是因为那笔赎金金额实在太大，现金不方便转移，而债券容易转成现金。绑匪很可能有办法拿到全额的75%。

“如果没有问题，我希望我的律师可以在场见证我移交时文件的签署。”哈维尔说。

“当然没问题。”瓦尔特的发音十分完美，但依旧甩不掉那口瑞典腔。

我绕过巨大的书桌，站到哈维尔右边，瓦尔特在他左侧。林奇上前，来到那张宽大的桃花心木桌对侧，站在麦考利旁边。

瓦尔特将平板电脑横放到桌上，启动程序，轻轻点击。我收起拉杆箱的把手。几秒后，他在屏幕上调出一个看起来像“同意书”的东西。

我碰了碰哈维尔的手，示意他低头，看看桌子下方的行李箱。箱子的材质是手工切割的意大利皮革，来自为法拉利制造座椅的公司。他们生产的箱子都装了锁、拉杆以及轮子，光闻味道就知道价值不菲，而且每一个都能装下四十到五十本精装书，或1000万不记名债券。

我的方法很简单，就像寻找红心皇后，那是最古老的骗术，而哈维尔把我教得很出色。玩的时候，选三张任何花色数字的牌，但一般情况下，会是一张皇后与两张数字较小的牌，它们面朝下放置在桌子上，皇后居中，其余牌分置两侧。唯一重要的牌就是皇后，而你必须找到她。每场游戏一开始会由发牌者拿着面朝下的牌，拢着手指遮住牌的边缘。一只手下面有两张牌，最底下是皇后，上面是一张10；另只一手下面有一张方块 5。接着，他会扔出皇后——一样面朝下，再往旁边扔出其他牌。下赌注的人很容易看出皇后落在哪里，因为他在发牌者移动牌时紧盯着皇后。发牌者的同伴会下注赌皇后的位置——他一定会赌错。而目标会认为自己已看穿了一切，于是便开始下注。在桌上有钱的情况下，发牌者会将最上面的牌先丢出去——也就是那张十，皇后则留到最后。这个换牌手法每次都能奏效。

现在我们玩的是两张牌的寻找红心皇后，而且换的不是牌，是行李箱。这回，我们必须在这位以“观众身份”在场的林奇特别指挥官的“陪伴”下进行。

哈维尔点点头，麦考利也是。他们收到了信息。

哈维尔只要在签名后将他从瑞典人那里拿到的那个该死的箱子放到桌下，再拿起装了 200 万的箱子给林奇就好。

再简单不过，不用人质，不用枪。而且，等调查局知道到底发生了什么事后，也可以轻易地让哈维尔逃过牢狱之灾。

只要那名保险人员不提起箱子里的金额，让哈维尔从他那里拿到箱子、放到桌下，一切都可进行得顺顺利利。哈维尔似乎非常确定瓦尔特不会说出来。他说，瓦尔特认为那么做“很无礼”。

瓦尔特用两手拇指按下箱子上的数字锁，打开；哈维尔迅速朝里头一瞥，再关起来。“我想应该都在里面了，我要签在哪里？”

“如果方便，电子和纸本签章都要。锁的密码设定为卡洛琳的出生日期。”瓦尔特将文件放在桌上，滑开他的平板电脑，解锁，将触控笔从护套中拿出来，摆在屏幕上；接着他又转动箱子上的数字，将之上锁。

我看着哈维尔眯眼注视荧幕，接着是纸本。他读也没读，直接拿起触控笔，在屏幕上行云流水般签下自己的名字。

“你可以留着手铐。我自己有。”哈维尔说。

一滴汗水打在屏幕上。他放下触控笔，擦擦额头，拿钢笔在纸页上潦草地签下另一个颤颤巍巍的签名。

整个空间只能听见哈维尔急促的呼吸声，以及麦考利咬着牙齿发出的闷闷嘎吱声。他的下巴肌肉过度紧绷，而他的双眼从未离开铐在瓦尔特腕上的行李箱。

我已做好准备。只待哈维尔将1000万放到地上，用脚推到我这边，我立刻就会离开这里。

瓦尔特将箱子放到桌上，长长的银链发出叮当的响声。接着他将手腕上的手铐解开。就在我屏住呼吸，以为哈维尔可以顺利地接住箱柄时，意外发生了：哈维尔还来不及反应，瓦尔特却将箱子从桌上一股脑儿抓起，大步走到书柜旁，放到地上，再抓住林奇的左手臂，“啪”一下把手铐铐在他的手腕上。

“瓦尔特，你搞什么鬼？”哈维尔喊道，脸上血色尽失。

“朋友，很抱歉，我们已经做了让步，但人质的监护者不行——你想要付赎金，对苏黎世那儿的老头而言就很够了，但你跟这件事太近了。我收到的直接指令是，以你的名义将赎金交由联邦调查局保管，你刚刚签下的是使这个命令生效的同意书。我想你对此应该没有异议吧，林奇探员？”

探员摇摇头，正想说些什么，却被哈维尔打断了。

“绝对不行，钱要和我在一起。在看到她活着之前，我一分钱都不会交出去。瓦尔特，你不能这么做。”哈维尔怒吼道。

那个拎着行李箱的人在靠近哈维尔时，脸上的棱角变得柔和了些。“没得挽回了，莱纳德，我深感抱歉。”他边说边将一只手放在哈维尔肩上。

哈维尔抖肩，甩掉那只讨厌的手，眼睛注视着麦考利。这两人看起来像是两只吓坏了的金鱼——嘴巴微微张开，眼中满是惊愕和不可置信。而我可以想见哈维尔体内那团恐惧的泡泡即将爆炸。汗水濡湿了他的脸，他拿袖子擦着前额。

如果是特别探员林奇，那等于卡洛琳·哈维尔毫无可能活着逃出那个无底深渊。

“我绝不允许……”哈维尔说的每一个字每一句话仿佛都镀上了愤怒与抗拒。他垂下右手，慢慢移到身后。他与我见过的那些走投无路者毫无二致。他知道林奇即将带着他救回女儿的唯一希望离开，而他绝不能让此事发生——他要去拿塞在腰带上的那把该死的贝瑞塔手枪，我的计划眼看就要分崩离析，如果脑袋不转快一点，眼前的局面将演变为枪林弹雨。

“你不参与交赎金，对所有人都比较安全。”林奇说。

“我想哈维尔先生的意思是，如果我陪同赎金到交付点，并在交换前让钱待在我的视线范围，他就同意。特别探员林奇，这样你可以接受吗？”我说。

哈维尔的手紧握住搁在身后的手枪枪柄。桌子对面的麦考利亦将他外套的侧边翻领拉开，露出搁在肩挂枪套中的手枪尾端。

麦考利身侧的那把枪是对哈维尔的无声提问：我们现在要用蛮力把钱拿过来吗？

这种决定是会赔上性命的。

我温和但坚定地将哈维尔的手拉开，以唇语说出那三个字：相信我。

箱子上的链子长约 30 厘米，因此，林奇在发现无法将拉杆拉到最长后，只好把拉杆又收起来，改为抓住行李箱一侧的皮革把手，将它提了起来。

“我没有异议，但弗林先生必须跟我们一起走，而且我们一进入车站，他就不能再跟着——交赎金只能由一个人进行。这是绑匪的条件。”林奇说。

“由你决定，林奇探员。”瓦尔特将手铐的钥匙交给他。我看着林奇用右手接下钥匙，放进裤子口袋。

“我再次致歉。”瓦尔特向哈维尔伸出了右手。

哈维尔没握瓦尔特的手——我怀疑他甚至都没有礼貌性地看那个瑞典人一眼。他无法把眼神从我身上移开。瓦尔特将签了名的文件收拾好、折起来，放进平板电脑保护套的夹层，朝房门走去。

“我会在走廊上等着。”林奇说。

他跟瓦尔特一起离开，两人将书房的门在身后关上。

“我们完了。”麦考利嘶声说。

“不，我们没有。”我说。

那两人盯着我，一副觉得我脑子坏掉的模样。我也无法责怪他们。父亲曾教我怎么当个高手：怎么扒皮夹，怎么将手伸进包里偷出钱包，诸如此类。经过练习，我的技巧变得十分高超，父亲认为我有着与生俱来的天赋，他称之为手感。他说那就和伟大的高尔夫球手、台球选手或魔术师拥有的一样——他们都有灵活的双手。那是某种熟练、轻巧、坚定且快得不见影的动作，而且是一般人学不来的。你必须天生就拥有这种才能，再经过后天的培养，才会让它出类拔萃。练习能让神经突触反应更快，使肌肉获取记忆而变得更强壮，技巧、速度和表现都能进步。

父亲曾告诉我，我是他见过最厉害的扒手之一。现在我年纪大了，应该比起十三四岁每天练习时慢上许多。

我不禁想着，如今那些技巧能给我多少帮助呢？在不被当事人发现的情况下从那人的外套扒走皮夹是一回事，偷偷调换铐在联邦探员身上的行李箱？

这完全是另一回事了。

“莱纳德，你的手机号是多少？”

他看看手机，说：“我发给你。”

“不用麻烦——告诉我号码就好，我会记着。”我说。他朗声背出自己的手机号码。

“你不打算把号码输入你的手机吗？”他问。

“不需要，我记下来了。我会从探员的车上打给你。跟着我。”

“你打算怎么做？”麦考利问。

我从桌子下方拿起行李箱，“我打算把你的 1000 万拿到手。”

00:12

林奇果真在哈维尔书房外的走廊等我，左手抱着箱子。见我出来，他的眼神对上我中上的箱子——但只有一瞬间。

“准备好了？”他问。

我没回答，心中进行着各种计算：在我们和前门之间有三十几米的地毯与大理石瓷砖，再加上从前门到车子间另外十几米的距离，按照一般人每秒走 1.5 米计算，在我们上车前我有大约 32 秒的时间可以从林奇身上拿到手铐钥匙，但上了车我就没希望了。

那名联邦探员迈开步伐。

我开始倒数。

走道并不窄，但也没有宽到可以让两名手持巨大箱子的人并肩走路。如果没有人时不时稍微退后、让出空间，那一定会有人撞翻走道上的桌子或花瓶。

我们迅速来到会客室。

我的时间只剩下 26 秒。

即使加快步伐，林奇依旧在我前方。他对站在离会客室稍远厨房中的华盛顿探员点点头，对方此时正在用手机发消息。很快，华盛顿探员收起手机，放进外套——该动身了。

23 秒。

在通往会客室的拱廊处，我将位置拉到与林奇平齐，走在他的右侧。手铐链子打在皮革箱上发出闷响，敲在箱子上的链子声与林奇的脚步声相呼应。

18 秒。

行走途中，我更用力地听。据目前所知，林奇口袋中没有零钱。至少这是个好兆头。

“你的车在外面吗？”我问。

他转往右边，接着看向前方，“应该是，我确认一下。”

他本能地抬起左手去拿手机，脚步自然慢下，可他的左手手腕正与一只沉重的箱子铐在一起。当然，我手中装着 200 万的箱子也同样不轻。林奇换用右手伸进西装外套右侧，由于这动作不大自然，迫使他速度放得更慢，还微微扭转着身体。我借机上前，右侧身体掠过他的口袋，但无法将手伸进去——他在走动，所以我做不到。幸运的是，我的手法够轻巧，因此他对我的尝试毫无察觉。

15 秒。

他打了个电话。

“我们要出去了。”他说。

转往大厅时，我听到外头一辆大型轿车发动引擎的声音。即便前门关着，我也能听见轮胎在砾石路上摩擦发出的轰隆怒吼，以及3.5LV6 引擎低低的呢喃声。

9 秒钟。

我脚步放缓，故意让自己落在后面，让林奇走到前方——突然，我察觉到身后有人，一转身便看到哈维尔和麦考利走在最后面。他们故意跟华盛顿说话，让他停下脚步，在最后的几秒钟帮我分散他的注意力。而我虽然转了身，却没有停下脚步。

“哈维尔先生，你打算跟着我们到交赎金的地点吗？”我边说边笔直地朝林奇走去，用箱子撞击他膝盖后方的腘窝，我还看到他的头在门上撞了一下。

“哦我的天，抱歉，林奇探员，我没看前面。”

“没事。”林奇咬牙切齿地说，“没关系。我只是很高兴你不用进火车站。”他边说边拉开前门。

我待在大厅，看着他朝车走去。我必须确认他是从哪一扇门上的那辆福特。由于左手有一只箱子，一般有常识的人都会坐后座，而非驾驶座，这样便能将箱子摆在座位中间，那就表示，箱子会在人和车门之间。

我的推测是对的，林奇坐到了车的后座中。他们后方跟着另外一辆警车。我看见马龙加速将林肯汽车开到第二辆福特后方。

苏珊·哈维尔从走道的一扇侧门出现。

“该死的，是苏珊。”哈维尔在我身后说。

“无所谓。”我面对着打开的前门，背对着哈维尔和麦考利。

我慢慢将手打开，让哈维尔和麦考利看见藏在我食指和无名指间的那把小钥匙。我探口袋的行动天衣无缝。假如他只是把钥匙放在外套口袋或臀部口袋，我根本不必去撞那个蠢蛋的膝盖后方以转移他的注意力。我握起拳头，遥望自己那道覆盖在草坪上的影子，一如之前苏珊·哈维尔和马龙那样。

因为某些原因，那道影子让我感到些许不自在。我闭起双眼，叫自己慢一点。稍早前我已和这只箱子一起越过法律的界线。卡洛琳·哈维尔在我心里的画面明亮且清晰，而我知道它会持续很长一段时间。只要我相信这么做是正确的，就算违法我也通常不会感到困扰。但这件事却困扰着我。如果我能在接下来的10分钟内不遭逮捕、安全下庄，我向自己承诺，为了自身着想我会抽身退后。在这整件事情中，我需保持一定距离，尤其是我还打算帮哈维尔辩护的话。

“把你的手机准备好，需要你的时候，我会打电话或发信息给你。”我说。

走到调查局的车之前，我享受着影子随着距离缩短变得越来越小的景象。我看到远处的天空中有一道闪光划过，几秒过后，闷雷轰隆响起。空气仍然十分闷热，一场暴风雨即将来临。

此时，黑暗带来不同的感受，不知怎么有种浓密且紧绷的感觉。驾驶座后方的车门解了锁，我坐到驾驶座正后方，将大行李箱放在座位中间，也就是我的右侧。皮革擦过林奇携带的箱子时发出刺耳的刮擦声。

我关上车门，车子载着我们扬长而去。

00:13

这辆福特 Taurus 上只有我、林奇和司机。车子显然是联邦官方用车，闻起来有油炸食物和枪油的气味——联邦调查局的两种基本“食粮”。

司机带我们驶离房子，朝单行道开去。

“竟然要用到这么大的箱子，你铁定拿到了一笔颇为丰厚的委托金。”林奇将左手搁在他的箱子上方，指尖点着皮革表面。

“一分钱一分货。”我说。

“我不怀疑。”

福特车很快驶上单行道。我记得稍早前和乔治一起开过这条路时的情景，深知机会来了。我发了条信息给哈维尔：

现在打给我。

福特车的前轮踉跄着开上第一个坑，车身猛力前后摇晃。我的手机响起。

“你需要什么？”哈维尔问。

我假装在听哈维尔在电话另一边说的话，实际上只是在听他呼吸：急促，并且溢满紧张感。

“我很高兴你重新考虑是否加入交赎金的行动，我会让你和林奇探员说话，这样你们就可以做进一步的讨论。”我边说边将手机交给联邦探员。

他举起左手要接，但被手铐阻止了，于是换手。起先他只是听，接着便开始对哈维尔晓以大义，告诉他为什么进行交易时他不在场他的女儿反而会比较安全。

雨水开始落下，滂沱、凶猛、急促。真是天助我也。闪电加剧，这次更近了，甚至还有打雷声。林奇向他那侧的车窗外望出去，说话音量也不由自主地提高了，以盖过打在车顶的倾盆大雨发出的嘈杂之声，好让对方听见他的声音。

后座的箱子并排放着，将我们两人隔开，没剩下太多空间，因此他将左臂往后定定地压在箱子上，右手拿着我的手机；而我藏有钥匙的右手掌，则搁在林奇箱子的上方。

第二个坑洞使坐在后座的我们大晃了一下，手铐链子被摇得当当响，几乎要把钥匙从锁中摇出去。林奇太忙了，他在向哈维尔保证一切都会平安无事。

再转一下，拴扣就能松开了。

我得加快动作。我向右倾身，望向挡风玻璃。玻璃前一片模糊，雨刷疯狂地摆动，它要抢在挡风玻璃再次灌满雨水前将那片水幕扫掉。我们简直像是在一座游泳池里开。

天空中又闪过一道耀眼的光芒，闪电更逼近了。我看到前方两个最大的坑洞此时已形成小湖。第一个距离我们还有 12 米，比它更大的另一个要再远 3 米。

我们很快就会开过那两个坑。

林奇的眼神还盯着窗外，头偏向另一边，没有关注我。

车开过那两个坑中的第一个时，我根本不用假装自己在车子后座被甩得东倒西歪——还真是痛。车子脱离坑洞时，我甚至听到车底盘撞到路面发出的金属刮擦声音。在这一瞬间，我撬开了连着箱子把手的那端手铐，另一端仍安好地锁在林奇的手腕上。

我既轻且慢地让手铐脱离把手，维持打开的状态，做好准备。

第二个坑来了——犹如一道大峡谷——我感到整个身体被往前抛掷。眼看我的脸就要撞上前座，安全带帮助我了。趁这个时机，我探出右手，将装有 1000 万不记名债券的箱子轻轻推到前面，左手将手铐一拍，铐住我身旁的箱子。

调查局那家伙没发现。他的头“啪”地撞上车窗，弄掉了我的手机。

“该死的……赖瑞，慢一点——这里坑坑凹凹的，简直就像是月球表面。”林奇抱怨着，将我的手机从地上捡起来。

“抱歉。”赖瑞说。

我们将两人之间那个装有1000万不记名债券的箱子收拾好，拿来放到我的身旁，接着我又双手抓住200万美金箱子的把手，将箱子移近林奇身边，着重让他看见我的双手碰到了把手上的手铐。我需要一个理由解释自己的指纹为何出现在箱子与手铐上。

“介意让我跟客户谈一下吗？”我提议道。

他没有反对，而是对哈维尔说要把电话交还他的律师。

“哈维尔先生，”我说，“我想该让专业人士尽他们的责任，不如我们就别再插手了？”

“你真的拿到了吗？”哈维尔问。

“我想可以这么说。”

我从座位上转身，透过后窗玻璃看到车后不远处跟着几辆车。其中一辆是哈维尔的。

“好，我下车，过来接我。”我说。

通话结束。

“我的客户要见我，你可以在路边停个车吗？”我问。

林奇让司机在某条私人道路转角的一棵橡树底下停车。雨滴狂击车顶，有如机关枪发射。

“你有多余的雨伞吗？”我问。

林奇露出一副小人得志的神情说：“巧的是，我的确有。但那是联邦调查局的财产，抱歉。”

我打开车门，里头的光亮流泻而出。在我伸腿下车前，我转身面向林奇，打算“祝他好运”，“突然”我看到有个东西躺在乘客座上。

“看来那些坑洞把不少东西给摇了出来。”我对着座位点点头。

林奇探员倾身横过连着手腕的箱子（里头装了200万），见到手铐钥匙躺在座位上。

我帮他捡起来，让他看见我碰了钥匙。

“该死！”他夺回钥匙，“谢了。如果这东西丢了，天知道我该怎么办。”

“祝你好运了，林奇探员。”我关上车门，跑到树下，差点在湿答答的草地上滑倒。

我不过是在橡树巨大的枝干下站了眨眼的工夫，就被淋得浑身湿透。我的双脚遭水淹没，大雨从头上倾下。

第二辆联邦调查局的车从我面前驶过，我上了它之后的那辆林肯，这次是由马龙驾驶。麦考利和他一起坐在前面，我坐到后座哈维尔身旁。他在我还没关门前就将箱子从我手中拿走。

哈维尔“啪”地打开拴扣。

“我的老天，1000万。你是怎么……”

“我什么都没做。哈维尔先生，还记得吗？”

麦考利伸长脖子看着我，跟哈维尔的动作如出一辙。两人都对我重新进行了评价。

“我甚至不知道该如何谢你——”

“那就别谢。随便在哪里把我放下，然后去救你女儿。”

“我可以叫乔治来接你，带你回家？”哈维尔问。

我吹掉唇上的雨水，可挡不住雨水从发中流出，顺着脸颊滴下。

我真的很想换件衣服，但不想回我的公寓，也该死的非常确定自己不想去哈维尔家。那房子确实美轮美奂，但里头的氛围充满汗水、紧绷与失去。我今晚实在是受够了。

“这附近一定有咖啡店之类的地方吧？在没得到你救出她的消息前，我睡不着，也不想回家。在随便一家整晚营业的餐馆放我下去，我慢慢弄干自己，喝点咖啡。事情结束时你通知我一声，然后我们再来跟调查局谈条件。”我说。

“你觉得他们会想谈条件？”哈维尔问。

“林奇死也不会承认他把铐在自己手腕上的那1000万赎金弄丢了。那绝对是会终结事业的。总之，一定可以奏效，不要担心，去把她救回来。”我说。

“我会的。下高速公路不远有个类似休息区的地方，我们顺路把你放在那里。”哈维尔说。

我没问他顺的是哪条路。一部分的我想知道，一部分的我希望尽可能不涉入。如今，我跨越的那条界线已变得一片模糊，而我想再次把线画清楚。

我们从普瑞米尔的大门离开，摄影记者拍到了些画面。我们上了高速公路，马龙将油门踩到底，哈维尔再没说过话，眼神似乎迷失在纯然的专注中。

麦考利正将数字一个个输入仪表板的卫星导航系统中。屏幕回到有着蓝色箭头指示方向的高速公路地图界面，我看到了目的地。那个地方你一定会知道、一定会认得——即使从没去过。

导航系统会将车子引导到纽约上州断头谷墓园[①]的大门处，途中用

① 断头谷墓园（Sleepy Hollow Cemetery）纽约知名景点，作家华盛顿·欧文长眠于此，墓园以其作品命名。

时 42 分钟。

车厢内唯一的声响是引擎稳定运行发出的安抚人心的嗡鸣声。车外我看到 800 米或更远一点的房屋里若隐若现的灯光，在黑暗中显得清晰灿亮。第一个休息区标志出现时，马龙离开了州际公路，于一条双线匝道回车，这条路将带我们前往旁边连着餐馆的加油站。一根饱经风吹雨打、巨大残破的玻璃纤维制热狗端坐在一间餐馆上方，底下有块招牌，写着“鲍勃好食堂”。

谢天谢地，雨停了。

我下了车，哈维尔从座位上靠过来向我道别。

“我不会忘记你做的一切。谢谢。”

我朝餐馆走去，很高兴看到里头有人。前方停车场有几辆大货车和运输车。

以及一辆普通的车。

一辆我认得的车。

红色道奇战马，引擎盖上有黑色赛车条纹。

00:14

进餐馆前，我打了个电话。现在已经整整 5 分钟没有下雨了，但小餐馆的排水系统仍持续将水灌入排水沟。哈利·福特在第二声铃响后接起电话。

“还醒着？”我问。

“嗯哼，睡不着。”

“明天那个是大案子吗？”

他叹口气说：“不是，我已经读了两遍。我是在想那张传票——我在想马克斯·科普兰。”

“我不该跟你说科普兰的。”我说。

“你一定得说，事实上这算是有些帮助。至少我知道有人想找机会伤害我。科普兰很好预测，就和他那些肮脏的行为一样。他第一个上诉的点永远是抹黑原辩护律师。你还记得赛斯·波兹曼出的那个事吗？”

我记得。那故事令人难以忘怀。赛斯曾在曼哈顿一家颇有规模的法律事务所当诉讼律师。他有妻子，两个小孩，努力赚钱付他家那栋高档房屋的巨额房贷。他周六在少年棒球联盟当教练，甚至爬到了助理裁判的位子。他的事务所帮一名叫波拉克的有钱房地产经纪人代理，那名经纪人因涉嫌谋杀一名 16 岁男孩被警方逮捕，合伙人指派赛斯为他辩护。死去的男孩跟赛斯儿子同岁。该案并未进行审判，因为波拉克直接认了罪。两年后，他出狱了，却换赛斯·波兹曼进去蹲苦牢，一切都拜马克斯·科普兰之赐。他为波拉克上诉，理由是针对他公寓进行的搜索技术并不合法，而且他因无效且强制性协商被迫作虚假供述。警方的搜索被判定违法，因此纽约市警察局没有了证据。波拉克走上自由之路，而波兹曼则走上离婚之路；在他被自己的事务所炒鱿鱼后，又走上了无业之路，也丢了助理教练的职位；接着他因为拖欠银行房贷款而流浪街头；最终，他被移送至新新惩教所，因为他在大街上攻击了波拉克。

“哈利，你是高等法官，你不会有事的。”我安慰他道。

“赛斯·波兹曼也没想过自己会有事。重点在于，我一直认为茱莉是无辜的，不然我不会替她辩护。但陪审团不这么看。她应该被宣判无罪的。”哈利说。

没有什么打击比无辜的委托人因谋杀被关更严重。委托人从来不会真的离开。在你带着孩子去学校时，他们在；当你躺在海滩上看日落时，他们也在。你每晚闭上眼睛，他们就在身旁。没有什么比无辜之人更能缠着你不放，永永远远。

“是陪审团送她去坐牢的，而不是你。还记得你告诉过我的那句话吗？让人惹上麻烦的是认罪协商。”

关于刑法有个很悲伤的事实：许多无辜的人都会认罪。这种事经常发生。严格说来，如果每个无辜的被告都为自己的案子起身反抗，那么这个体系就无法行得通。原因单纯是没有足够的法院和法官可以处理那么大量的工作。那他们为什么要认罪？因为拒绝协商就真的是太蠢了。检察官办公室会如此提议——你认罪，我们给你坐一年的牢，加上减刑，你可能只需蹲个八九个月；但如果你被定罪，那就要坐 8 年牢。你愿意承担这个风险吗？没有多少被告愿意在审判上赌这种概率。通常当被告开始服第一个月的刑期时，他们会突然觉得自己做的交易好像不怎么划算，然后开始责怪自己的律师给的什么烂建议，并宣称自己无辜，只是受到压力才认罪协商的。

“我记得非常清楚，认罪协商是诉讼的定时炸弹。只不过……这起案子从头到尾都有一种不好的感觉，她有一点特别。你交出去前，我想看看档案。旧案子都还收在布鲁克林的仓库吧？”

“老地方。如果明天有机会，我会晃过去拿。对了，你最近有跟茱莉·罗森说过话吗？有什么她想尝试上诉的征兆吗？”

哈利叹了口气，“茱莉·罗森 2011 年就过世了。如果她还活着，我会是第一个支持她上诉的人。她过世只代表一件事，我想就不用我告诉你了。”

他说的没错，的确不用。死后证明无罪也很常见。会发生的原因不是执法人员发现自己犯了错，想针对谋杀案尝试新的嫌犯，就是有别的理由。而上诉这起官司的理由就是有人想抹黑哈利。科普兰受雇为这起官司上诉，但他真正的任务是要毁了哈利·福特。无所谓你是最高法官或是什么人，只要有人断言你搞砸一起谋杀审判，你的职业生涯、个人与专业名声就全部付之一炬了。这起上诉可能会给哈利的职业生涯画下句号，而他为了这份工作付出了一辈子。如果拿走他的法官办公室，不出半年他就会踏上酗酒这条路，并一路走到坟墓。

“她是怎么死的？”我问。

“肝衰竭。我去参加了葬礼。她是东兄弟群岛最后几名犯人之一。那间精神病院在她过世后不久就关闭了。除了一名老人和一名牧师，葬礼上就只有我。她不该落得那种下场。”

“既然茱莉过世了，那付钱给科普兰的会是谁？想整你的又是谁？”

“我完全没头绪。茱莉没有家人，至少在我印象中没有。”

“我们很快就会知道了。你睡一下吧。”我说。

“可能性不大。明天见。”哈利挂了电话。

我活动了一下脖子，打开餐馆的门走进去。外头那个标志说这里是食堂，我猜他们提供的食物只有啤酒或咖啡。他们确实只提供这些。我从那位服务生兼厨子兼吧台的玛西那里得到了答复。她是一名身型巨大的女子，身上穿的围裙其实更适合骨架比她小非常多的人。玛西脸上表情丰富，从她嚼口香糖的样子可以看出，她非常不喜欢我湿答答的衣服把她的地板滴得到处是水。我猜她一天只拖一次地板，而且这件事她今天已经做过了。

摇滚乐电台的音乐伴随着放久的咖啡与漂白水的气味播放，红色塑胶座椅零星散置在半圆形柜台周围，包厢座位在再过去一点的位置。除去气味，这里还看起来不怎么干净。当玛西“啪”一声用嘴唇压破口香糖泡泡，歌手斯普林斯汀[①]正在告诉我们他出生于美国。

“我们有派。”她说，但看我的眼神传达的意思却是最好不要叫她去后面拿派，她死也不愿意。

“麻烦你了，玛西。派，还有咖啡。”我说。

“还有顺便对客人笑一下，你觉得怎么样？”一名坐在长柜台的另一端，戴着棒球帽、穿格纹衬衫的大胡子男说。

对于他的问题，玛西清楚明白地以一根中指外加若不留神根本看不到的一撇微笑回复。

“真不知道我干吗进来。”那人说。

举目四望，包厢区几乎空空如也。两个人在左边角落看报纸，除去柜台的玛西粉丝俱乐部唯一成员，只剩一名背对着我坐在包厢位子的女人。她尽可能坐得离所有人远远的，深色皮肤，左边座位可见笔记本电脑包的带子，离墙壁很近。她安静地坐在那儿，往冒着热气的杯中雪崩般一心一意地倒入糖粉。

哈珀探员显然是蚂蚁人。

玛西安安稳稳地待在厨房，我转向柜台尽头的那个男人。

“嘿，这地方有厕所吗？”

他转头看看身后，再看看我。不管他本来残存多少热心助人的力气，似乎都已用尽。

我谢过他，朝他看的方向走去。

餐馆直接连通一个房间，厕所兼淋浴房，那里还有烘干机。

---

① 斯普林斯汀（Bruce Springsteen，1949—），美国摇滚歌手。

我脱下外套，接着是领带、衬衫，尽可能把水拧掉，努力在烘干机底下把衣服弄干，不过情况相当令人沮丧。我的裤子也如此处理了。好在穿回去时只是有点潮湿，而不是湿透。

袜子则进了垃圾桶。纸巾吸掉了鞋子里大部分的水。赤脚穿回鞋子的感觉很怪，但总好过再穿着湿掉的袜子。

我从厕所出来时，玛西一手放在柜台上，另一手撑着臀部，瞪着我看。

“老兄，你很喜欢烘干机吗？”她问。很显然，他们都听到了烘干机的声音。

“我只是想把自己弄干一点。”我说。

“你知道吗，你可以用 14.95 美金买一件我们的 T 恤。”她建议道。

在玛西背后的墙壁上方，光秃秃的灰泥壁上钉了一件上头写着“我在鲍勃好食堂吃超饱”的衣服。

“鲍勃是谁？”我问。

“鲍勃挂了。T 恤你要还是不要？”她问。

我礼貌地拒绝，拿了咖啡和一块色泽黯淡的派坐到哈珀探员后面的包厢，这样她便不会看到我。

夜晚依旧热且潮湿，充满夏日的雾气，不过餐馆将空调设在一个舒服的温度。吃了两三口派后，我依旧无法判定口味，不是柠檬和酸橙就是马桶消毒剂味。我将盘子推到一旁，觉得还是不要知道的好。

至少鲍勃好食堂有免费无线网络。我用手机进入法院网站，输入我的登录信息。外套里的传票已被雨水弄成一团糊，但仍能辨识上诉书的案号。我在索引号码搜寻，找到了上诉的归档。

科普兰对哈利一点也不手软。他虽然没做什么具体举动，但他以标准诉状形式于上诉层面做得面面俱到：无能的辩护人、粗心草率的陈述、无法尽职调查使客户免除获罪、无效陈述与专业上的粗心。归档中还附了一个案件的口供书。

茱莉·罗森在2003年因杀死仍是婴儿的女儿艾米莉·罗森，确判一级谋杀罪。上诉人在审判中宣称，不知名行凶者进入她家、打伤她，并在那里纵火的说法不成立。根据消防队长的报告，起火点在婴儿房，婴儿床中找到了烧成灰的婴儿尸骨。火势极为强烈，骨头基本上全部烧成灰。那片区域没有目击者举报在黑夜中见到任何人。

接着，我看到某个科普兰上诉时应该会提到的点：茱莉·罗森被定罪一年后，被判定精神失常，并被转移到东兄弟群岛的一间老旧精神病院中。

科普兰可能会主张茱莉打从一开始就不应认罪，哈利竟没让她接受精神医师检验，因此搞砸了案子。我在心里记下，早上得问问哈利这件事。

我的裤子干得十分完美，外套也是。经过半小时外加续两次咖啡后，我觉得好多了。脑中一个小角落有道声音对我说（但我试图要它安静点）：如果再来几杯啤酒配一点威士忌，我会更平静。我努力让那些与哈维尔和卡洛琳有关的声音及想法别再吵——而且这不是第一次了。

再过10分钟就15点了。

卡车司机谢过玛西，抓起他们的装备朝停车场走去。我打量周围，发现餐馆已空，只剩哈珀和玛西。氛围之安静，有如置身于医院之中。“瘦李奇乐队”从广播中传出，主唱菲尔·莱诺特告诉我们他在等一个不在场证明。玛西一边将一本封面有身穿粉红色晚礼服女士的书的书脊扳得嘎嘎响，一边自顾自低声咕哝拿到的小费很少之类的话，之后坐下来读起了那本《魔法师之心》。

距离人质交换还有 9 分钟。

我往右倾，看到哈珀探员将一支黑色塑胶装置插进笔记本电脑的 USB 插口。那正是华盛顿探员在她从哈维尔家大门出去途中交给她的小东西。打从我走进此处，哈珀就没转身，甚至在卡车司机离开，或是我和玛西对话时，她都没有回过头。就目前看来，哈珀做事正做得顺手，且全神贯注。我将双脚在身下交叉，右脚支着左脚，尽可能想偷看哈珀在做什么——不过我滑了一下，鞋子皮革在打过蜡的地板上嘎吱叫了一声。

“你这间谍做得真是不及格，弗林。”哈珀探员头都没抬。

“没想到你知道我在。”我说。

她转过身看了我一眼，眼神传达出的意思是你这个人真是蠢。“你脚都还没踏进门我就认出来了。我看到哈维尔在停车场放你下来。你是被解雇了吗？”

“不是。你为什么会这样想？”

“因为你来的时候是跟哈维尔的私人司机一起抵达豪宅，现在却从外头湿到里头，在这个鸟不生蛋的地方喝难喝的咖啡，而且好像连公文包都丢了。”

“我不想在那房子里等。你知道的，就是等人质交换的消息；我只想离开那里。我的包还摆在那儿，你不必担心。”

“哈维尔在交赎金的地点吗？”她问。

我什么都没说，只是喝光咖啡，往后靠着塑胶椅背。

“那 USB 是做什么的？”我问，“我知道那是华盛顿探员给你的礼物，但从表面看，你们好像不是那种关系。”

哈珀不理我，转回面向屏幕。

“你们很有默契。我猜华盛顿探员不希望你觉得自己遭到了冷落。我想插在你计算机上的那个装置可以让你跟上目前的进展。”

她起身绕过来坐在我对面，皮外套的金属拉链与桌面碰撞，叮当作响，让我想到手铐链子发出的声音。

“你看到了不少。”她说，“那么你知不知道哈维尔会不会去交赎金的地点？”

“我知道。”我说。

“但你不打算告诉我。”她说。

“就我看来，我手上有信息，你也有。不如我们相互分享一下？”

“你想知道什么？”她问。

“我想知道火车站目前的状况。”

“你好像没觉察到我本人并不在火车站的交换现场。”她说。

现在换我对她投以怀疑的眼神。

“如我所说，华盛顿探员让你加入，我要你也让我加入。”

“为什么？”她问。

我无法把真正的原因告诉她。如果断头谷那儿一切顺利，莱纳德·哈维尔很可能就要回来面对因妨碍司法公正、诈骗与一大箩筐罪名而遭到的逮捕。不管我还剩下多少是非观念，我都知道，没有一名父亲应该因拯救女儿的性命付出代价：我就是不能接受。哈珀针对假的人质交换所说的一切，都可能对哈维尔的辩护有帮助。

“我要知道卡洛琳有没有平安回来，我自己也是个父亲。”我说，“你为什么想知道哈维尔有没有去车站的交换地点？”

她将身体向前倾，双眼同时射出犀利的光芒。她的脸与我的脸只有咫尺之距。“因为我知道车站的交换是鬼扯，而且我知道哈维尔也知道。”

00:15

我们两人都没出声。玛西将书翻过一页，黄色纸张在她指尖粗糙的皮肤下发出低喃；广播主持人介绍了一首 AC / DC 的经典歌曲（但这首歌根本不需要介绍；倾盆大雨的啪嗒声开始打在餐馆屋顶上。

“我听到了你对林奇探员说的话，你为什么认为车站的交换是假的？”

“跟你的客户认为那人不是真正的绑匪的原因一样。第一：地点。新罗谢尔火车站到处都是监控摄像头——每个地方都有。如果有一袋钱进去，绝不可能在无人看到的状况下出来。那里有三个出口，我们全都能顾到。车站距离最近的州际公路 20 分钟，交换时间是凌晨 3 点，车站基本上空无一人。有一班火车会在凌晨 2 点 15 分开进来，但直到 3 点半都不会有下一班。没有人群掩护。你不如在时代广场正中央找个鱼缸放赎金算了。如果你真的想拿钱，应该要求用转账的方式，或在一个你可以控制、并能在无人跟踪的状况下 5 秒内离开的地点。”她说。

“你这是假设绑匪是专业人士，搞不好他们只是随处可见的业余菜鸟。”

“我不认为会有人那么笨。另外，赎金要求是在你客户的脸在新闻上播得到处都是、呼吁抓走卡洛琳的人放了她之后才来的。”

“那人质还活着的证明呢？那些照片呢？”我问。

她垂下眼睑看着桌面，摇摇头。

“这我不知道。照片看起来没问题，但这个交换行动问题很大。”

“绑匪是怎么跟调查局联系的？”

“你的客户没告诉你吗？”

“他告诉我绑匪用的是投币电话。没有错吧？”

“现在该换我问哈维尔会不会去交赎金的地点了。我跟你说得够多了。”

作为辩护律师，这么做违反我所有的基础本能。但我一看哈珀的双眼，就认为至少在这件事上我可以信任她。

“你上司说服他不要插手。”

她确认了时间，站起来，回到自己的位子上。我则溜到她旁边的座位。她没拒绝，因此我也没再多问。

她的拇指滑过笔记本电脑上的触控板，唤醒屏幕，四幅影像将屏幕分割成格状。屏幕四角各有一个影像。那是火车站出入口和中央大厅的视角，通过屏幕右角的菜单，哈珀能在车站不同视角之间来回切换。

一开始我以为那只是图片，接着便看见有个人从车站入口走进去。

“这是监控摄像头的画面吗？”我问。

“没错。车站的录像系统反馈到调查局网络，只要有正确的密码就行。”说着，她点点那个插在 USB 插口处的装置。

华盛顿给哈珀的……看来他不只是让她跟上最新进度，还要确保她能百分之百监视交赎金的过程——而且是现场直播。

她猜得一点也没错，车站完全是一场烂透的假布局。当然，她没有证据。我思考过她说的话，并认为她判断那里是假地点需要的绝对不只是直觉，或仅凭那是个极差的交赎金场所这个理由。除了我知道的事情之外，一定还有别的。

但是话说回来，我可以确定一件事：哈珀是关键所在。

“告诉我，你为什么这么确信交赎金是骗局？”

她注视着我，思考该如何回答，同时衡量利弊得失。

“关于我的事你为什么跟林奇撒谎？为什么不告诉他我把你的头推去撞车？”

“那对我的客户不会有任何好处。我觉得你是那儿头脑最好的人，为什么要让我的客户失去一个优秀的联邦调查局探员？”

“也就是说，你也觉得火车站那里是个烂借口。”她说。

我得小心。她只是客套，但我不是百分之百相信她，至少现在还没有。

“我想你说的还算合逻辑。但你要记得，绑架是一桩高风险的生意，罪犯并非都跟看起来的一样聪明。”

她喝了一口冷咖啡，那双与我四目相交的榛果色眼睛并未闪烁，一次也没有。她的目光并未看穿我的心思，也没有试图读我的想法，而是立起一面盾牌。

“少来了，一定还有别的。”我说。

分割屏幕上的画面维持不变，她缩小视窗确认了其余镜头。“这个绑匪——他很有耐心。他等了好久才来接触，而大多数绑匪都会慌乱，会在家人还不知道自己的亲人失踪前马上打电话要求赎金。这人没有，而且他做足了功课：他甚至能准确地知道这些失去亲人的人在24小时内可以准备出多少钱。你瞧，可能还有很多事是你不知道的。”

“那就把那些我不知道的事告诉我。”我说。

“我们昨天早上发现了卡洛琳的车，这一点你的客户也不知道。”她说。

00:16

每个镜头反馈都维持在停滞画面，车站入口毫无动静。时间慢慢接近凌晨 3 点。

“你为什么不告诉他车的事？”

“你知道的，你这位客户是出了名的喜欢按自己的方法做事。就是因为这个名声，他才能走到今天的地位。我们无法承担让一个父亲带着枪在城里乱跑的风险。有些事情你的客户不能知道。为了他好，也为了他女儿好。”她说。

“那现在为什么告诉我？”我问。

“因为事到如今这都无所谓了。哈维尔正在进行他自己的计划，对吧？这才是他不在车站真正的原因。”

我没回答。

“不用担心，没人相信我。但是，等到证实车站只是鱼目混珠、哈维尔带着女儿回家，他们就会相信我了。而这件事一旦发生，你的客户就会面临天大的麻烦，并且需要一个好律师。”

“如果你真的这么深信不疑，为什么不去跟着他？”我问。

“你怎么知道我们没有？”她问。

她是在虚张声势吗？很难说。她任死寂持续累积，并将眼神转回笔记本电脑屏幕。

我的解读是：哈珀就一个人，没有后援，除非华盛顿探员跟着哈维尔。我思考是否要发信息给哈维尔，但没有付诸行动，而是将双手摆在桌上，往后一靠。

上方的灯照亮了漆黑的屏幕，我见到哈珀调整笔记本电脑的角度，好同时监视屏幕和我的倒影。

我决定认为她只是在看两者之一。

一定是虚张声势——只要我一拿出手机发信息给哈维尔，她就会知道他身负别的重任，而我的行为正好证实了她的猜想。

她说的是事实……或部分是事实。对哈维尔隐瞒信息的唯一理由，要么是为了不让他插手这场人质游戏，要么就是因为他也是他女儿失踪的嫌疑犯之一。

几秒钟后，我做出了决定，不管怎么做，我只会让目前情势变得更糟。我喝光最后一滴咖啡，完全不去碰手机。

“你们在哪里找到车的？”

“车在森林里一条很老旧的泥土车道上，过弗吉尼亚州边界不远的某座墓园后面。一个出门遛狗的人发现的。我们把车拖到实验室，没找到什么异常之处——不算有。没血迹，头枕上找到一些卡洛琳的头发；没有强行进入车中的迹象，但在后座找到了一些东西：一副眼镜。镜片上有几滴血。我们检验出血与卡洛琳的 DNA（脱氧核糖核酸）档案不符。”

我什么都还没说，就见她立刻坐直身体，全神贯注地看着计算机。

一名黑衣男子将行李箱拖在身后，走进车站。她塞上耳机，交叉双臂。

我问她有没有多余的耳机，于是她——基本上是用扔的——给了我一副白色耳机。我把耳机戴上，把插头递给她。她迅速将其插进第二个耳机插孔，双眼完全没离开过屏幕。

那名男子大步走进车站，站在大厅中央无人的询问处左方。我听见手机响起，黑衣男子接了起来。

“我是林奇。”他说。

我往前倾，好将特别指挥官林奇的声音听得更清楚。

另一端的声音低沉，毫无疑问是男性，并经过变声——应该是用了掩盖声音的装置。对方的音量比林奇小，但还是可以听得清。

“去男厕。”那声音说。因使用了掩盖声音的装置，嗓音听起来很破碎，甚至有些诡异。

林奇朝屏幕走来时，镜头跟着他，接着他便消失到视野之外。几乎在他从其中一个镜头消失的同时，哈珀以食指划过触控板，新的角度由右边的角落跳出，替换了先前的画面。男厕外一个人都没有，林奇进去后，我们就失去了画面。

但仍能听见他的声音。

他那双橡胶底的鞋子透过麦克风传出高频而尖刺的刮地声。

“第三间。”那声音说。

探员迟疑了，我听得出来。嘎吱声停下，接着听到门往后推开的声音。先一扇，再一扇。我推测林奇试了每扇隔间门（第三间除外），以确定这地方空无一人。

“我在这里。”林奇说。

“掀开马桶水箱。”那声音说。

我们听到沉重的盖子撞击男厕亚麻地板的声音、手铐链子发出的声响，以及陶瓷水箱盖整个掀起、放到一旁的响亮回音，以此得知林奇很可能正在马桶箱上方俯身，察看装满水的蓄水箱。

冲马桶声——这绝对不会错——水箱排出水，接着是某个东西从水中被提起的声音、急促的滴答声。

“把钥匙从袋子里拿出来，去置物柜。”那声音说。

5 秒钟后，林奇再次出现在屏幕上，右手仍拿着手机，左手拉行李箱。他停在视频中央位置，看向车站另一端一排排的置物柜。左边是一排独立式置物柜，一面20个，上方10个，下方10个；背面也一样。

“左边。”那声音说。

林奇开始朝那个方向移动——一开始慢慢地，后来，他越接近那组松木置物柜，步伐就越快。车站极为安静，有如周六晚上的教堂。视线可及范围内连个站务员、警卫，甚至清洁工都没有。

“这家伙一定是在开玩笑。”哈珀从鼻子哼出一声笑，“他要林奇把赎金放在一个任何人都能公开出入的车站置物柜，而且这里还到处都是监控摄像头，一天 24 小时。要不是超业余，就是陷阱。”她说。

但这场绑架在我看来一点也不业余。犯罪者不着痕迹地抓走卡洛琳·哈维尔，没有目击者，没有留下任何线索和证据。情况大有问题，竟要求将赎金放在靠近就会被目击到的公共置物柜，这种行为就我判断是相当愚蠢的。这与诱拐行为的专业水平相悖，彻头彻尾假到不行。

林奇确认了连在钥匙圈上的金属号码牌，很可能是在找置物柜的号码。

获得消息前，林奇走得很慢。现在知道了行李箱最终要去向何方，给了他足够的动力，前往置物柜的脚步加快了一倍。

林奇将箱子放在置物柜前方，先打开手铐，接着把手铐钥匙收回口袋，又拿出置物柜的钥匙。哈珀选了观看的最佳镜头，放大为全屏。镜头距离林奇约 10 米，对着他的右侧。

林奇打开置物柜时，门往外晃开，盖住了他的脸。

但也只有一瞬。

我预判联邦探员会打开置物柜门，抬起箱子放进去，然后等待下一道指示。例如他应该将钥匙放到哪里，又该在什么时候、什么地方接卡洛琳。

行李箱依旧站在车站苍白的瓷砖上。

不知道林奇在置物柜里看到了什么，他僵在原地。

00:17

我快速回头确认了一下，见到玛西把脚抬起来跷在吧台上，并戴着耳机，一面读着她的罗曼史一面轻轻地带着椅子前后摇动。这也是好事一桩，因为哈珀跟华盛顿探员通话时完全压不住声音中的惊慌。

“这是在搞什么鬼？”她问。

我只能听到她这边的对话。华盛顿没像林奇一样戴着麦克风。

“先不要让特战小队行动，不要泄露身份。弄清楚里面是什么再说。”她吩咐道。

华盛顿探员冲向置物柜和林奇，那道高大且气势逼人的身影出现在三个不同角度的屏幕上。特别指挥官仍毫无动静。到底林奇看到了什么，现在还没有任何描述。

华盛顿在距离整排置物柜 1 米处急停，于林奇身旁打住脚步。我见他询问领头的探员是否有事，接着看向右侧，面对打开的置物柜。华盛顿的双眼逗留在那个置物柜里，不再理会林奇。影像的画质很差，但我们可以清楚地看到华盛顿皱起眉头、微张的嘴唇因为拼命想搞清楚面前的景象扭成了诡异的形状。

“怎么了？”哈珀急切地问。

因为听到哈珀的声音，我看见华盛顿瞥了一下手机，接着立刻用手指滑了一下屏幕。

“他挂我电话。”哈珀有点暴躁。

“理由充足。你看。”我说。

屏幕里华盛顿将手机翻过来，对着置物柜举起，接着闪光灯亮了好几次。华盛顿拍完照片，林奇轻轻将他推到一边，好接着看置物柜里面。

哈珀的手机如电钻般震动了起来，一次又一次——华盛顿拍的照片一张张传来。

我注意到华盛顿一直与置物柜保持距离，仅是注视着。他从臀部口袋拿出某个小小的、白白的软垂物品：一副乳胶手套。他戴上手套，将指头一根根挤进去，然后又一一将其捋顺；先一只手，再一只手；让乳胶紧贴每根手指间的皮肤。做动作的同时，他的眼神完全没离开置物柜。我想象着他过去也是如此戴了上千次橡胶手套，并猜想他是否每回都要将这仪式走一遍。

哈珀打开她搭档传来的第一条信息。

她的手机屏幕相当大，足以让我们两人轻易看清画面。白色屏幕上有个蓝色圆圈在转，下载着第一张图片。

“这是什么意思？”林奇问。

“莱纳德·哈维尔有罪。”那声音说。

“你说‘莱纳德·哈维尔有罪’是什么意思？”林奇又问。

那失真且冷漠的声音缓慢又小心地说：“现在就看你了，我会遵守承诺。”

麦克风传来“咔”的一声，林奇从右耳拔掉耳机，绑匪挂断了。

哈珀手机屏幕上的蓝色圈圈消失，白色画面被彩色照片取代。

00:18

“什么玩意儿……”哈珀说。

我在置物柜中看到两样东西：一个是手机，躺在置物柜的木头层板上；另一个东西位于柜子的后方，让人觉得既眼熟又陌生。因为置物柜后方太暗，看不清全景。

华盛顿探员拍的第二张照片是近一点的特写。

一件衣服，看起来跟卡洛琳失踪那天穿的白色衣服一模一样。衣服上染了红色，在那道红色污痕底下还有更多红痕，比较浅，并组成了一个句子。

句子是用红色马克笔或唇膏写成的。

或者是血。

哈维尔在地下室杀死了她。

此时，手机铃声响起。我的关了静音，我看到哈珀检查自己的手机。什么也没有。然后我们两个突然感觉一阵尴尬——遥远的铃声透过耳机传来。车站里有部手机在响。一时间，我无法将荧幕上发生的事与身边的状况联系起来。画面中林奇和华盛顿面面相觑，接着一齐看向置物柜里面：手机上亮起白色的来电画面。

我确认镜头上的时间。

3 点 13 分。

林奇按下接听键，手机停止了响声，他缓缓将手机放到耳边。林奇什么也没说，只是听着。

那个从手机中传进林奇耳机，并在我们的耳机中响起的声音，听起来很熟悉。

“她在哪里？”哈维尔问。

“哈维尔先生？我是林奇探员。”

来电挂断。

我吞下喉中涌起的“苦胆汁”。

我站起来，拨了哈维尔的手机号，快速走向厕所。玛西仍在边摇晃着读小说，边跟着耳机中一下一下脉动的节拍嚼口香糖。

转语音信箱。

当我听见哈维尔的手机答录声，便加快了脚步。我想把自己锁进厕所里，在我留语音信息给他时远离哈珀的听力范围。

然而，我甚至来不及走到厕所。

地板颤动，餐馆的每扇窗户都扭曲了，杯盘砸碎了一地，玛西从椅子上跌下来，我走到一半、僵在原地。

这里再也不阴暗了。

远方，在森林再过去的位置出现冲天巨焰的火柱，就在当晚我来的方向。800 米外，黑色山丘的顶点上，普瑞米尔的一栋大房子将夜色烧出清晨的亮度。

00:19

哈珀探员播打电话时，我刚关上她那辆道奇战马副驾驶的门。她打直了腿，踩下油门，就好像这块油门板欠她钱似的。我都还来不及把后脑勺抽离座位，车已经出了停车场、开上高速公路。负责管理普瑞米尔的哈维尔家族安保人员打电话向哈珀证实了消息。

哈维尔的房子成了一团火球。安保人员打了 911，请消防车和救护车到场支援。

哈珀探员按下手机上的免提键，往仪表板一丢，好方便换挡。她将车速推到将近时速 140 千米时，我系上了安全带。道路因雨水而打滑，车子的抓地力大概等同在玻璃窗板上爬的响尾蛇。只要方向盘转得过猛，或油门的压力高出半分，就会导致连哈珀探员也无力控制的意外。

哈珀脸上的表情是专注外加愤怒的。她咬着下唇，双眼定定地注视着路面。我能看出两件事：哈珀是名技术高超的驾驶员，还有她其实没有真的专注在路上——她的心思仍在车站里，仍在那个置物柜里头。

哈珀紧咬嘴唇，车胎则紧咬着路面。我们越是接近普瑞米尔，天空就越是明亮。

“开门，我们再有 15 秒抵达。”哈珀说。

就是这么快，她将脚从油门板上移开，稍稍放慢速度，小心不踩到刹车，而是通过换挡将车速慢下来。每换一次挡都会造成引擎的一次高速转动，随之而来的是马达渴望加速却遭否决而发出的抗议声。

她以时速 50 千米的一个左转进入普瑞米尔，过程中以无加速状态跑了 3 米。我紧紧抓住车门上方的把手，仍在车里被甩过来、甩过去。哈珀搞不好曾是专业车手——她的技术太好了。

“你在哪里学的开车？”我其实没那么感兴趣，只是需要说些什么来分散恐惧——我很怕我的脑袋会撞穿挡风玻璃。

“南达科他。”

“泥土赛道？”

“不是，拉皮德城。我的童年非常精彩。”

门已经开了。许多电视记者被自己的镜头打亮，伴着头顶上方、从林木线探出头的火焰，以及随之而生的一片橘色火雾。

进入普瑞米尔渺无人烟的静夜街道后，哈珀就放手让车子跑，而她稳稳地驾驶这辆猛兽。她轻踩刹车，让它穿过弯道，接着在直线道路上将油门踩到底。

“我爸开车行，我 13 岁起就在停车场卖甜甜圈。”

也许是因为在说话，又或者是我们渐渐靠近火场，她错判了通往哈维尔家单行道的转弯。车子后方失去抓地力，向右打滑，无论哈珀怎么转动方向盘，都无法抢在车尾扫倒出售标志之前让车再次抓稳柏油地面。

“该死。”哈珀说。当我们撞上第一个坑洞时，她失去控制，拼命在双臂上使力，想开回直线——但这件事没人做得到。接着她撞进右侧的木头围篱。不过最后证明这个发展算是走运。在 V8 引擎时速 80 千米的状况下犁过平地，总比时速 40 千米在单行道迂回驶过一大堆坑洞来得好。

距离房子约 500 米的地方就能感觉到热度。我从没见过这么猛烈的火势。房子至少有一半都该死的着了火，一道黑色身影踉踉跄跄地从前门走出来。

“抓好。”哈珀说。

我以双手手掌撑住车顶，两脚在车底踩稳，后脑勺简直要陷进头枕。但当哈珀再次一头撞穿围篱、车轮腾空，接着落在砾石纷飞的石头车道时，我的脑袋依旧撞上了车窗。

她拉了手刹停下车，我都还没打开车门，她已下车朝房子冲去。

看不到消防车。

哈珀来到砾石车道上的身影旁时，我跟上了她。

那是一名制服警察。他弯身狂咳，脸被烟熏得黑黑的，脸颊上能看到的少部分皮肤变红，并因热度而起皱。

“所有人都出来了吗？”哈珀问。

那警察摇摇头，一手搭在我肩上，低下头，啐出一口脏痰。

“我睡着了。在地板鼓起断裂时醒了过来。那个跛脚的……还有……还有那个妻子……在楼上。”

我看着房子，火舌舔舐着底层的大部分房间，以及一楼的某些房间，像南瓜灯里的蜡烛似的将它们点亮。每扇窗户都炸开，风势助长了整栋建筑里的火势。警察从前门出来，火势还没有侵占门厅。烈焰发出的声响极为恐怖，听起来像是活物，像某种巨大凶猛、会无情将面前阻碍的一切全数吞噬的野兽。

在火烧的声音之外，我听见消防车的警笛声，消防队不用多久就会抵达这里。我转身想告诉哈珀我听到了消防车的声音，但她已经不在我身旁。直到这时，我才听见她靴子的重踏声。我抬头，刚好见到她冲过从前门喷出的烟柱，消失在房子内的滚滚浓烟中。

“该死。”我咒骂了一句，也踏上石阶，跟着她冲了进去。

00:20

这感觉恍若走过地狱的后门，只见大理石门厅内有一大团旋绕的黑烟，两侧房间里则是火焰打造的墙。我抬头见到天花板也着了火，红红橘橘的东西吞噬着画作，像翻倒的水银一样扩散到每处表面。

悬在头上的巨大吊灯似乎仍震撼于房子的爆炸，持续摇晃着。一块跟餐桌一样大的灰泥浆壁从天花板坠下，砸碎在我旁边的瓷砖地上。我把外套甩到头上，边咳嗽边跑上大理石楼梯。脚下的阶梯感觉暖乎乎的，但没有着火——至少目前还没。

我在第一层楼梯平台上喊着哈珀的名字。左边走廊已被火焰填满，右边也一样。选哪一边，基本上没有什么差别，只看我比较想被烧死在哪一边。我弯下身体，第一次吸进了些空气——简直像是在吸入燃烧的汽油。

再想不出办法就死定了。

我努力压抑咳嗽，闭上眼睛仔细聆听。

5 秒钟。

木头裂开的哔剥声，电线发出的嘶嘶声，在这一切之外，是吞没整栋建筑的大火发出的怒号。

还有别的。我的上方有重重的脚步声。

我一步跨越两级台阶来到了二楼。这里并没有底下那层那么糟，细细的火苗从插座和墙上的电线入侵，但火还没有掌控全局。我往右走，那脚步声听着是往这边来的。走廊右边最后一扇门微微打开。我用肩膀撞开——并抢在往下坠落 6 米摔到下层前拼命抓住门框最上方。

地板中央塌了。我低头看向下面的一楼卧室。透过浓厚的黑烟，我看到了苏珊·哈维尔，她正面朝下趴在一张木材破裂、冒着烟的床上；哈珀在她身旁试图起身，她从地板上的洞掉了下去；我还在一团混乱的木头与灰泥浆壁中看见失去意识的乔治。

我转过身，朝刚刚来的方向冲去，下了一层楼梯朝右走，想前往我刚刚从楼上看见的房间，却瞬间刹住脚步。

我到不了她们那里了，现在的走廊根本是一条火红的隧道，我的西装因高热而燃烧起来。

快想啊。

左边的门是开着的，里头可见洗手台和马桶。我走了进去，很高兴看到房间尚未完全沦陷。墙上的瓷砖裂了，电器插座中烧出一团火炬。盖着浴缸的几条布帘在冒烟，我把它们扯下来，打开水龙头，将它们浸湿。我做这一切时，尽可能地加快动作。

我现在真的开始狂咳了，胸口好似遭强酸灼伤。

我将滴着水的布帘一把甩到头上罩住，从厕所出来，在走廊上疾奔，跑到右边最后一间房间。门已经垮了，我冲进去，护住乔治。

“起来，我们快离开这里。”我将其中一条布帘丢给哈珀。她已扶起苏珊·哈维尔，让她挂在自己肩上。哈珀用右手接过布帘，覆盖住她们两人。我拍着乔治的脸把他打醒，他一阵狂咳。乔治和苏珊的状况不同，他的脸因为灰泥而一片惨白，脸上到处都是一点一点的血迹。

我让他站起来，但知道自己搬不动乔治和湿布帘，于是把他夹在腋下，用布帘盖住他的头，朝门而去。

哈珀慢慢跟上来。

“我们得跑了。”我说。

但我们跑不了。这条着火的走廊到楼梯足足有 30 米，太长了，我们甚至没走到一半布帘就被烤干，并着了火。

我们扔了布帘，跌跌撞撞、踉踉跄跄，拼命拖着脚步往楼梯前进，中途不敢停歇片刻。

我们都说不出话来，被烟呛住了。四人挤在楼梯最上方，到不了门厅。哈珀把苏珊放在燃烧的地毯上，哭喊出声。

下方的大理石门厅突然爆开一条巨大的裂缝。因为实在太大，绝无可能跳过去；我们脚下的地面在楼梯裂成两半的瞬间移动着往下塌。

苏珊·哈维尔醒过来，朝墙上吐出黑色的血。她的脸因为高热而肿起，眼皮起了水泡，正在流血。

哈珀拍拍苏珊的脸，将她抱紧。

我们下不去、出不去。空气也渐渐稀薄。

而火焰更近了，我能感觉到。

我看着底下，努力思考，努力想着该怎么办。我咳得更厉害了，身体极为痛苦，就像有火从体内烧出来，每过一秒就更强烈，撕扯着我的皮肤、肌肉、脚上的鞋子。我一面狂喘，一面干呕，顾不得其他人，整个人溺在肺里的黑烟与脸上奔流而下的热泪中。

就在这时，一双黑靴出现在我面前的地上。我的双眼变得沉重，在我失去意识的那一刻，我感到有一双强壮的手拉扯我的双肩。

00:21

我在一张软软的床上醒来，有东西横在我的脸上，夹得紧紧的。我坐起身，大口吸入空气，听见不知道什么玩意儿正在我胸中到处隆隆响。接着另一阵咳嗽发作，我拼命想将脸上的那个东西拿掉。

一只强壮的手压着我的腹部，另一只手则抓住我的手腕。

“放松，只是氧气面罩。你没事，消防队把你带出来了，你得救了。”急救人员说。他个子矮矮的，光头，长相和善。我躺下来，转头四望。就目前情况来看，我推测我在救护车后方，但似乎没有要前往什么地方。我没听到警笛声，也没有车辆在车阵中穿梭移动的感觉。

在对面一模一样的轮床上，我看到了乔治。他醒着，呼吸状态比我好上很多。我在他面罩的鼻管看到湿湿的脏痰，也看到他的胸膛稳定地上下起伏。我们两人都没有说话，只是尽可能地吸入氧气，在横隔膜上使力，憋住咳嗽，尽量多把好东西吸入体内。医护人员一定也帮乔治洗了眼睛。他的眼周有一圈粉红，但脸颊、嘴巴和脖子上依旧沾满烟灰。

我甚至对医护人员帮我右手烧伤处缠上绷带的处理动作毫无知觉，而因为看见了烧伤，疼痛的躁动就变得再也无法忽视。我弓起背，想用意志让它停止，祈祷着能回到看见烧伤之前，回到脑中的痛觉接收器还未被启动、进入过激状态之前的时刻。

“我会给你一些东西止痛。”医护人员说着从我视线中消失。他带着药瓶与注射器回来，量好剂量后便伏在我身上。我感到一阵拉扯的力道，接着看到他在我左手腕上注射药物。这剂药真是福音，它立刻麻木了我的手和胸口。

我整个人犹如沉进冰一般寒冷的池子。

麻木无感真是太美好了。我试图说话，但吐出的话语支离破碎。我闭上眼。

我他妈的到底干了什么好事？竟然跑进一栋起火的建筑？有人会说这种行为十分愚蠢，他们说的没错。然而我很清楚自己为什么要这么做，就跟我同意帮助哈维尔的原因一模一样。

这么做是正确的。燃烧车辆与燃烧房屋的画面在吗啡中泅泳，接着，我见到一名金发的17岁少女，不太像卡洛琳·哈维尔，也不是那个年纪的我的女儿——或许是两者的结合体。她坐在弥漫着黑烟的房间中。

而包围女孩的是一沓又一沓烧起来的钞票。

00:22

现在大约是早上10点，我正在医院病床的隔帘后方，身上穿着牛仔裤与旧T恤。我的喉咙感觉像刚吸过排气管，一只手痛得要命。每隔一阵子，我就吐出黑色的唾液，然后再喝更多的水。晚上大半时间我都在狂往喉咙里倒水。几小时前，我醒了过来，做的第一件事就是打给哈利。他找到一位代班法官接下那天的待审案件，自己则去我的公寓拿上几件衣服开车来看我。

哈利在我病床隔帘另一边等待时，我打了电话给我的妻子克莉丝汀。医院今天早晨稍早时间联系过她，因为她是我的紧急联系人，而护士打的这通电话把她吓得魂飞魄散。我知道这么想不对，但我不禁因为克莉丝汀担心我而觉得心情不错。我们不久前分居，她带走了艾米，并从我们在皇后区租的房子搬了出去。

“我没事。”我说。

“你听起来根本就很有事，我简直要担心死了。你昨晚到底在搞什么鬼？”她语气急迫。

我听着电话另一端的声音，周围有人在说话，是男人的声音。我确认了一下手表。10点15分。

“艾米在学校吗？”我问。

“当然啊。为什么这么问？”

“我好像听到了她的声音，就是这样。”

“哦不是，那是凯文。”

“凯文是谁？”我问，嗓音中的力道比我预期的重了些。

“是某个朋友。”她说。

我正打算说点什么，却咳了起来。我又喝了一纸杯微温的水，舒缓喉咙。

“你还在吗？”我问。

“我在。你明天本来要来看我们的，我在后面的房间铺好了床。艾米一直很期待这次坐船旅行，但我想你应该来不了了……”

“嗯，我去不了了，真的很抱歉。我会弥补艾米的，我保证。”

“我会跟她说的。老天……艾迪，你接的这些案子……”

“我知道，但我没办法。那么这个朋友……这个凯文是谁？”

“就是朋友。”她说，挂了电话。

严格意义来说，我们处于冷静期。分居是个意义十分复杂的词。我们似乎已这样分分合合数年。一开始是因为工作，它消耗了我的一切，让我犹如没有明天那样疯狂喝酒。我戒酒后，不知为何依旧能把一切搞得乱七八糟。我从事的工作将家人置于险境，但我想修正这情况，等我将事务所顺利做起来，就能让我们再次成为比较正常的家庭，也许接些没那么危险的案子。在那之前，我们就维持分居。如果克莉丝汀想和人约会，没有关系——只不过并不是真的没有关系，一点也不是。她搬到父母在汉普顿的住处，让艾米远离城市——远离我。我似乎总是会接下一些案子，到头来反噬了自己与我最亲近的人。因此我做了决定，和家人之间拉开些距离好像比较好。几个月后，克莉丝汀在里弗黑德的一家小法律事务所找到了诉讼律师的工作，有了自己的房子，似乎也开始了新生活。

凯文绝对是第一次出现。我不认识这人，也许他真的只是某个朋友。但即便如此，我依旧产生一股想用脚踹爆他脸的强烈冲动。我必须尽快见到艾米。她会告诉我关于她妈妈这位新朋友的一切。

我把手表戴回去，收起围在床边的隔帘。着装完毕后，哈利将我打量了一遍。

“拜托，你总可以帮我拿一下内衣吧？”我抱怨道。

“艾迪，我去了三次越南，是第一个在美国陆军爬到上尉官阶的非裔美国人；我曾在民权游行中遭石头和口水连番洗礼；我打了二十起蓄意谋杀的官司；几乎数不清这辈子总共收到多少死亡威胁——但我告诉你，打开你放内衣的抽屉基本上完全超出我勇气的极限。”哈利说。

笑声跟着咳嗽一起发作，哈利拍着我的背。

“你竟然冲进去了，真是够蠢的。”

“你也会那么做的。”我说。

他耸耸肩，整了整西装外套。哈利一向爱穿最好的衣服。海军蓝两件式西装，浅蓝色衬衫，海军蓝领带，上面有红色斜条纹。只有他的一头蓬乱白发看起来比较邋遢。不过我知道，等到晚上 10 点，领带会绕在灯罩上，衬衫会打开，哈利的手中则会有一杯酒。不过，至少他总是以最佳状态开始每一天。各个区域状况都不同——纽约高等法官总是一身劲装出现。然而，即便哈利洗了澡、刮了胡子，打扮成平常那派温文儒雅的样子，看起来仍不怎么神清气爽。他眼下的眼袋太大了，声音也很沙哑。

“你找到了些什么？”我问。

“苏珊·哈维尔因吸入浓烟而十分痛苦，轻微烧伤，但她没事。另一个人也一样，乔治·范迪克。没人愿意告诉我哈珀探员怎么了，只说她获得治疗，并在今天清晨出院。我跟林奇探员联系上，他不愿确认哈珀探员的状况，但说没有任何人被落下，火场中没有人受到重伤；还是没有莱纳德·哈维尔的任何消息或踪迹。”

我点点头。“谢谢你帮我付了医院账单，我会还你。”

哈利挥挥手，打发了我的心意。今天早上我发现我的医疗保险并不包含自己跑进起火建筑这一项，而且大家都认为骗子一定心怀不轨，是哈利帮我付清医疗费。尽管他这么表示，我还是会还他钱。

我打了哈维尔的手机，一定是关了。一部分的我认为应该打给调查局——要是哈维尔、麦考利和马龙死了，正躺在某处的某条大沟之中，而赎金不翼而飞怎么办？我用气音低声咒骂，决定多给他一点时间。也许一切都按照计划进行，只是在风平浪静之前他得躲在某个地方……虽然我很怀疑，但不能排除这个可能性，现在还不能。

我们坐电梯来到停车场，上了哈利的英国牌跑车。那感觉和美国跑车很像，除了在转弯时不会试图夺走你的性命，而且看起来好像特别是为了比我体格小上许多的人打造的。我的膝盖卡到了仪表板。哈利开车载我们离开停车场，上了高速公路。

“你确定要去哈维尔家？”他问。

“我想跟调查局谈谈，看他们在火灾现场找到了什么线索。”我说。

哈利啧了一声。

“真正的原因是？”

我露出微笑。我还真是没什么事能瞒得过哈利。“如果我黏调查局紧一点，也许能查出昨晚到底出了什么意外。火灾、车站，这都是有心人刻意设下的陷阱。我要知道谁在暗中操弄。”

我试图用电话联系了哈维尔好多次，一次也没有成功。我得见他，告诉他我在车站的监控画面上看到了什么。我请哈利确认报纸和新闻频道，完全没有针对绑架的报道——全都在讲火灾。

以及那件衣服上，横着写在胸口位置的那句话：

哈维尔在地下室杀死了她。

我跟哈维尔相处的时间不长，但就我所见，他不会是杀人犯，他连女儿的一根汗毛都不会伤害。然而，光是想到置物柜里那件衣服我就浑身发冷。

MG 跑车在公路上勉强加速到 90 迈，尽管敞篷打开，7 月的湿气依旧让我们在车里汗如雨下。我感觉特别不舒服。右手的灼痛让我觉得得快死了，汗水刺痛前额。我还没洗澡，每过一阵子，我就会闻到头发里冒出的火的味道。

“你昨晚冲进起火建筑时，我正在思考马克斯·科普兰和那张传票。原本的档案和其他未解悬案都收在你在丹波区租的那个仓库空间，我去了那里，付了天价，让仓库公司的安保人员放我进去拿那些装箱的档案。我花了 1 个小时，才找到那些该死的东西。你就没想过搞个归档系统吗？”他抱怨说。

“那个，提醒我换家仓库公司。”我说。

“今天早上来接你之前，我把档案看了一遍，影印了副本，并把原件留在了你的办公室。等哈维尔的这些风波平静下来后，你可以寄去给科普兰。”

“从档案上看出什么来了吗？”

“不太多，我只想起一点点。大多是火灾的细节。茱莉有毒瘾，一直在吸可卡因。消防队队长在房间找到吸毒用的工具，但没有火源；婴儿房里泼满汽油，检警部门主张她吸毒过嗨，打算烧了整间婴儿房，让女儿的死看起来像意外，但在中途某个瞬间，她无法进行到最后，火势却超出了控制——于是她就编出那个戴面罩男子的故事，好掩盖自己犯的罪行。”

“听起来有点不合理，你不觉得吗？”

“但陪审团不这么想。他们花了 23 分钟就做出有罪判决。”他说。

他压低声音，最后这几个字几乎是用气音说的。这桩官司对哈利而言依旧很痛苦。哈利必须实践民法与刑法，此事先于法务办公室的营运。他将我纳入保护，帮助我进入法学院，让我当个职员，为他工作。当我想和杰克·哈洛兰一起开自己的法律事务所，又是哈利和他的旧搭档给了我们一个开始：他们缓下接案的速度，将少数还在手上的客户交给我们。我欠他太多了。在哈利的忠告里，有一件事我会永远记得：成功十分甜美，但很快就会被遗忘，而错误会永永远远地跟着你。

他摇摇头，我看着他将濒临爆炸的情绪吞下。

“现在想想，我们根本还没开始就被打败了。她的头上挨了一记，很重的一记，自己也差点没命。但她想不起发生了什么事，想不起全部细节。她记得看到一个衣着全黑的男人，坚称那人是凶手，可问题在于：没人看见他。警察问了每个当地人——几乎是所有可以找到、当天有出门并且经过她家的人。她住的是一间小屋，位于孤立又偏远的地方。找不到任何陌生车辆或非当地人。没有人相信她的一面之词。”

“除了你。”我说。

“除了我。”

我们两人都安静了。我不想拿问题轰炸哈利。谈论此案对他来说很艰难，但有些事情我得知道。

“你知道这个上诉为什么会突然在这个时候冒出来吗？”我问。

“一点头绪也没有。可能是有新证据？我不知道。”

“你还是没告诉我究竟是什么原因让你相信她是无辜的。”

他安静下来，双手紧握着方向盘。

“我希望你自己去读档案。”最终他说。看来有些事甚至痛苦得令他说不出口。

去哈维尔家的路上，我跟哈利稍微提起我介入的过程，但保留了部分事实。这对哈利来说会比较简单。无论如何，他仍是法官。帮委托人从联邦调查局那里把与探员的手腕铐在一起的1000万摸过来，这种事似乎不该跟他提起。

其实我可以把一切告诉哈利，脑海深处也清楚他不会出卖我。他是我最好的朋友，年龄差距对于我们似乎完全不造成困扰。我想大喝特喝的时候，哈利依旧能以酒量压倒我。谢天谢地的是，这些日子以来这种情况已经越来越少见，也离我越来越远了。

距离普瑞米尔还有二三十公里，我们已经可以看到地平线上羽毛状的烟云。

我的手机响起。

是哈维尔。

“你没事吧？救到卡洛琳了吗？”我急切地问。

“没有。苏珊没事吧？调查局什么都不肯跟我说。你还在医院吗？”

他的声音粗哑，满含泪水与惊慌。

“据我所知，苏珊没事。她还在医院，我出院了，正在去你家的路上。跟你谈判的结果相比，我想车站那里好像不只是单纯的陷阱，你打给林奇的电话被放在用来交赎金的置物柜，里头还有一件衣服，看起来很像卡洛琳失踪那天穿的。上面有则信息——‘哈维尔在地下室杀了她’。墓园那里到底出了什么事？”

他安静下来，在电话另一头的呼吸听起来有些颤抖，杂音嗡嗡作响。

“我们到了墓园。按正常流程，我应该要把钱给克莱斯勒纪念堂里的某个人。麦考利在我身后掩护，马龙则在前面侦查。可周遭空无一人，纪念堂里什么人也没有，墙上只用胶带贴了一张纸，上面写了两组电话号码。我打了第一个，就是接通了林奇的那部，第二个号码则响了一声就断掉了。我又试了一次，但再也无法接通了。我只记得这些，接下来我就被照在脸上的太阳弄醒。有人从后面把我打昏。麦考利和马龙不见了。写着电话号码的纸也是，还有钱。”

“什么？你觉得是麦考利和马龙设计陷害了你吗？”

“我不知道，但我很怀疑。我现在在家，调查局的人在这儿贴身监视我。他们好像在考虑要逮捕我。”

00:23

在开往哈维尔家的那条单行道上，哈利抱怨了一整路。他那车子小小的轮胎在柏油路上的坑洞间蹦入蹦出、上下弹撞，而我的双膝和烧伤的手也一次次感到灼痛。他努力想避开，但坑洞实在太多了。我们在这条路上开了好久，我看到旁边土地上有哈珀那辆车几小时前压出的重重辙痕，而躺在前方的是我们为了开上车道撞破的围篱残骸。

我们来到路的尽头，哈利将车调了个头停下，让我在警察封锁线后下车。房子周遭半径15米的区域都被划成犯罪现场，以封锁线隔离。两辆消防车在屋旁静静待命，一辆消防车正将最后一点水倾倒在已成焦炭废墟的房子上。仅仅几个钟头，这里出现了更多警察和联邦调查局的车；特战小队不见了，哈珀的道奇战马仍在那里。所有人的注意力都在那栋房子上。一名戴着黄色消防帽的男人缓慢且小心地走过前门。我注视了昨晚曾赞叹过的大宅许久，空荡窗户周围的砖造结构有黑色污痕，右侧屋顶部分崩塌，烟呛味依旧浓重，挥之不去。

哈维尔坐在 6 米外一段崩坏的围篱上，他看着我向他接近。一名探员在远处监视着哈维尔。

“发生了什么事？”我问。

他的眼神道尽一切：有失去、有困惑，脸上是毫无掩饰又紧绷的痛楚。他吞了口口水，擦去在脸上留下斑斑条纹的泪，双手扒过头发。

“你还好吧？”我又问。

“调查局不让我接近房子。我打电话到医院，苏珊应该会没事，乔治也是。护士跟我说是你把他们从房子里拖出来的，谢谢你。”

“谢什么，最后还不是靠那些消防员把我和那个女联邦探员哈珀救出来，是她先救出苏珊的。我是问，交赎金为什么会出错？你怎么想？”

“不管抓她的是什么人……他们是想惩罚我，艾迪，这些混账要我下地狱。他们为什么不直接拿枪射我？为什么一定要把我女儿牵扯进来？”

他弓起双肩、疯狂颤抖，眼看就要崩溃。我一手抚在他背上，把他转过来，另一只手搭上他的肩膀。他不在乎钱，不在乎坐牢，也不在乎房子，甚至不在乎他的太太。卡洛琳对这个人来说就是一切。他差一点点就可以带她回家——而今他什么也没有了。我不知道怎么安慰他，现在没有任何事能给他安慰——哪怕只是一点点。他轻轻将我推开，头垂到双膝之间。哈维尔已得出结论：卡洛琳一定是死了。我几乎见到那念头有如一只暗黑且奇丑的生物，以爪抓挠着他的背。

突然，有些动静吸引了我的注意力。我转过身，看到房子那边有一名联邦探员朝前门跑去，那个方向传来一阵喊声，接着有更多探员和警员上前。林奇从人群后方朝前飞奔，把挡路者一一推开。在那一小群调查局的人中可以看到华盛顿高大的身影，旁边正是哈珀。华盛顿靠在深色轿车的引擎盖上，交叉着双臂，同时跟哈珀交头接耳。她换了身衬衫，状态看起来比我好上许多。两人都注视着房子前方的入口。

戴黄色消防帽的人在门槛处勉强可见，他跪下来，指着下方。几名警察和调查局人员先上前将他包围，没多久我就连他人都看不到了。

我钻过封锁线，走到两个人身边。他们跟房子前门的人一样戴着黄色消防帽，身穿安全反光背心。我经过他们时见到背心上的标志：格利结构工程公司。

没有人阻止我接近房子，他们都忙着从门厅窥看里头的一片漆黑。我礼貌地用手肘推开那群探员和警员，直到能稍微看到里面。我往回一瞥，见到哈珀对我挥了个手。我点点头，转回房子的方向。

消防帽将手电筒光束往下方照；林奇在用对讲机，他专注地听着耳中的麦克风。

“你确定是血？”林奇问。

他听着，等待着。

大理石地面早已坍塌，能够直接看到地下室。从手电筒灯能照到的瓦砾堆和旋绕的白色灰尘中，我好像看到了什么。接着，两名穿戴白色防护衣和消防帽的犯罪现场技术人员从地下室爬出，顺着从地面层洞口垂下的绳索爬上瓦砾堆。其中一人拿着一个很大的透明塑胶证物袋，我从里面看见一把像长刀的东西。

“就是这个。”林奇边说边从我身旁走过。

我对底下其中一名技术人员伸出手，他握住了。我拉着他爬上最后几块砖，直到回到地面。

“你在底下看到了什么？林奇说了一些跟血有关的事。”我问。

那名技术人员在防护衣里直冒汗，我回避他的视线。目前我进入了犯罪现场的范围，还没有人把我丢出去——至少现在还没有。我猜最可能的原因是他们全都太兴奋，而且很可能把我跟来确认现场哪些区域可安全进入的工程师搞混了。

我感到技术人员在注视着我，于是递给他半瓶水。

“谢谢。”他说，“没有尸体，不过获得的东西还算不错：墙上有血迹喷洒，看起来血量很多，可能来自大动脉。她是死在底下的，没有人那样还能活。我们从墙上采集到足够的血液进行现场检验——与卡洛琳的血型符合。我们也找到应该是凶器的东西。”

“这事从什么时候变成了谋杀调查？”我问。

“从哈维尔搞了个假交换行动、偷走 1000 万、试图炸掉犯罪现场、隐藏证据的时候。”技术人员说。

我转过身朝哈维尔奔去。

林奇探员和几个我不知道名字的调查局人员已来到哈维尔坐的那段崩塌的围篱边，告诉他这个坏消息，并在他身体一弯、发出撕心裂肺的吼叫时将他拿下。他发了狂，双臂狂挥，脸面因惊惧而扭曲。他的身心都陷入震惊，有如进行一场自由落体，恐慌与痛楚正竞相抢夺控制他的权力。

林奇探员根本不吃这一套。他知道哈维尔不会听他说什么，这人已陷入弥漫着浓厚死亡气息的悲伤中。林奇没被吓倒，而我非常清楚接下来事情将如何发展。

林奇扬起嗓音，几乎用吼的盖过哈维尔的哭喊。音量之大，足以让我听得一清二楚。

“哈维尔先生，昨晚之后我们打电话给你的承保人，赎金是 1000

万美金，我们只拿到 200 万。哈维尔先生，现在我别无选择，我们以谋杀你的女儿卡洛琳·哈维尔的罪名将你逮捕。你有权保持缄默，也有权与律师……”

这事发生时我人在 3 米外。一名联邦探员把哈维尔转过身铐住，林奇和其他探员站在相隔不远的位置注视着，听着林奇对哈维尔宣读缄默权。

哈维尔则顺势扭身，借力转过来使劲抓住探员的手肘，将他在泥土地上摔了个狗吃屎，接着再转 360°，面向林奇与其他探员。

1.5 米外的我肺脏仿佛溺进某些黏糊糊的东西中，无法呼吸。

不知怎地，我知道哈维尔打算做什么。我几乎能在脑中见他旋身。

他喉中逸出一个声响，一个赤裸且原始的号叫。

他将手伸到身后。

1 米。

那手带着一把枪回到原处，林奇和其他调查局的人从原先的站位稍退，作势要拿武器。

但哈维尔不会威胁到他们。

哈维尔右手中的枪向侧边一歪，向上举起，他的肱二头肌紧缩，手腕一转，枪管朝向自己头侧。

我以肩膀朝他腹部一撞，枪声响起。

我们一同滚倒在地。

他的枪落在我身边。

我仓皇跪起，见到他躺在泥地上痛哭，人还活着，毫发无伤，那一枪飞越头顶。哈维尔立刻被数只强壮的手翻过来，双臂固定到身后铐起。

看出谁是骗子的方式有很多。情绪是很真实的，假装不来。爱很真实，恨也一样，痛苦则比起上述一切要更真切。我知道陷入痛苦是什么模样，而且能从哈维尔周遭的空气尝到那滋味。失去孩子是永远无法痊愈的伤痛，伤口会就这么绽开、汩汩流血，直到永远。

痛苦即真相。

那对我来说已经足够了。

“目前我的委托人无可奉告。”我说。

时间。

哈维尔需要时间冷静——冷静下来思考，冷静下来想通一切。

但时间也可以很残酷。时间似乎能记住你的每个承诺，即使你自己记不住。假如联邦调查局没有错，那么卡洛琳·哈维尔就是在她自家的地下室遭到谋杀的。

我看到哈珀探员站在 6 米外，我们交换了下眼神，很快她移开了视线。这场逮捕毫无荣耀可言，没有谁胜利。顷刻间，我觉得哈珀探员与我有着共同的信仰：不管卡洛琳·哈维尔发生何事，都不是她父亲下的手。

但知道与设法证明，是非常不同的两件事。

第二部

2011，8月2日

东兄弟群岛犯罪精神医院，纽约

茱莉·罗森在那天之前从未有过访客，现在却来了两个人探望她。护理员扶着她的手臂带她到访客室，茱莉在他身旁，慢慢地拖着脚步，抓着点滴架支撑着身体。

两名客人在等她。今天天气不错。

他们三人一起坐在家庭室里，俯瞰着毗邻的瑞克斯岛。有好长一段时间，茱莉都沉默地坐着。她希望自己带了发夹。每一次，只要有一绺头发从脸庞左侧落下，她就会迅速、小心地把头发拨到耳后。人们不喜欢看到她头侧的疤痕，她也会仔细地用长长的棕发把它藏起来。同样，茱莉也总是穿着长袖上衣，盖住烧伤。那名高个男人站起来，立在窗边，看着苍白天空中成队飞翔的雁。

她很高兴那人走开了，高个男人吓到了她。她觉得他的脸好像有哪里不太对劲。

另一人吸吮着一根冰棒，什么也没说。他也给茱莉带了一根，是樱桃口味的，她的最爱。他告诉她，他们在游客中心卖糖果棒、雪泥和冰淇淋。她谢过他，说要留着等会儿再吃。他们坐下来，茱莉开始说话。这人和蔼、温和，茉莉喜欢他，但不清楚原因。她的药让她有时神智迷糊。她告诉那人好多事，她说自己害怕医院会在她死前就关门，要是那样，那真的是世上最糟的事。茉莉也许不会喜欢新医院的病房。那一定会不一样，不会跟这里一样。那个新的病房会有新的角落、新的阴影，而过往的事可能会在那些阴影中滋长。

单是想到这件事就让她害怕。医生告诉过茉莉，说她不该专注于任何会让她害怕或心情不好的事物。当她那么做时，护理员会来把她绑起来、给她扎针，让她睡觉。

那人用苍白的嘴吃掉木棍上最后一点冰。

他将她的手握在手中，对她低声呢喃。

“你寄了一封信给我。”他说。

然后她就想起来了。两个月前，茉莉收到一封信，一开始她觉得这件事很陌生，而且对她没有意义。但慢慢地，那些字句涓滴淌入她的心中。那扎实且优雅的黑色字迹通过受损的神经路径迂回穿入，将门解锁，释放出那道畸形的黑色身影，亦即在茉莉梦中不断侵扰她的恶魔。一直到了那时候，茉莉才明白那些身影不是她想象出来的，是真实存在于她记忆中的。

然后，在她房间的冰冷寂静中，她拿着信，想起了一切。她将信寄给了那位绅士，而今，他来了。

而且记忆随着他一起，一面怒吼一面回归。她立刻意识到自己失去了什么，太多了，多到没有人能承受。在一个呼吸的瞬间失去了那么多，她又感受了一次。她见到婴儿房中的黑色人影，闻到汽油的味道，感受到那些恐怖火焰发出的热度。但她已明了不能相信记忆。她的脑中有许多鬼魂，往往会让一切变得——很奇怪。在这件事发生前她受到了一击，至少她还记得这个。那天剩下的画面仍然模糊，在可卡因烟斗冒出的烟云与头部伤口喷出的血雾中迷蒙不清。

她看见了这房间，犹如从一场漫长且灰暗的梦中醒来。玩具，褪色盒中的桌游，老旧画作擦光粉的气味。她是多么喜爱新鲜画作散发的酸蚀气味。这一切仿佛突然出现，却又好像一直都在。只不过，现在她能再次看见、闻到这些——家人用过、人们用过、孩子用过的事物。

但这些东西对她来说没有用。不用多久，无论是什么都对她没有用了。那位绅士初次见她时吃了一惊，她看得出来。她的皮肤从去年开始转黄，接着开始胃痛。医生向她保证只要洗肾就可以治疗，但茉莉不想那样。她的时间到了。现在，因为身上有汗水，她的皮肤看起来几乎呈现金色，甚至连眼白都转黄了，像只大猫的双眼。

她知道护理员正在看，所以她擦去泪水，紧紧握住那位访客的手。

当她开口，声音听起来更强壮，也更清楚，不过依然像是幽魂的低喃，因为那嗓音中带着人生被毁而产生的一切黑暗、痛苦与愤怒。

“答应我，”茉莉说，“你要让他们吃尽苦头。”

那名绅士站起，点点头。他答应了她，向她发誓一定会按照她的要求去做。接着，他便离开房间，高个男人跟在他身后。

那名好心的护理员山姆让她留在访客室里吃樱桃冰棒。真的很好吃。冰冷却了她咬破脸颊内侧生出的溃疡。没有多久了，她可以感到自己的身体逐渐弃守，也许再过一天，或两天吧。

无所谓了。茉莉忍耐了那么久，现在她知道，那些错待她的人将承受超乎想象的折磨。她非常确定。因为那人如此对她承诺。

那位绅士不会食言。

00:24

普瑞米尔火灾后 6 个月

辩护律师马克斯·科普兰的办公室跟想象中的有钱律师不一样。但话说回来，我的办公室也兼作公寓，虽说客户从没有机会看到后方的小卧室。所以，我想我那里应该能达到工作空间的标准……算是吧。

科普兰的办公室是极简风格，看起来更像瑞典的安乐死诊所等候室。总机穿着贴身的白色服饰，端坐在一张白色皮革椅上，位于玻璃桌后方。桌上的白色电话旁搁着一台白色笔记本电脑，几根白色百合从玻璃花瓶中啪嗒落下，绿色茎干是这仿佛消毒过的接待区唯一的颜色。访客可以坐在 U 形白色塑胶长椅上，或选择皮革沙发。顺带一提，沙发也是白的。

办公室其余区域看起来像毛玻璃做的迷宫。

我在那里整整站了 6 分钟。

接待人员没告诉我她叫什么名字。她是位金发女子，而且是那种十分有魅力却让人猜不出年龄的女性。我推测她在 25 岁到 45 岁之间……然后我就听到金属敲击玻璃的声音。

“你可以进去了，右边第一间。”她说。

我松了一口气。站在那里，总觉得光是我的存在就破坏了这地方的整洁。

差不多有 6 个月的时间了，茱莉·罗森的上诉案几乎什么动静也没有。我想过直接去和科普兰正面对决，但哈利不肯。他说，要顺其自然，不要挑衅科普兰，他也不见得一定会诉请听证会，毕竟有非常多上诉提出又被驳回，哈利见过太多了。然后，3 天前，科普兰提出申请，要在法庭上让上诉进行完整的听证，因为他已完成调查。这桩案件会在两周内呈到上诉法官面前。

现在似乎是见科普兰的最好时机。上周以前，茱莉·罗森上诉案什么进展都没有，而我一直拼了命地在准备哈维尔的官司，以及他订在今天早晨的审判。在我投入这件事前得先去见见科普兰，之后哈维尔的审判一开始，我就不会有时间这么做了。如果哈维尔不想进监狱，就需要我付出全部的时间。所幸目前还没有人搞清楚哈维尔是怎么拿到铐在林奇探员手腕上的 1000 万不记名债券的。不过那也没有什么差别，尤其哈维尔可能因谋杀女儿的罪名身败名裂。

哈利认为茱莉·罗森上诉案会自行落幕的判断最后证明是毫无根据的。我没有告诉哈利我要来这儿，不然他一定会阻止——而且他很可能是对的。来这里实在是大错特错，但我必须让科普兰知道，如果他想将矛头对准哈利·福特，就要付出相应的代价。说不定我可以让他对上诉三思一下。

这条玻璃走廊带着我前往右边一扇打开的门。前方对面还有其他的门，但我没有理会它们，直接按指示进入右方第一扇门。

这间办公室至少还有扇窗。我能看见对面的熨斗大厦，以及更远建筑屋顶上一层层的积雪。办公室本身跟接待处相去不远，一侧是亚克力抽屉收纳柜（毫无疑问，里头收藏着海量案件档案），另一侧是玻璃桌面的桌子，桌后坐的是科普兰。他扫视那沓纸页时，以一手支头。科普兰身穿漆黑的西装、淡紫衬衫，系着一条黑色领带。此人接近 60 岁，有着浓密的白胡子，光头。

他没注意到我，只是持续阅读着。

“科普兰先生，我……”

“我知道你是谁。你想要什么？”他问。

“我是在想，要是我也能搞一间这样的办公室，应该不错。你确定你是在这里做法务相关的工作吗？在我看来，你和外面那位有个性的小姐可以穿上白大褂，把这里改成实验室开张营业。”

这话使他抬起了头。科普兰的嘴唇紧紧抿在一起，看我的眼神仿佛是在看一坨沾到他那香奈儿白地毯上的屎。

“你想要什么？”他又问。

我慢慢朝桌子走去，让他明白他吓不倒我。

“我要你撤掉罗森案的上诉。茱莉·罗森被判有罪，这判决也许是错的，也许是对的——但她已经死了，愿她灵魂安息。折磨为她奋战的律师并不能让她死而复生。”

“有些人是能够从上诉中看到好处的，我就是其一。如果你只是想来告诉我这些话，那你可以走了。”

“在这件案子里给你指示的人到底是谁？据我们目前所知，茱莉·罗森没有亲戚或朋友，铁定也没有人能负担你的费用。”

“我有客户保密协议。现在呢，如果你不介意……”他按了电话操作板上的一个按钮，荧幕一角立刻闪现红光。

“为什么是现在？都过了这么多年？”

“你可能还没搞懂，但我不需要对你作任何解释。”

“问题在于，我觉得你需要。如果是为某人的清白奋战，原因很正当，且毫无疑问。但在这么做的过程中并不需要毁了一个好人。”

“哈利·福特——你就直接把法官的名字讲出来吧。”他靠向办公椅的后背，双臂交叉在胸前，脸上展露出享受的神情。这是我第一次见到。

“是，福特法官。他比谁都努力为她的案子奔走。想想你做的那些事。你过去伤害过非常多的人。我还听说有很多杀人犯之所以能用自由之身在这座城市到处来去，全是因为付钱给你，让你处理他们的上诉。而在这个过程中，你摧毁了很多优秀的律师。我不愿意让你伤害别人，尤其是哈利·福特。”

“如果他没有做错什么，就没有什么好怕的。但我认为他没有对客户尽到应尽的责任，她根本不该受审。我会使出浑身解数替她打官司，这是我对客户的责任。如果在这个上诉过程中毁了一个好法官，那我只能说，这不过是附带的好处。”

“那你对这座城市市民的责任呢？你以为买下一间这么干净到爆的空间、疯狂接案，就能磨掉鞋底的脏东西吗？你再想一下，你一边说自己要使尽浑身解数替客户辩护，实际上一边在做的是这个：因为证据上的一个程序错误，就放强暴小孩的犯人逍遥法外。我们都欠这座城市一个责任，我们做的宣誓就是这样在要求我们。不要拖着哈利一起万劫不复。”

我身后的门打开，一名穿着黑西装的高大男子进了房间。他的头发理成平头，与那副刚硬的五官很搭。嘴唇细薄，脑袋宽大，双臂长且粗壮，双手覆满刺青。

安保人员。

“那么你又打算怎么做？弗林，你要写信给律师工会吗？要跟警察申诉吗？去啊，我一点也不担心他们。”

我靠向他的桌子，倾过身，双手放在那片玻璃上。安保人员上前站到我身边，做好万全准备，只要我试图攻击科普兰，他就会立刻出手。

“你唯一需要担心的人就是我。如果你对哈利出手，我会找你算账。”

科普兰连眼睛都不眨一下。

“弗林先生，如果你这么做，就真的太蠢了——而且非常危险。你不过是只小虾米，与败在我手下的其他律师没有两样，我他妈的可是条厉害的大鲸鱼。你知道我为什么会在上诉时拿律师当箭靶吗？因为我需要一个谴责的对象。检察官和法官通常禁得起批评，但被告的辩护律师呢？没人会为那些人说话。此外，世上的辩护律师越少，我的生意就越多。就算你来插手也什么都改变不了。”

这人完全是铁石心肠，无法动摇。我现在知道来这里是大错特错了。我站直身体，双手在玻璃上留下湿湿的手印。科普兰看着桌上的脏污，啧了一声，从胸口的口袋抽出一条红色丝质手帕，愤怒地擦起桌子。擦完后，他抬头怒瞪着我。

“你怎么还在？快走，不然就等着被拎出去。你根本吓不倒我，我遇到过更了不起的律师，甚至可以说是最厉害的律师——比你厉害得多。”他说。

“这我不怀疑，但我偷偷告诉你一个秘密——我不是什么好人，完全不是。别碰哈利，不然你就会知道我可以有多邪恶。”

科普兰的眼神越过我，望向留平头的男人。“大熊，让弗林先生的脸好好‘接触’一下人行道，知道了吗？”

那家伙的真名绝对不是大熊，我可以赌咒发誓。如果你想要找私人安保人员的工作，必然要用个能助长威吓感，或听了让人有安全感的名字。有在关注这行的私人安保人员都会有个什么“大熊”“毒蛇”或“战斧”的名字。要是能在安保大集会时负责写个人名牌，铁定乐趣十足。

“够了，你该滚了。”大熊说。

他往旁边侧身，来到我的正后方。我感到他的右臂一把横过我的喉咙，右手指紧扣左上臂，往后一倾，勒住了我。当他开始往后走时，我别无选择，只能跟着他一起后退。

我把这场会面整个儿搞砸了。我对他施的巧计没有成功，还让他反过来利用哈利影响到我。这人知道我的底细，知道哈利对我有多重要。

真是个愚蠢的错误。

为了得到些空气，我把大熊的手臂往下拽。其实他抓住我的瞬间，我就打算让他就这样将我带出办公室。场面已经很糟了，再弄得更糟就没什么意义了。

"让弗林了解一下那些威胁我的人是什么下场。"科普兰吩咐道。

这话听起来可不只是要把我扔到街上那么简单。那打手将扣住我脖子的右臂勾得更紧，左手因此得空，而我的后脑勺则遭到一击，一阵尖锐的刺痛传来。

"我一定会让他了解的。"大熊表示。从他回答的方式，我知道他在微笑。这人铁定非常享受自己的工作。

我判断我的处境应该只会更糟，因此没有必要压抑愤怒。要做的第一件事是挣脱束缚——这简单。我用拇指抠着他手掌中央，用力挤压，直到感觉到骨头——精确地说，是感觉到两根骨头。我先确认拇指现在压在他中间那几根手指的骨头后方，再灌注几分压迫。他的手指立刻松开，钳制我的力道马上减弱。

但我不是要解开他对我喉咙的钳制，只是要他稍微张开手——他的确这么做了——刚好能让我抓住他的小指。

不管一个人的个头多大、力气有多猛，只要内行人抓住你其中一根指头，这场打斗还没开始就已宣告结束。

他往我后脑勺的一敲惹毛了我，而这是我第一次下手过重。

一个声音传出，像一袋爆米花在微波炉里爆开。只不过此时那个哔哔剥剥声是来自细小的骨头，准确地说，是来自那家伙的指头软骨、肌腱和韧带。

我放开手，转身面向他。那人脸色煞白，张着嘴，浑身颤抖，汗水从前额滑下。他非常戏剧化地不去看自己的手，但当他真的看了，手指不自然的角度仿佛抽走了他整张脸所剩无几的血色。他双腿一软，在屁股着地之前赶紧坐到角落的一张椅子上。

我有点后悔伤了这家伙。即便在我一股脑儿扭转他的骨头、直到在我手中断裂的当下，我脑海深处仍然明白自己并不是想弄伤这个安保人员的手，而是想伤害另一个人。

我朝科普兰办公室的门走去，没有转头看安保人员一眼，直接嚷道:“叫你的宠物把爪子收好，这件事还没结束。”

在他办公室门关上之前，我听到他在我身后喊着:

“没错，弗林，这一切才刚刚开始。”

00:25

我费尽千辛万苦从亨利哈德逊公园大道离开曼哈顿，接着上锯木厂河公园大道到扬克斯，在那里找到布朗克斯河与另一条柏油路。公路一侧的积雪已因往来车辆的废气和泥土而转黑，交通虽繁忙，但仍在移动。从纽约前往白原市西切斯特郡立法院的 40 公里，我开车开了一个半小时。

路上，我稍微得空回想过去的这几个月。

哈维尔家发生火灾后几天，我前去里弗黑德看克莉丝汀和艾米。我先打了电话，确定她的父母不在家。我跟岳父母关系颇为“融洽”——他们对克莉丝汀狂发牢骚、大肆抱怨我配不上她，而我对此予以忽视。严格来说，这关系真是相当完美。

探访艾米变成常态，一周一次。最近她交到了些好朋友，有些周末会让我找不到人，因为她去好朋友家过夜或去露营——之类的。而我的工作也变得更忙了。一般大众遭到逮捕时可是不会考虑到自己律师的社交生活。因此，我如果周五或周六夜晚待在分局，就表示常态性的每周探访必须调整，变成在周日东一点、西一点的零散时间。那一天我仍时不时会咳出一些黑痰，手依旧痛得让人想死，但十分享受跟女儿单独相处一整天。

我放艾米在克莉丝汀的父母家下车后，克莉丝汀和我在门廊上谈了一下。他们当晚计划家庭聚餐，然而“家庭”二字似乎并不包括我。

克莉丝汀穿了白色上衣和浅蓝色牛仔裤，棕色长发随处可见斑斑银色。她看起来不一样了。比我们初见时苍老，但美丽依旧——而且是另一种美，会让我想到自己错过她多少的人生。艾米在她身后，坐在阶梯上，拿着家用电话跟她的一个朋友聊天。

我们一开始先闲聊几句。她的新工作进展顺利，在事务所接到一些有趣的案子，而合伙人凯文是一名高大、离婚、有两个孩子的男人。

他来这房子里做了些有的没的杂活儿，帮克莉丝汀父亲的忙。很显然，他们的关系犹如着火的房屋那般迅速升温。克莉丝汀常和他见面，像朋友那样。

“你确定你们只是朋友？”我站在门廊上，车钥匙拿在手中。

在那瞬间，我没有足够线索能读出克莉丝汀的心声。她看起来有些悲伤，眼神凝重，但咬紧了牙，双手紧握，所以我猜那情绪里也掺杂些许愤怒与挫折。

“你的工作把我们所有人置于险境，你很清楚，你自己也这样说过，连我也知道。我们爱你，但你从来就不在。”她说道。而等到她讲完这句话，愤怒的痕迹消散无踪，转而是我熟悉的失望。我对这个语气已经太熟悉了。

有辆车开上车道，来到我背后。我连头都不用转就知道是她的父母，鲍勃和黛安。他们来确认我是否把他们的外孙女完好地带回来。

“你还没回答我的问题。”我说。

“我需要回答吗？听好，他是我老板，还有——没错，我认为我们是朋友。他是个好人，你会喜欢他的。”

我很怀疑。

“好，我得闪了，我们下次……”

“艾米夏天要去营队。”她迅速地说。

我说要离开时艾米一定听到了。她把话筒放在铺了地毯的楼梯上，跑出来，推挤过克莉丝汀身边，给我一个拥抱。

“听说你要去营队？”我问。

她放开我，凝视我的双眼。我的小女孩就要 13 岁了，她一天一天，越长越大。

“我本来要告诉你的。没事，爸，我尽量晚上打电话给你，8 点，就跟我们以前一样。我可以和朋友见面，一起玩之类的。我回来的时候还是可以见你。”她说。

“没事的。我很替你高兴，有空就打给我，我一直都在。”我努力不让情绪从语气中显露出来。这表示我夏天有一大半时间不会见到艾米。她又抱了我一下，跑回屋中，继续打电话。

我对克莉丝汀点点头，说：“我会打给你。”转身小跑回我的车上。我死也不想和她父母说话，只想尽可能迅速地离开这该死的地方。我觉得自己处于崩溃边缘，不想被克莉丝汀、艾米或任何人看见我那副模样。加速离开时，野马跑车发出呼啸，但我只开了两个街区就停下车，狂敲方向盘1分钟。我手上的烧伤开始流血，痛了起来，但是只要能让我分心，我就会做。

我驶离白原市主干道，开过法院前方，找到一座室内停车场。我下了车，抓起档案，再次回到街上，想着大熊折断的小指。我扭断大熊小指时想的不是他，甚至也不是凯文，而是在想我自己；我想着我是个多么蠢的蠢蛋。过去这几个月，我渐渐明白，基本上我算是失去了家人，而且想不出任何方法能将她们找回来。我把外套挂到肩上，不顾寒冷地前往法院。

我从没在这个法院打过官司，对这里的工作人员、法官，甚至整个地方的布局都很陌生。

法院建筑包括一座塔，保留给行政管理人员和该郡最高法院使用，还有一栋附属建筑物，是半圆形的白石建筑，圈着一座将旧建筑与新建筑隔开的庭院。附属建筑物顶楼有一面曲面玻璃墙，使得这里能完整欣赏到被雪覆盖的庭院景色。

尽管玻璃墙非常能呈现建筑之美，但只要你经手的审判能吸引到一点媒体的兴趣，它就会成为棘手的玩意儿。记者、摄影师、摄影记者、电视主播、博主——真是感谢这座玻璃墙——他们大老远就能看见你过来。

电梯把我扔进附属建筑物顶楼时，我看到一整群人等在法院外，根本无处可躲。我持续低着头、挤过人群，忽视那些问题与抓住我手肘的手。他们是一群打不退的家伙，而且一路跟着我进到里头。

“无可奉告。”我说。

我无视那些人，走向辩护席。法庭里没有别人，只有我和记者。

这些年来，我有机会认识一些曼哈顿的犯罪线记者，也有不少我挺喜欢的人。他们知道最好的问法就是来软的。我转过身时，大半记者还在朝我猛丢问题。那些是小镇当地人看的报纸，以及与白原市互为竞争对手的地区的新闻社。

我将档案放在桌上，拿出笔和横格笔记本，坐下来，闭上眼睛。等他们不再试图引起我注意时，已过了整整 2 分钟。

我调整领带、拉紧领带结，贴着那条深色的布料抚了抚，将它抚顺。我在领带结下方 10 厘米处别了一只小小的领带夹，那是个 3 厘米左右的陶瓷夹，将上下两片领带夹得直挺。素面黑色夹头，尺寸不超过纽扣大小。

我昨天刚买的。

审判 11 点半开始，法官还有一个判刑，所以我在正式开始莱纳德·马修·哈维尔公诉案前仍有一个多小时的时间。

我们坚持进行迅速审判，因此地方检察官办公室犹如在联邦调查局与警局的尊臀底下放了一把火。没有确切证据显示卡洛琳·哈维尔被带过州界，尸体从未寻获，但在地下室发现的大量血迹足以证明这是谋杀。虽然联邦调查局逮捕了哈维尔，但他们不能在联邦法院上以联邦绑架法案起诉他，把他交给了郡政府，并让他在州审判中成为联邦调查局的控方证人。

我想到火灾后的那天早上，想到心中曾涌出的那种渴望。我等不及要开始打这场官司，证明哈维尔的无辜。

我坐在辩护席，头埋在双手中。审判即将开始。没有任何事物能让我收回为我的委托人辩护的渴望。

心底深处，我知道哈维尔没有杀害自己的女儿。当联邦调查局告诉他当局认为他的女儿已经死亡，而且是被他杀害的，世上没有一个演员能够表演出我在他身上看到的痛楚。他的自杀举动，他的哭喊、抓扒地面。那般狂怒与被控谋杀完全无关，那是因为他失去了挚爱的女儿。

遭到逮捕的第二天，在新罗谢尔地方法院下方牢房的他要我申请假释，这样他才能自杀。他不想活在没有女儿的世界。哈维尔的心理状态严重恶化，我让他签下指定我为代理人的文件，好为他照料财务，把公司里几个人升上来，使他的业务继续维持。我很清楚，这些与生者有关的实际事务能让他继续活在这世上。

“我撑不下去了，艾迪，她是我的一切，却有人夺走了她。你懂的，她不一样。我和第一个太太尝试怀孕好几年，那时我还在海军陆战队。每次派任务我都会出征，所以花了点时间。我们尝试体外人工授精，没有用。她真的好想要个孩子，自己也很担心万一我在军中出了什么事。然后我们又试了一次人工授精，接着再两次，最后一次终于成功了，她开心得不得了。我还记得我最后一次出征结束后回家，她就站在那里，而那一小团粉红色的东西就在我太太的臂弯中。卡洛琳和我的关系与别人不一样，不只是父亲和女儿，你懂吗？我的第一个太太可能有些……冷淡吧。她和卡洛琳与一般人不同，没有好好建立起感情羁绊，卡洛琳一直都跟我最亲。现在她们两个都不在了，我没办法……我承受不了这件事……”

没有任何事物能够抚慰这个伤口。时间不行，酒精不行，毒品也不行。

“莱尼。”我开口，但他没听到。我便将他的沉默当成接受了。“你忘了吗？有人对卡洛琳做了这种事，现在还逍遥法外。如今，警察和联邦调查局完全没在找那个人，因为他们认为那个人就是你。所以，就算是帮帮我：马龙和麦考利在哪里？有人打了你的脑袋。你得好好想一下。”

“我不相信他们跟这件事有关。抓走卡洛琳的人很可能把麦考利和马龙关在某处，又或者他们被枪杀了，分尸丢进哈德逊河。”

他的指节转白，拳头握紧。

“莱尼，帮帮我，不管你身边还剩下什么，用那让自己继续撑着。你还欠卡洛琳一件事：你要找到杀她的人。给我一点时间，我会把你弄出来。在我这么做的时候，我们会找出干下这件事的真凶。我们可以一起做到的，我一个人没办法做到，我需要你。”

他的双手碰触桌子，双臂和指头都在颤抖。

“要是我们找不到他呢？要是你没办法把我弄出去呢？”他没看我，双眼焦点已经不在任何人或事或物上。

“我会有办法的。”我说。

“要是你没办法呢？艾迪，我承受不了这一切。”

我点点头。

“如果你答应我一件事，我就愿意。”他说。

“什么事？”

“答应我，如果我被定罪，我们又找不到抓走卡洛琳的真凶，你要帮我结束生命。”

我立刻退缩了。我不禁对这个念头产生排斥。但在最初的强烈反感之后，这个想法却变得合情合理。我知道，要是艾米或克莉丝汀出了事我会有什么感受。她们也曾陷入危险——真正的危险。我知道，如果她们不在这世上，我也会不想活了。

“答应我！”他吼道。

警卫出现在地区法院会面室的窗边，我挥挥手让他离开，他便走了。

“我需要一个小东西，笔，或是药丸。你可以的。你可以给我个什么，会面时偷偷传给我。如果你对我发誓，说假使我们失败，你愿意这么做，那我就给你 6 个月。我要知道我还有退路，艾迪，不然免谈。快发誓。”

他要听见我的承诺，要看着我的眼睛，知道我是真心诚意。我绝对不可能让他自杀，但我需要他活下来。如果这表示必须对他撒谎，那么我已做好准备。

“我向你发誓，如果找不到凶手——如果你被定罪，我会给你一条退路。”

他盯着我看了好久，那双饱受摧残的双眼细细地在我脸上寻找泄露破绽的迹象，但他没有找到。

哈维尔没申请假释，我松了一口气。至少，他人在里面被看守着，狱方会严防他自杀。虽然在里面待 6 个月无法让他好好哀悼，哈维尔依旧视死如归，而 6 个月中完全没有麦考利、马龙的只字片语或一点踪迹，包含那 1000 万不记名债券。如果真有麦考利和马龙以外的绑匪，他们也没有来接洽。

我坐在白原市法院里，距离审判开始还有 1 个小时。有两件事我很清楚。

第一件事是，由于这 6 个月中冒出的新证据，哈维尔很可能会被定罪。

第二件事就是，当陪审团在一两天后交出判决，哈维尔会向我要那个陶瓷领带夹。我昨天让他看过，他掂了掂重量，测试边缘，并不小心戳破了手指。他还给我后点点头，表示心满意足。这东西极为锋利，但不含任何金属，不会让电子探测器哔哔叫，而且尺寸够小，塞得进颊中。短时间内可以藏住，并不被检测出来。

究竟怎么做才算更有人性，任他受尽折磨，还是让他自我了断？我稍微思考过此事。最后，我还是别上了领带夹，只是为了让他看见，作为一个能让他安心的见证，让哈维尔能活到审判结束。如果审判后他想寻死，那是他的决定。但我不会当那个帮他的人。我知道我永远不会给他领带夹。为了保住他的性命，我会对他撒谎。最终，我会向他坦白此事，而他会因此恨我一辈子。

00:26

哈维尔坐在我旁边，身穿素色白上衣和深色裤子，目光遥远。有些被告在审判第一天时会出现这样的眼神。他们不太知道该看哪里，所以就看着远方。陪审团耐心等候；法庭旁听席民众爆满；法官安静地坐着，等待程序开始。

助理地方检察官米歇尔·金站起身，绕过检察席，站到陪审团前方。她穿着海军蓝的裤装，浅蓝色上衣，绑在脖子上的红色丝巾为她妆点上一抹色彩。我跟当地的辩护律师打听过她。此人天资聪颖，脑子好，念了不错的法学院，也受到当地法官推崇。显然她对脖子上的丝巾有着强烈的喜好，并因这拿捏得宜的时尚配件，以及在法庭上自信且伶牙俐齿的风格，赢得“丝铁锤”的封号。

有个辩护律师告诉我，不管你的委托人是被一吨重的丝巾或是一吨重的铅砸中，那都无所谓，他受到的损伤是一样的。而金会在你或你的委托人还搞不清楚状况前就迎头砸下痛击。

她等待着，直到陪审团都放下笔记本和笔，目光集中在她身上。陪审团的人选还不算太差。答辩时，针对我的问题，至少有四名陪审员表示，为了保护陷入危险的亲人，他们会用尽一切手段，包含亲自出手解决。这四人都是男性，40岁出头或接近50岁，干体力活，有家庭。其中两名是非裔美国人，一名是西班牙裔，另一名是白人。在一桩毫无胜算的案件中，他们是我唯一的希望。即使陪审团相信被告犯下了罪，仍有可能依据自身见解，带着“无罪”判决回来——如果他们真心这么认为。这种判决等同大胆地告诉检方：老子才不听你的。

八名女性陪审员中，有两名退役军人，我认为她们会带给我最大的麻烦。接受过军事训练的人往往严守规定，他们不会质疑权威，绝对遵守规则，即便在攸关生死的情况下。再者，她们是陆军，不会站在前海军那边。

另外六名女士来自白原市各种中产阶级：银行职员、杂货店老板、汽车代理商经理，三名家庭主妇。我已将回避陪审员的机会全数用掉，以排除三名小学老师与一名退休的证券经理加一名幼儿园老师。老师多半倾向追随权威人物，我需要一些至少能想象出于善意而违反规则的情况的人。证券经理之所以遭拒，是因为我讨厌证券经理——没有人不讨厌。

如果要猜，我会说，就陪审员属性分布而言，金的优势比较多。我唯一的机会就是那四个人，让他们跟随本能去做每个父亲都会做的事。这几个人很可能刚好能使陪审团陷入僵局。有一名女性陪审员有被说服的可能，但我不很确定。我暗藏的王牌是四号陪审员：唯一的白人男性，而且他毋庸置疑是团体里的混账。我有注意到他，那人总是拿鼻孔看女性陪审员。而且，作为陪审团中的唯一白人男性，他似乎不怎么自在。我之所以选他，是因为他手臂上有个美国国旗的刺青，那表示他站在军人这边。但根据他在椅子上弯腰驼背的模样，我知道他这辈子连一天的兵都没有当过。他另一只前臂有一个 AR-15 突击步枪的刺青，这表示他非常享受他的持枪权。被领进来时，他稍微对哈维尔笑了一下，我立刻知道这人会站我这边。

我最早从陪审团判决中学到的事情之一，就是绝不能低估混账的力量。我宁可获得一个站在我这边的混账，也不想要一个真的会听其他陪审员意见的好人。如果混账站在你这方，你 90% 可以确定他会一直如此。混账没什么想象力，他们不会敞开心扉。

但在这一刻，与陪审团退庭交出判决之间，还有一百多公里的艰辛长路要走，除非情况出现戏剧化的巨变，或是一些检方证人没有出现，大多数陪审员仍只会朝着一个方向去：有罪。

“陪审团的各位先生女士，我是米歇尔·金，我代表纽约州的公民，我在此的职责是要向你们呈上证据。我们认为，这些证据证明了被告莱纳德·哈维尔犯下此案。”

她停顿一下，退后一步，大大地张开双手。

“而你们的职责是要评估这些证据，除你们之外，别无他人。当我们将证据呈到你们面前，在花费时间仔细思考后，排除一切合理的怀疑后，你们会深信，被告杀害了卡洛琳·哈维尔，也就是他自己的女儿。”

另一个停顿，她让陪审团看着那名杀害自己孩子的人。

我跟哈维尔已先将这推演过一遍，我要他别看法官或陪审团，开场时只要专注在检察官或我身上就好。

他要不是忘了，就是觉得再也没什么可失去的。他看了陪审团，那个混账也看回去，毫不畏惧地与哈维尔对视。

“这起案件中呈上的部分证据可能会令人高度不适，我们会给你们看一些图片。各位陪审团成员，我们不会一笔带过。”

检方席助理检察官中的一人按下遥控器的一个按钮，设在法官席两侧的巨大等离子电视转醒。有些陪审员别开眼神，不想太早面对过程中的恐怖画面，但身边的其他陪审员扯扯他们的手臂，予以安抚，让他们放下遮住双眼的手。荧幕上出现的是卡洛琳·哈维尔的照片，来自她的社交媒体档案。她穿着红白条纹的上衣，站在自家房屋前方对着镜头微笑。

“这是卡洛琳·哈维尔，一个有着大好前程的美丽女孩。她每科拿A，在班上受大家喜爱，在社区里也很受欢迎。她正面临破产的父亲将她带到房子地下室，拿出一把刀，割断她的喉咙。这人对着警方和联邦调查局撒谎，欺骗他的保险公司给他1000万当赎金。这笔钱从未寻获，赎金交换也没有发生。1000万赎金消失了——连带着消失的还有两名被告深深信赖的员工，彼得·麦考利和马龙·布莱克。其中一名员工出卖了他的老板，在卡洛琳的衣服上留下一个信息，告诉警察，她的父亲在地下室里杀害了她。而事实上到底发生了什么事呢？当联邦调查局将他们以为的赎金送过去，莱纳德·哈维尔正在远处启动地下室的一个燃烧装置，意图毁灭犯罪现场。他是怎么做到的？他用自己的手机拨通传呼机，触发地下室的爆炸装置。”

陪审团一面将眼神在金和荧幕上的卡洛琳之间来回切换，一面仔细地听着。

“他藏起卡洛琳的尸体。但是，尽管他做了这些努力，仍无法抹除他犯下的罪。我们的专家在地下室找到血迹，与卡洛琳·哈维尔的DNA相符。此外，我们从她车上寻获的一副眼镜上也找到了这位受害者的血。那副眼镜属于她的父亲，也就是被告。凶器也在火海中寻获：一把上头有卡洛琳的血与被告指纹的菜刀。当联邦探员以杀害女儿的罪名逮捕哈维尔时，他意图自杀。他这么做是出于罪恶感，因为他为钱谋害亲生骨肉。你们会见到他的罪恶感的，对此我毫无疑问。”

00:27

负责此案的法官将注意力转往辩方。这位法官大人——帕特丽夏·舒尔茨——我对她不熟。这是我在她面前打的第一起官司。但她的名声我倒是听过。当我发现是由她审理此案，便打给那几个之前告诉我丝铁锤（也就是金）消息的当地辩护律师。舒尔茨是一名心胸开阔且值得崇敬的公正法官，而且认为审判过程中她要做的事越少越好。

有些法官老爱插手干涉，对质询提出异议、问问题，有一堆评论和要求。干这些事情只不过是在拉长审判的时间，并惹毛每一个人。

舒尔茨法官则相反。她倾向让律师自己进行，但同时脑袋又很精。她善于聆听，如果你太扯、太偏离原轨，或不按规矩来，她就会让你知道分寸在哪儿——而且她不会手下留情。

严格，但公正。这我没有问题。

我站起来，走到陪审团面前。这个位置不久前由金占据。卡洛琳车上出现哈维尔的眼镜铁定是金万无一失的胜利筹码。镜片上的血迹已证实属于卡洛琳，目前我还没有办法去圆这项证据。因此，我决定让陪审团思考一些别的。

“各位先生女士，我先正式介绍一下自己。我是艾迪·弗林，很荣幸能为此案的被告莱纳德·哈维尔辩护。你们刚刚已经听到金小姐所说，她公平地描述了她和各位在此案扮演的角色。但我要在这里告诉各位一些不公之处。我之所以说不公，是因为莱纳德·哈维尔竟以被告的身份坐在这法庭上。他应该坐在那里，看着那个绑走他女儿的不知名人士接受漫长的牢狱判决——那才叫公平、那才是正义。莱纳德·哈维尔深爱着他的女儿。今日坐在这里的他，是一名被失去孩子的悲痛击溃的人。你们无法缓解这种折磨，但是可以给他符合正义的判决——哪怕只是一半：就是让他无罪释放。这起案子的证据，也就是金小姐刚刚稍微提过的，说好听的是依情况而定，说难听一点，根本是假的。

“莱纳德·哈维尔在绑匪联系联邦调查局后另外接到对方的电话。绑匪告诉我的委托人，如果他想要女儿活着回来，就要把 1000 万带到交换地点。他们警告他，如果告诉警方或联邦调查局真正的交赎金地点，他女儿就死定了。在那种情况下，你们会怎么做？”

我其实是不能问陪审团任何问题的，但这是一个反问句。我保持安静，能保持多久就多久，让陪审团扪心自问。我得让他们站到哈维尔的立场上，那正是赢得陪审团青睐的秘诀。我不开玩笑，陪审团审判就是一场心理游戏，每个辩护律师都知道一定要将陪审团抽离原位，放到被告的立场上。视角就是一切。

舒尔茨法官看穿我的招数，但没有点出，而是清清喉咙。而我将此当作可以继续下去的暗号。

“我的委托人与两个人一同前往交赎金地点：彼得·麦考利和马龙·布莱克，他的老朋友与员工。在交赎金地点有两个电话号码，我的委托人两个都打了，接起第一通电话的是联邦调查局探员，位置在他被通知的交赎金地点，通过一部一次性手机接起电话；第二通电话启动了我委托人家中的爆炸装置。那天晚上，我委托人的妻子和他公司的其他员工都在家中，他绝不会刻意将他们置于险境。接着，莱纳德·哈维尔从后方被人击中头部。当他醒来时，赎金、上面有电话号码的纸条，以及他的朋友，全数消失。”

我再次暂停，让陪审团在脑中把这些再思考一遍，让他们感受一下。

“金小姐说，各位的工作就是评估、衡量证据，这么说一点也没错。因为无论这证据是以偏概全，或是以全概偏，其实什么也无法证明。你们会听到检方的理论，亦即莱纳德·哈维尔意图诈骗保险公司的赎金，并声称这场由被告设计的绑架动机完全基于金钱。

“但这理论有一个问题：它不合理。”

我缓步上前，带着真相（我心中希望它确是真相无误）逐渐靠近陪审团。

“你们之中有孩子的人、有挚爱家人的人，深知将孩子抱在怀中是什么感觉的人，请你们问问自己：你会为钱杀死孩子吗？”

这次的暂停较短，因为这是一个很简单的问题。每过一刻，我就感到更多名陪审员在心理上更倾向被告。他们的眼神越过我的肩膀，想象自己坐在那张椅子上的模样。

“能有多少钱会让你伤害一个孩子？没有。没有哪位父亲或母亲能做到，我们甚至连想象都无法想象。检方没有办法说服你们相信莱纳德·哈维尔会做出这种事，他们说服不了你们相信他会因金钱的动机去做这件事。你们知道为什么吗？因为当我看着你们每一个人，我知道没有什么事物能说服你们伤害自己的孩子，而莱纳德·哈维尔就跟你们一样。因此，在这场审判的每一个阶段，都请你们问问自己：这个人有可能杀害自己的孩子吗？我认为你们都已经知晓答案了。”

我退后，转过身，朝着提出异议的金走去。法官同意陪审团应将我最后的论点予以忽视。

“弗林先生，我知道你在曼哈顿的地区法院有十分丰富的经验，但在我们这里，做事方法不太一样，”舒尔茨法官说，“你刚刚是在要陪审团仓促地对这起案件作出决定。我在这里重申，我不会容忍辩护人这样的行为。”

我点点头，道了歉。法官转向陪审团说：“各位必须忽视辩方最后的发言。请不要对这起案件预设任何观点。首先聆听证词，了解所有证据，作评估与判断的时间是在这场审判结束之后，也就是你们退庭考量判决的时候，而不是在那之前，了解了吗？”

陪审团点点头，金对我恼火得很，但不肯显露出来。要陪审团忽视任何事物的问题在于，你只能在马匹跳出马厩、满路狂奔得大老远后才能叫它别跑了。

我说完了结语，坐下来写笔记，递给哈维尔。他读了，从桌上传回来给我。

检察官弯身伏在她桌上，低声对助理讲话。

我已经猜出她的招数。因为我做出了这种开场陈述，金的首要任务就是毁了被告的可信度，让他看起来像个骗子。原本金打算找林奇探员当第一目击证人——我看过她的目击证人名单了。林奇是个不错的起手式，他可以实时为陪审团说明案情大部分的发展。但此时，她必须先毁了哈维尔。

我给哈维尔的纸条上写着：

不要有反应，检察官会换新证人。最好早点结束最坏的状况。

哈维尔点点头。我拍拍他的背，低声和他说话，让他冷静。

一名助理检察官离开法庭，估计是去传达这桩诉讼案件最新的排序。他会去召集目击证人，给他们新的清单与咖啡，通知必要的人他们很可能在午餐之前都不用上场。

米歇尔·金站起身，传召她的第一名证人，亦即她最强的证人之一——某个认识哈维尔的人，能在陪审团面前将他抹得漆黑的人。至少我早已算到，也先告知了哈维尔。

丝铁锤做好了万全准备，打算使出全力，给莱尼致命的一击。

“庭上，公诉人要传召苏珊·哈维尔。”

00:28

火灾后的那个早上，苏珊·哈维尔仍处于病危状态。医院人员并未准许莱纳德·哈维尔探望，他得到的通知是先等候。于是他回到还在燃烧的家，也是在那里，在他回家不久后就遭到逮捕。而在哈维尔遭逮捕且未获保释后，她的状态恢复神速。我跟委托人确认过，也确认了瑞克斯岛的访客记录，苏珊·哈维尔没有访客，没有电话。火灾后两人连一个字都没有讲过。

约三个月前，我们在瑞克斯岛的数次法律探访中谈到过苏珊一次。

“火灾三天后，警方逮捕了她进行侦讯，没有起诉就释放了。我这里有她的供述。”我说。

我将供述滑过法律探访室的金属桌面；他扫了一遍，朝我推回来。

“我不是那种天真的男人，她跟我在一起是为了钱。向来如此。她很美，也让我挺愉快。我本以为她能成为卡洛琳的好妈妈，但在我们结婚后，她对我女儿毫无兴趣。当财务状况变得困难，我也看得出她在找退路。她的眼神开始不集中……你懂我意思。”

我的心神迅速回想到第一次见苏珊·哈维尔时，她抚摸马龙的背，那个触碰停留了太久。

“她要和我离婚。”他从监狱的连身服胸前口袋里拿出一封折起来的信，推过桌面。高尔与潘宁事务所，这里最好的离婚事务所之一。那两人活像罗特韦尔犬，近几年拆散了大半名人夫妻，并以赡养条件打残了纽约一些富人的双足，因为他们很可能得花上余生才能付清。那封信上提了一个条件：85% 的资产，交换一次快速且低调的离婚。

“我们先把这件事搁到一旁吧。”我说。

“艾迪，说实话，我一点也不在乎。”哈维尔说。

我在他更消沉前改变话题。我得让他开始动脑，这样一来，至少他会开始努力，而这么做可以让他活下来。

“虽然很难，但我要你仔细听好：检方会宣称卡洛琳在地下室被谋杀，他们有血溅模式分析师，表示地下室的西面墙壁沾了她的血。他们会说那很可能是来自大动脉喷洒。有人清理过墙壁，但血迹用发光氨还是能看见。他们找到一把菜刀，刀藏在一个盒子里，但盒子被火毁了，刀上有你的指纹。跟赎金要求一起传来的卡洛琳的照片很可能是在你的地下室拍的。”

“我完全不知道这些。你也看到外面有多黑了，本来不该这样的。我们树上有彩色小灯，庭院的家具上点缀了灯光。电力是通过车库一个电表箱供应的，我检查过灯……想不起来是什么时候，可能是在火灾发生的两三天前吧，我看到电线烧掉，但一直腾不出时间去换。很可能有人在地下室伤了她，然后在黑暗中把她带了出去。”

“从卡洛琳失踪算起，你在哪段时间去过地下室？”

“我没办法很确定。她一直不喜欢那儿。她还小的时候我在那里做过一些木工，她会下来看我，但坚持地下室的门必须开着。”

“地下室一直是锁的吗？”

“不是，一直是开着的。”他的目光失去焦点。我几乎能见到那眼神移向黑暗之中。

“DNA 检验确认地下室和我眼镜上的血都属于卡洛琳？”他问。

“是，确认了。”

他已不在我身旁，他的心神飘开了。我得把他唤回来。

“卡洛琳失踪那天，苏珊有不在场证明，没有物证能将她和地下室、火灾以及卡洛琳的尸体连起来。从字里行间判断，我觉得警察可能认为她与你共谋，但如果是那样，就永远无法告她有罪，如果起诉你们两人，现在你就会和她一起受审。但他们没有苏珊涉案的证据，这其实可以成为你的优势。如果他们将案件当成你们策划了绑架和谋杀，很可能觉得与其让苏珊成为被告，不如拿她来做别的用途——例如检方证人。所以说，除了她在供述中确认了不在场证明，还可能说出什么危害到我们的事？”

“我完全没头绪。”哈维尔说。

“火灾至今，你怎么会都没跟她说过话？”

他定定地看着我。

“即使只是看着她、跟她说话，甚至和她待在同一个空间，都在提醒着我，她是如何一次又一次地让卡洛琳失望的。卡洛琳的母亲跟她没建立起什么深厚的感情，我猜是因为产后忧郁吧。我以为苏珊可以做得好一点，但她把事情搞砸的程度也没有差到哪里去。当时这感觉起来都是小事，我也没多留心。现在……现在她不在了，那一切就令人感到伤痛。每次卡洛琳试图和新妈妈说话，她都随便打发。每个没赴的约会、独奏会、啦啦队彩排，如今一看真的太多了……”

他不再说话，紧闭颤抖的双唇，拼命压下痛苦。

“我恨她的行为，我想我女儿也恨她。她在瓦尔特面前讲不出话，我们差点就拿不到那笔钱。”

“那么地下室的爆炸装置呢？”我问。

“那里怎么了吗？”

“法医说是传呼机连接到一个小小的引爆器，而你的手机拨通启动引爆装置的号码，整个看起来就像是你把所有人从屋中清空，好让你毁灭犯罪现场。地下室浸满汽油。你在海军服役时有学过怎么装设那种远距离遥控装置吗？”

“没有，但我看过很多。你一打通传呼机，发出的震动就会完成回路连接、启动爆炸。这些我都没尝试过。”

“汽油呢？”

“我们在车库里有一些，几桶 20 升的。苏珊经常用完它们，她永远记不得要在加油站加油。”

我点点头，放下笔，往后靠着椅子。

“你认为苏珊会为你说话吗？”我问。

“我认为会。她不会提起赎金，绝无可能。如果她告诉警察她知道这件事，那可能是要从他们那里获得某种交易，但保险公司会追着她要钱。除此之外，我只能祈祷她说实话了。”

证人席上的苏珊·哈维尔就是个从头到脚散发着轻蔑气息的妻子。黑色裤子，白色上衣，手帕已捏在手中，而她的双眼——尽管仍大而明亮——则装满对哈维尔的恶意。

“你和被告结婚多久了？”金问道。

“目前5年。”她的声音与我印象中的不一样，在法庭上听来更柔和，更羞涩。

“你们的婚姻生活好吗？”

“我想是吧。我们非常相爱……但去年很艰难。”

“是什么原因呢？”

“怎么说呢……莱尼的生意一落千丈，有些合约没有续上，我们在财务上很辛苦。这样的话，无论什么关系都会变得压力很大。”

金对苏珊·哈维尔点点头后看向自己的桌子，翻过一页，阅读着，双手在腹部交叉相握。陪审团的每个人都能理解忧心财务会给婚姻带来何种困难，她要陪审团与苏珊产生共鸣，让他们觉得她也是他们的同伴。

“那么你们是如何处理财务问题的？”

“他变得怕东怕西，把更多时间投注在工作上。我们必须做出牺牲，所以卖了佛罗里达的套房，一些车，但还是补不了太多。最终，在支付薪水给部分员工时出现困难，莱尼决定在我们和房贷公司出现更严重的问题前把房子拿去卖掉。”

“关于你们面对的债务，你有什么概念吗？”

“有。计算数字时，算出来大约是1000万。”

两名男性陪审员露出痛苦的表情，从口中吐出大气。这确实是会让人狗急跳墙的债务，而金就是在利用这个。她在苏珊身上约莫花了10分钟，问出那个数字，将之与各种现实细节紧紧相扣。等她进行完这轮质询，已有好几名陪审员或摇起了头，或在笔记本上给数字画底线。这便是检方的真正目的，而且他们一定要玩这招——尽可能地大肆渲染。

“有没有什么能让生意起死回生，或减免一些债务的可能？”

“据我所知没有。莱尼想办法说服了两家比较小的保险公司，把绑架和赎金的相关业务带回来。可是除了一个主要客户，加上他找回来的两个，莱尼还是失去了大约 40% 的生意。”

“我要继续往下问了。哈维尔太太，请你谈谈卡洛琳·哈维尔失踪当天，也就是 7 月 2 日，你人在哪里？”

“在夏威夷，跟一些女性朋友在度假。”

“那天你和你先生说过话吗？”

“大约早上 7 点，我接到莱尼的电话，纽约时间应该是下午 1 点左右。他打来时我还在睡，所以他留了信息。我起了床，洗了个澡，在早餐时听了他的信息。他听起来很激动，所以我打回去，他说他在办公室，忙一些东西忙到一半，等下再回拨给我。之后我跟姐妹们出门爬山，去做 SPA。他打来问卡洛琳那天有没有和我联络，那时候已是当天傍晚。我跟他说没有，他就挂了。我在知道她失踪的第二天就坐飞机回家了。”

“你的丈夫在生什么气？”

“抗议。庭上，诱导回答。”我说。

法官点头，“抗议成立。”

检察官没有反对，她专注于证人，迅速地继续问下去。

“你那天和丈夫讲电话时，他感觉起来怎么样？”

“很不寻常。我通常能猜到他是因为什么事而困扰。那天他跟我讲得很简短，最后也没有像往常一样说再见。我认为他很焦虑，而且因为某些事很不爽。”

“你回家前和他还交谈过吗？”

“有。我在机场打给他，他只说‘回家’。只有这些。”

“你搭飞机回家后发生了什么事？”

“我看到房子外面有警车，那景象让我意识到到底发生了什么事。一开始我以为她只是碰到了某个男孩，离家出走几天……17 岁小孩的叛逆不都是这样的吗？我就有过。但警车让我害怕了。当我走进家中时，实在需要喝点烈的，让自己冷静下来，而且要马上喝下去。我就是不想去处理那种事，我也有我的问题，像房贷、债权人……”

我看着金随着苏珊·哈维尔的回答点头，但我知道她心底犹如热锅上的蚂蚁。陪审团中有三名女性已对哈维尔太太产生厌恶之情，完全可以从她们的表情中看出来。她们收起下巴、抵住脖子、扬起眉毛、头转向一侧，脸上的表情简直像是在尖叫着说：“我真不敢相信你刚刚讲了那种话！”继女失踪、遭到谋杀，这女人却只顾着诉说自己受到什么影响、有什么感受，一副都是女儿太自私才会做出这种事的模样。

“但为了丈夫，你还是坚强起来了？”金问。

“抗议。诱导回答。”

法官看过去一眼。那就已经足够。

“卡洛琳失踪的前几天，你还记得些什么？”金压低声音，慢下态势，好将一些情绪灌注给她的证人。

“为了莱尼，我努力坚强起来，这真的很难。家里一直塞满警察、联邦探员和莱尼的人。记者连一点安宁都不给我们。媒体关注真的是最糟糕的，我实在是受不了。”

我将她的回答毫无遗漏全部记下，并画上底线。那就是我要切入的点。

00:29

在哈维尔太太给自己带来更多不利前，金赶紧继续。

“在卡洛琳·哈维尔宣告失踪的19天中，你进过自家地下室吗？”

“没有。我想我只去过那儿一次，还是在搬进来没多久的时候，因为我要找些东西。我不喜欢地下室，它们让我很害怕，所以再也没下去过。”

“据你所知，卡洛琳据推测失踪的那几天，你丈夫去过地下室吗？”

“有。”苏珊很有自信地说。

我忍不住朝哈维尔扭过头，他跟我对上了眼。

“你是在什么时候看到你丈夫去地下室的？”

“火灾那晚。”

“告诉我们你看到了什么。”

“大概是在午夜之后，我到厨房弄点喝的。很多人都离开了房子，呃……我想是因为换班之类的吧。大部分警察都离开了，联邦调查局探员或大多探员也出去了。我拿了饮料，回到走廊，打算上楼看电视，让自己别去想一些事情。就在楼梯之前，有一条过道，通往主走廊左侧，我看到莱尼打开走廊最后面地下室的门，走下楼梯。”

她回答得很好，毋庸置疑是经过练习——而且练了很多次。金很可能把这个问题问了一遍又一遍，让她尽可能多地加入细节。可以用人为的方式，利用细节增加可信度，金也很清楚。

她压低了音量，恍若呢喃地问苏珊说：“你确定是他吗？”

“非常确定。我从后面看到他穿着他的黑衣服走下阶梯，拿着某个很大的桶。”

“有可能你看到的是别人吗？”

“不可能。那时候我完全没多想。我记得自己经过那里、走到主走廊时看到彼得·麦考利和马龙在说话。在那屋里不可能再有别人了。联邦调查局不会这样晃到别人家的地下室，我们的司机乔治，他……呃……他没办法正常走路，所以不是他。只可能是莱尼。”

丝铁锤将所有可能的退路一概截断，百分之百确立她的证据。

“你刚刚说他拿着一个桶，可能是汽油吗？”

“我没有清楚地看到桶，我想有这种可能。”

尽管部分陪审员是那样地讨厌苏珊·哈维尔，但依旧往前坐了坐，想听听最后的答案。有些人在做笔记，其他人则把注意力转回哈维尔身上。他们在心中思量着：这人可能杀死自己的女儿吗？

“在那之后发生了什么事？”金又问。

“屋里又塞满了人，满是警察和联邦探员。我记得那个保险公司的人带了赎金过来，接着基本上所有人都离开了。有一名联邦探员留了下来，乔治人在楼下。大约凌晨3点，整栋房子都摇晃了起来，我努力想睡着，但被嘈杂声吵醒，接着就看到屋里所有窗户都被震破，乔治冲进房中……那之后的事我就记不太清了，有点模糊。我努力想出去，却掉了下去，一定是撞伤了头。可是，在某种程度上我知道整栋房子烧了起来，但我爬不起来。也许乔治想尝试搬起我……也许吧。然后我就昏过去了。再接下来我只知道自己在医院里醒来。”

苏珊·哈维尔逸出一声颤抖的呼吸，用卫生纸擦了擦眼。

“当你得知地下室中找到卡洛琳的血，你的反应是？”

“一开始……我不敢相信；我完全无法理解。也许是因为震惊，或是我头受伤之后留了什么后遗症，有好长一段时间我都无法消化这件事。接着我知道火车站交赎金是作假，莱尼从保险公司拿到1000万，不是他告诉联邦调查局的200万，再加上我们那些年累积的财务问题……我不用多久就想明白摆在我面前那么久的真相：莱尼骗了所有人，为了偷……”

“抗议，庭上。”我说。我不能让她把这个评论说出口。但即便如此，陪审团也在各自心中帮她把句子讲完了。

舒尔茨法官往前倾身，直接对着证人说话。“哈维尔太太，你在这里是要根据你对相关事件的记忆提供陪审团证据的，不是来这里表演推理的。”

“我很抱歉。”她说，并在完美的时间点爆哭出声，简直像早就准备好在法官教训她不要越线的瞬间喷出眼泪。

“哈维尔太太，请冷静一下。”金说。

在苏珊道歉并用袖子擦眼泪时，我们静静等待。然后金走上前，递给她一条新的手帕，那上头迅速沾满睫毛膏。检察官慢慢退回到桌后，让陪审团看着哭泣的证人。她哭得越久，陪审团就会给予她越多的同情。

我往后坐，看着金。她耸了耸肩膀。

“哈维尔太太，我知道这对你来说有多难，但我还有最后一个问题：你的丈夫是否要你加入诈骗保险公司1000万的计划中？”

“有。他要我在他带着保险业务员进家里时引开林奇探员的注意力。我拒绝了。”

“谢谢你。”金说。

我回想三个月前我与哈维尔在手机上的对话，他绝对想不到苏珊会这么做。我转向我的委托人，见他整个人泄了气，但还没完全被击败。他垂着下巴，几乎要碰到桌子，无法直视苏珊的双眼。

我思考过金可以利用这名证人到什么程度。她确实不讨人喜欢，却能将哈维尔描绘成一名背着债务的愤怒骗子。她看见哈维尔带着一桶汽油走下楼梯进入地下室的证词，正是这里的重点，但我不能立刻跳入圈套，必须先走怀柔路线。

在我站起来进行交互诘问前，我感到有一只手搭上了我的前臂。是哈维尔。

“对她下手轻点。”他说。

我从眼角余光看见有人将一只胳膊伸过隔开律师和旁听席的栏杆，便转过身，看到是哈珀探员。她的装扮十分休闲：皮外套、牛仔裤，头发看起来和我最后一次见她时一模一样，往后绑成马尾。她手中拿着一小张纸，是要给我的。打从哈维尔遭逮捕，我就再也没见过哈珀。她对我稍微笑了一下，当作招呼，但在把纸条交给我后，那抹笑旋即消失了。

我接下来，打开纸条阅读。

不要问苏珊·哈维尔那通打到夏威夷的电话。

我目光停留在这张纸上的时间出乎意料地久。哈珀在耍我吗？还是想救我，帮我避开一场始料未及的灾难？她坐回去，我见她开始扫视群众。林奇探员交叉着双臂，看了哈珀一眼，颇有恨不得勒死她的意味。

我撕碎纸条放进口袋。

此时此刻，我不太确定这是不是在演戏，是不是哈珀和林奇为了避免我扯到检方案件敏感线索的一场演出。我从火灾那晚我们有限的相处时间判断，哈珀对哈维尔是否涉入此案也保持怀疑态度。她推测出火车站的交赎金是虚晃一枪，现在哈维尔也证明了此事。也许她信了？也许没有。她若不是还没完全信服他有罪所以想帮我，就是打算设计陷害我。我决定忽视这个警告。那通电话根本没那么重要，我只要问她对于丈夫那通电话作何感想就行了。如果那证词中冒出什么惊人之语，我早就知道了。虽有风险，但并不高。如果当场搞砸，至少我会知道哈珀是站在哪一边。

00:30

“哈维尔太太，检方问了你卡洛琳失踪最初几天的事，你记得你针对刚刚的问题回答了什么吗？”我问。

“不太记得。”她说。

“那我来提醒你，我做了笔记。你说：‘记者连一点安宁都不给我们。媒体关注真的是最糟糕的，我实在是受不了。’没错吧？”

“嗯，我的确是这样说的，我就是这种感觉。”

“所以在当时，你的继女可能遭绑架、强暴或谋杀，并非你最忧心的事？”

我还没讲完，就见到她抽搐了一下。她的脑袋快速地、小小地颤动了一下，眼睛一眨，嘴角垂了下来。在她意识到自己犯下错误、想要寻找改正方法的瞬间，这一切动作一闪而逝。

“我最忧心的当然是她，我担心卡洛琳担心得都要疯了。媒体给我增加的压力让一切变得更糟。”

发丝轻轻一甩，她认为自己又回到正轨，慌乱已经结束。

“你和丈夫渐行渐远，没错吧？”我问。

苏珊·哈维尔没回答，只是张着嘴注视我。她的眉毛几乎要打结我想她是没理解这个问题。

“哈维尔太太，你和你的丈夫已经不在一起了是吗？你们之间的关系结束了？”

“我不知道还有什么方法能继续下去。”她说。

“所以你申请离婚？”

“在这一切结束后，我会。”她把一绺金发塞到耳后。

“你的离婚律师是哪位？”

她的双眼圆睁。

“呃……我……这有什么关联吗？”

“回答问题就好，哈维尔太太，有没有关联我来决定。”舒尔茨法官说。

苏珊点点头，举起了双手，交叉双腿。

“高尔与潘宁事务所的杰弗里·潘宁。”她毫不迟疑地说。

“潘宁先生专门处理名人的离婚诉讼，对吧，哈维尔太太？”

“我想是的，是，他非常成功。”

“我想潘宁先生一定向你解释过，如果你的丈夫被判谋杀，余生都将待在牢中，你能够获得比较好的离婚条件。”

又是同样的脑袋一抽，简直像是在被钓鱼竿收线扯动。她什么都没说。

金站起来想抗议，但舒尔茨法官已在检察官连嘴都还没张开前对她摇摇头。陪审团必须知道证人究竟有没有立场公正——或可能有一笔巨额离婚协议为动机。

“哈维尔太太？”

“他可能提过类似的事。”

“你的意思是他确实说过那样的话？”

她注视着自己的鞋子，抚了抚大腿，抬起头。

“是。他是说过。”

“如果你的丈夫被判谋杀，州政府会负责他的下半辈子，他不会需要什么资产或收入就能活。他没有活着的亲属，那么你可以得到……多少？这婚姻中的百分之九十……还是九十五的资产？”

“也许吧，我实在不知道。”

“你告诉陪审团说，你和丈夫负的债约为 1000 万美金，但有 700 万都是未偿房贷，是否正确？”

“是。”

“你们最近一次做的家族财产评估是什么样的？”

“我不确定。”

我看着陪审团，无视证人。几名女性陪审员与至少一名男性陪审员点起了头。他们自己很可能也经历过离婚，知道哈维尔太太以近似备战的程度为这场离婚做了准备——只要有钱分，就会发生这种事。

“哈维尔太太，你的离婚律师要你准备一份婚姻资产的完整文件，有没有这件事？”

“呃，有。”

“所以你对你的财产、股票、股份、车辆、遗产等等，全都进行过评估，对吗？”

“哦抱歉，对，我想起来了。房地产经纪人认为我们在房子上可以拿到 1200 万美金，不过现在拿不到了，房子现在变成了废墟。”

我的下一个问题已经问过莱纳德·哈维尔，他对答案非常确定。

“哈维尔太太，房子的保险金是 1500 万美金，是否正确？”

“呃，我想是的。”

“你想是的。房子是两人名下共有，保险公司难道还没把理赔支票付给你吗？”

一阵死寂。她思考了整整 5 秒，决定不对此撒谎。

“有，他们付了。”

为了产生效果，我停顿了一下，说：“刚刚有一瞬间，你一不留神忘了自己拿到 1500 万美金的支票，是不是这样？”

她摇摇头。

“还有共计约超过 400 万的其他资产。”

没有回答。

我继续说，她恍若在走钢索。

“而你们的债务——总共几分几毫，你知道得一清二楚——是 1000 万。所以你户头现在有 1500 万，以及离婚后可以拿到 400 万，是吗，哈维尔太太？”

她花了些时间镇定下来，努力想思考脱身之法。她从塑胶杯喝了点水，将杯子在证人席的边缘摆好，身体靠向椅背，回答之前先交叉起双臂。

“说老实话，这是我最不放在心上的，我要卡洛琳获得应有的正义。弗林先生，我才刚失去我的继女。”她说。

“你还是没回答我的问题。除了保险理赔的钱，如果莱纳德·哈维尔被判谋杀，你就能拿到接近 400 万美金；如果他无罪释放，你大概可以拿 200 万，是吗？”

“是。”她大声地说，“但我离婚跟这件事有什么关系？”

关于这件事我得快快带过。舒尔茨法官在座位上稍微前倾，准备向证人解释他们的责任是要回答问题、不是问问题。我则省去法官这个麻烦，递给证人一份文件。

“哈维尔太太，你认得这个东西吗？”

她朝文件瞥了一眼，点点头。

“是我给警察的供述。”

“你在家中发生火灾后给了警察这份供述？”

“的确如此。”

“在第三页最下方有一个签名，确认这份供述句句属实且正确无误。这的确是你的签名，对吗，哈维尔太太？”

她迅速翻过，找到文件上的签名，说：“对。”

“你签名前有读过这份供述吗？”

“有。”

“哈维尔太太，陪审团一定会想知道你为何在先前的证词中撒谎。我想问你，你认为自己离婚的话可以更好，还是有其他的原因？”

苏珊·哈维尔张开了嘴，先看了看检察官，再看向法官。

“我说的是真话。”她说。

“你确定吗？”

“我当然确定。”

“哈维尔太太，在先前的证词中，你告诉陪审团说，你看到被告在火灾当晚带着一桶汽油进入地下室，但为何在给警方的供述中没有提到？”

“当时我不觉得很重要。”

“哈维尔太太，你在房子被烧得精光后就与警方谈话，却不认为应该告诉他们你的丈夫在火灾几小时前带着一桶汽油下过地下室？”

她耸耸肩膀。我没有追问答案，因为我就要把答案告诉她了。

“你也没跟警方提到被告想要你加入某种诈骗保险公司的阴谋。这个你为什么也没有提起？”

没有回答，只有更多的泪水。

“哈维尔太太，你是什么时候编出这个故事的？”

“这不是我编的。”

“火灾三天后，你完全没对警察提到上述任何一件事，是不是因为你坐在律师办公室讨论离婚时，记忆力有了突飞猛进的进步？”

“这跟我的离婚没有一点关系，我就是看到有人走进地下室。”

“有人？所以你不确定到底看到的是谁？”

“我已经解释过了，那只可能是莱尼。”

我停下来，检查笔记。目前的进展十分理想。陪审团怀疑她，而我只需要做到这件事就好：灌注怀疑。

交互诘问中最困难的部分就是懂得该在什么时候闭嘴坐下。在你说完之前，不确定感总会不断絮絮叨叨——我有问对问题吗？她的证词中有没有什么部分非常重要但我没涵盖到？我做得够多了吗？

你只能通过经验感受哪一个瞬间是必须停下的。莱纳德·哈维尔的人生悬于一线，而这线就拉在我的手中。这件事也因此使我压力倍增，比原先更怀疑自己。

再追加一击。

“哈维尔太太，你描述了在夏威夷时与你丈夫的语音信息和电话交谈，那时也大约是卡洛琳·哈维尔失踪的时间。你说你的丈夫很愤怒，很激动，但他予以否认。”

“他是很愤怒。”

“哈维尔太太，被告将会作证表示他并没有如你所说那样愤怒。有没有可能是你误判？那其实是因为忧心他女儿的安全？”

我一说完这个问题，就知道自己犯下了巨大的错误。证人没有看我——她看着金。我瞥了检察官一眼，见到那心照不宣的微笑。

我刚刚干了什么好事？

00:31

“他在电话上很生气。”苏珊说。

我点点头，坐下——虽然晚了好几个问题的时间。我在心里对着自己尖叫，表面却没有显露出任何迹象。如果我显露出来，陪审团在毫秒之间就会注意到，而金将会使出全力，让这变得更明显。我还来不及将椅子从桌下拉出来，她已走向证人。

“哈维尔太太，你被告知你丈夫的举动并非如你的描述，你确定你记得没错吗？”

“确定。”她又看了我一次，眼中闪着胜利的光芒。

“庭上，我想提出声请。”金说。法官让陪审团离席，将我们两人召到旁席。

“有什么声请？”舒尔茨法官问。

“提出被告和证人的手机资料。”金说。

一阵恶寒在我皮肤上扩散开。

“法官，这根本就是来阴的，所有相关信息都应该在证据开示时上呈。还有，警方是怎么获得这个信息的？有发出搜索状吗？因为我根本没看见。”我说。

“庭上，是辩方主动跟证人提出这条质询，弗林先生向她提及，她针对丈夫在这些电话中的印象有撒谎之嫌。我们不知道会有这种争议，也正好有相关证据可以让陪审团思考这一点，以求陪审团公正，他们应该知道事情的全貌。我们有通话语音信息和相关手机资料。”金说。

我没有反驳，这一分已经失掉。舒尔茨法官会让手机证据上呈的。

“我批准这项声请，让陪审团回来。”

如果我很强硬地表示抗议，很可能会遭致法官的厌恶，那帮不到我任何忙。所以，我点了头，像什么也没发生一样转身走回我的座位。这是我第一次有机会能完整地看到群众。我在检方席后面看到他们的证人散坐在人群中。有意思。检方证人通常会坐在检察官后方，辩方证人则在辩护席后方。就许多方面来说，刑事诉讼就像一场没有人想参加的教堂婚礼。我看到火灾调查员、一些专家、特别指挥官林奇，以及乔治。哈维尔的这位司机坐在那里低着头，揉着自己的膝盖。可怜的家伙，坐在狭小的长椅上对他的腿实在不怎么友好。

更后方，靠近法庭门处，我看到哈珀在看着我，脸上的失望极其明显。我应该听她的才对。有机会我们一定得谈谈。

有张脸出现在哈珀后方，努力地想偷看。光头，白胡子，那正是我今早见到的第一个人，马克斯·科普兰。他很可能想来确认一下对手的实力，衡量一下我，看看我在法庭上怎么表现。

如果我是他，应该不会觉得多刮目相看。

“金小姐请继续你的再次直接询问。”法官说。金从检方档案的一个皮夹中拿出两个 USB 存储器，一个交给我，另一个插入最靠近证人席的巨大等离子电视右侧插口，手轻轻掠过电视下方，将它打开。一名助理检察官把遥控器交给她，她则拿到身后。

“哈维尔太太，你说你的丈夫在打给你的电话中显得很生气时，弗林先生表示你可能是在说谎。可以请问你是否把他在卡洛琳失踪当日留下的语音信息存起来了？”

“我存了。”

“是这个语音信息吗？”

她突然反手一挥，按下播放。荧幕转成清晰的蓝色，我听到语音信息的开头语。

“保存语音信息。您保存了一则信息。是我，我在办公室，回我电话。”

“就是这个。”苏珊说。

有一瞬间，我以为我得救了。信息很无害，而且不算夸大，他听起来是有点不爽。

但金还没收手。她回到检方席，翻阅一份搁在桌上的淡紫色资料夹中的档案，拿出几份复本。我看过这种报告，联邦调查局鉴识部的标志清楚地出现在扉页的右下角。她将一份复本递给我，一份给法官，一份给证人。

“哈维尔太太，这是由联邦调查局针对被告手机进行的鉴识分析。这份报告编录出页面左上方这支手机号码在美国打出电话的原始位置。首先，你能确认这是你丈夫的电话号码吗？”

“这的确是他的号码。”苏珊说。

金指示证人翻到特定页。

我则远远越过她。我读了那通关键电话的日期，继续翻到地图页（附在这份报告的最后），接着将整份报告推到哈维尔面前。我以为我的委托人会拿起报告，至少翻阅一下，他却留在桌上没有拿，甚至看也不看一下。这不太妙。这表示哈维尔知道接下来会发生什么事，而且他并不在乎。我垮下双肩，觉得原先压在胸口的重重铅块仿佛一路落到肚腹。法官点点头，助理检察官开始将报告传到陪审员那里。

我看着金，她甚至懒得指明语音信息中散发出的愤怒。陪审团有耳朵，自己就能听出来。金正在将球棒往后拉，准备打出一记全垒打。

“哈维尔太太，请翻到这份报告的最后一页，你会看到联邦调查局已将这通电话在地理位置上与弗吉尼亚的基地台连起，你同意吗？”

哈维尔太太研究着报告。

“是，看起来这通电话的确是在那里打的，时间符合。”

“所以你的丈夫留给你一通愤怒的语音信息，说他在办公室，要你回电，而这个证据指出你的丈夫是从弗吉尼亚打的电话。哈维尔太太，你丈夫的办公室在哪里？”

“曼哈顿，他在语音信息里跟我撒谎。他不在自己说的那个地方。”

“哈维尔太太，再问最后一个问题我们就结束。你会看到报告最后一页的地图上有蓝色和红色的点，分别在旁边标记‘1’。为了让陪审团能理解——蓝点是找到卡洛琳车子的地点，红点是被告打电话、并留给你语音信息的大致位置。哈维尔太太，你的丈夫似乎是在你继女失踪当日打给你，并留下信息，而且是在距离最终找到你继女车子800米的位置。你知道你的丈夫为什么会在那个地方，而不是在他的办公室吗？”

“我不知道。”

“你有没有什么想法可以解释他为何对你隐藏他那天真正的位置？”金问。

“他要帮自己弄一个不在场证明。”苏珊说。

我提出抗议，法官表示有效，并告知陪审团必须对证人最后的发言予以忽视。然而，希望他们忽视这个发言的可能就跟我打赢这场官司一样渺茫。金招招完美，如果我没问那通电话，她也不会召回苏珊·哈维尔，并提出这项证据，对此我一点也不怀疑。她最高明的招数就是让我自己打开这扇质询的大门，这么一来，陪审团和法官就能亲眼见证她将门甩到我脸上。这完全出乎我的意料，陪审团也很清楚，并使得他们对我产生怀疑，也对我的委托人产生怀疑。如果你能让强而有力的证据看起来是由对手提出的，那么这个证据就更强大。审判就是心理游戏。检方会设法利用一切机会破坏我和我的自信。他们要我质疑自己的战术，让我害怕问问题。

我绝不可能让这种事发生。

我的手指拂过领带，往下抚顺。这是我紧张时的反射性动作，我总叫自己不要这么做。我的手指每次触碰到那只领带夹，我就会想到哈维尔。只要我们两人还活着一天，我就不会把这夹子交出去。

00:32

法院下方灰暗无光的咨询室隔间里，哈维尔趴在桌面上一派萎靡。他手肘撑桌，手指插进发中，仿佛想将脑袋硬生生塞进这张松木桌里。

我前方的椅子空着，而我背靠着这个 8 米 ×6 米大小的房间的门，脚跟抵门，双手插兜，注视着磨损的海军蓝方块地毯。我们两人都没说话。我无法为这样的人赢下案子：一个决心自我毁灭的人，一个对我撒谎的人，一个对我有所保留的人。当我踏进法庭，知识就是力量。我必须比任何人都清楚这桩案子。刚刚我才因检方比我知道得更多而被狠狠地修理了一通，这样成不了事。我看了看手表，在回去之前还有 5 分钟，我必须想出办法，将一切从苏珊・哈维尔手中拯救出来。我还有最后的压箱宝。

“莱尼，除非你把一切都告诉我，不然我就要走了。如果你不跟我合作，我就没办法帮你打官司。你想死在监狱吗？很好，那也不要带着我一起死。不能对我有隐瞒。别忘了，你6个月前打给我，要我加入，所以就好好利用我吧。如果陪审团现在就要作出决定，你将因为谋杀她的罪名入狱，而让真正的凶手逍遥法外。难道你希望变成那样吗？”

没有动静。那双无神的眼睛死盯着某个过往重罪犯刻在桌子上的姓名。

“60秒，你只有60秒。不开口，我就走。”

他的左手从脑袋后方滑下，软软地落在桌上。哈维尔悠悠闭上双眼，仿佛再轻的动作都会带来痛楚。

50秒。

我听到他桌下的脚轻轻发出叩、叩、叩的声音。这空间唯一的声响只剩下我的呼吸、他的呼吸，与便宜鞋子踏在单薄且松脱的方块地毯上的声音。

35秒。

守卫的钥匙圈发出轻柔的闷响，他从咨询室隔间走开、回到安保办公桌，那声音也越发显得遥远模糊。

20秒。

我将脚一蹬，离开门边，站挺身体，双手深深插进口袋，最后一次注视着哈维尔。

“那就祝你好运，你女儿的事我非常遗憾。”我边说边转身离开。

门把转动约四分之一时，他说：“我在墓园。”

我僵住了，思考着说不定扭开门把、丢下哈维尔自己去面对命运更为明智。在法庭上遭到金的压制让我气坏了，忘记了刚刚问哈维尔的问题是开放性的。天知道他会告诉我什么。如果他告诉我他抓了卡洛琳，我绝不帮他辩护。该死的。我没有考虑周全。在应该对他下重手、让他做好面对这辈子最重要审判的准备时，我却像对小孩子一样过度温柔。

“哪座墓园？”我问，手仍抓着门把。

“绿色牧场，弗吉尼亚。”

“你在那里做什么？”

“扫墓。”他说。

我把门把转到底，“咔”一下打开闩锁。

“等一下、请等一下，艾迪，对不起——我是去看我的第一任太太。”

我放开门把，听着门自动退回原位关上的声音。他抬起了头，注视着我。我拉开椅子，坐在哈维尔对面。

他点点头，往后靠，从裤子口袋拿出一张照片。那张照片小小的，上了膜，好让它在口袋中不会遭到磨损。他把照片递给我。哈维尔的第一任太太长长的棕发在双肩散开，她身穿花朵图样的洋装，坐在一堆石头上望向海面，脖子上挂着一条悬着蝴蝶坠子的银链。

她很美。

“我们第一次约会时我买了那个坠子给她，她几乎每天都戴。”他说。

“所以是某种周年纪念吗？是因为这样你才去墓园吗？”

“从某种程度来讲，是的。”

这答案还不够好——事实上相当薄弱。的确，比起因为绑架女儿并丢掉她的车才出现在该区域，这个理由要好一点。但哈维尔依旧没告诉我他为什么要对现任太太撒这个谎。

“你每个周年纪念日都会去看她吗？”

“我曾经每周都去，但在我认识苏珊后不久就不去了。她不喜欢我花时间在那里。不知怎地，苏珊很嫉妒，也许是因为我们从未分离，现在她死了，我们更不可能分离了。有一天晚上，苏珊跟我说，这感觉就像是我在和我死去的太太出轨。老天……我为什么没有快点跟苏珊断了关系……”

“所以你才没老实告诉她你在哪儿？”我问。

“对。”

“那为什么你会在那天去那里？”

“那天是她过世的日子，7月2日。”

我点点头，说：“好，但还有一件事我不懂。你留那通语音信息时为什么那么火大？”

他起先没回答，而是低下了头，呼吸变得急促。

“那里是她家的土地，多年来只有我的第一任太太和她父母在那儿。但我那天到墓地时，土被翻过了，一定有其他人也被放进那块地……在她……她的上面。”

他站起身，来回走动，大口大口吸气，再从鼻孔喷出，一副随时可以杀人的模样。

“莱尼，稍微冷静一下。我得知道这件事，这很重要。”

我安静地坐着，给他时间。他必须靠自己缓下来。我读过哈维尔的服役记录，他曾接受授勋，受过严格训练，离开海军后直接带着卓越超群的推荐加入警界。在他离开警界、创立哈维尔安保公司时，这都给了他极大的帮助，绑架和赎金的棋局正是专为他这种人准备的。他曾隶属于组织：海军，警界，外加联邦调查局。但即便拥有那些勋章与特殊训练，他在组织里的各种传言依旧层出不穷：像是嫌犯被殴打致死、不如内部调查局所判定那么清白的致命枪击。这是我第一次看见过去的哈维尔：他不好惹。如果你敢冒犯他，你的结局很可能是进棺材，而非进监狱。

“我第一任太太的妹妹几年前过世，埋在别的地方——至少我听说是那样。但她下葬的墓园搬迁，发展委员会重建了那块地。我是去年知道的。当时我收到一封相关信件，因为家族土地的文件在我这里。我回了信，叫他们把她的尸体丢到河里，我不想要。总之他们应该是移走了她，并和其余的家人一起放在那块地上的最后一个空间。”

“你这话还是说不通，莱尼。你是要告诉我，你过世太太的妹妹最近才下葬，然后这件事让你很恼火吗？”

他朝我这边扭了一下头，同时，我听见他的脖子发出闷闷的“咔”声。哈维尔的双眼闪着泪光。

“她会死就是因为她的妹妹，我不要她的破尸体靠近我太太一步。”

我对此一无所知。我不知道他已故的太太竟然还有个妹妹，更不知道她妹妹得为她的死负责。因为实在没别的东西好问，我只好说：“抱歉，那么你太太的妹妹叫什么名字？”

“茉莉·罗森。”他说。

00:33

我小心翼翼不让脸上的表情泄露出我听过这个名字。我的心脏好比从一座漫长的山丘滚下，翻着跟斗、撞上大石，偶尔在撞到树时翻滚会停止（虽然只有非常短的瞬间），而在那一瞬间，我心中几乎形成一道影像，但当翻滚再次开始时，我的整个世界又天翻地覆。

我努力逼自己问出这问题——实在很不好意思，毕竟我应该要知道的——是否可以告诉我他第一任太太的名字——丽贝卡。除了这三个字，哈维尔不肯再多说。我已把他逼得太紧，他再次撤退回自己心中，而我思考着是否要再次威胁他我要离开。不过我知道，这一次他会直接放弃。他已把能说的全告诉我了，再逼他多讲只会损伤他的理智，而那其实已经所剩无几了。

我站起来，离开咨询室的隔间。

哈利接了我打的电话。我原本以为他会在法庭上，所以我很惊讶他竟然能接到。

“是我。我需要你去把茱莉・罗森的档案拿到白原市这里。有办法吗？”我问。

“你说‘有办法吗’是什么意思？”哈利问。

“你难道没有排满一整天的案子得出庭吗？”

一片死寂。

“噢，那个啊，我想我一定可以找到另一个法官帮我代班一天。你住在哪儿？”

“不远处有个旅馆，就在最靠近法院的天桥再过去一些。你觉得你什么时候可以到？”

“我一小时后就能抵达。怎么了？发生什么事了？”哈利问。

“你到这里时我会告诉你。只是觉得你能过来我很高兴。怎么这么好？今天真的没有跟山一样高的案子要处理吗？我以为你很忙的。”

我听到另一端冒出几声苦笑。

“感谢你啊，艾迪，我多了不少空闲时间——我现在停薪留职——如果不这样，就是停职。我大概半小时前接到司法申诉委员会的电话。”他说。

“他们威胁要停你的职？什么原因？”

“试图影响调查结果。很显然，你今天早上去了一趟马克斯・科普兰的办公室。”

我用拳头把走廊墙壁剥离的破旧灰泥浆打掉一大块。

“哈利，对不起，我只是去跟他说说话，我没威胁他……呃，也许威胁了一下，但那是他的保镖先对我出手。”

“我知道你认为自己在做正确的事。无所谓，他们很可能不管怎样都会把我停职。科普兰今天早上提出他的最终上诉理由书。他宣称茱莉·罗森的辩护人不适任，以及她的心理状态不适合受审。”

“他的意思是她疯了？”

“对。我有茱莉的精神报告，但是在她被判有罪后才委托他人进行鉴定的。两年前，那名精神医师死于心脏病，所以他没办法站出来维护自己的立场，说她其实处于可接受审判的状态。据我们所知，她在判刑后一年内就被宣判精神失常。如果科普兰能说服法官，说当时她精神上已不适合委托律师，就将自动获得一次新的审判。而因为她已过世，无法再次受审，很可能会直接宣判无罪。”

“那你会怎么样？”

“如果我是律师，很可能会丢了执照。但因为我是法官，则会直接出局。你想想，光是我在初步证据的判决就有偏颇，以后我的任何决定都变得不可信。因为这起案子，我做出的每一个判决都将自动上诉，我站不住脚，职业生涯完蛋，为了走到这里付出的一切奋斗、牺牲……全部付之一炬。委员会会坚持让我辞职。”

“这种事不会发生的，我绝对不会让这种事情发生。”

“你无计可施。而且，你到底为什么需要茱莉·罗森案的文件？为什么突然这么急？”

我心中纠结着是否要在电话上告诉哈利。如果他认为我会危害到茱莉·罗森案上诉，很可能会拒绝过来。但我信任他。而且，比起自救，对哈利而言真相更重要。

“和卡洛琳·哈维尔的案子有关。我的委托人在卡洛琳·哈维尔失踪当天早晨去探访过她太太的墓地，他说，他太太的妹妹是茱莉·罗森，而且茱莉跟他太太的死有关。哈利，这有让你想起什么吗？”

一开始他没有回应，但我可以听见他的呼吸在电话中突然变得急促起来。

“我太震惊了，这是我第一次听说。我是说，我知道她有家人，但茱莉不跟他们来往，也不让我们接近。除了杀婴和纵火之外，茱莉没被起诉其他罪名。也许那是巧合？也许只是同名，但不是同个茱莉·罗森？”哈利说。

他也可能是对的。我谢过哈利，说跟他在法院见，便回头朝法庭走去——那里哈珀正靠着一根柱子，喝着外带咖啡。靠近她前，我先打量了一下走廊四周，想确认林奇有没有在偷看。他不在，或至少我没看见。哈珀对我点点头，我走上前。

“现在相信我了吗，这位辩护律师？”她嘲讽我道。

“你为什么要警告我？”我问。

哈珀喝了一口咖啡，眼睛盯着杯子里。“我还是不认为他杀了自己的女儿，他不会为钱将她置于险境。不管证据怎么说，我相信自己的直觉。”

“真希望你上司也这样想。”我说。

“我也是。”

“我得说，就联邦探员而言，这样的立场真的相当诡异。你不认为是他做的，我理解。但你为什么愿意为了哈维尔危及前途？你根本不认识他，这到底是在搞什么鬼？”

“反正我的上司没看到纸条，他也永远不会看到。总之你还是问了那个蠢问题。他不能怎样，我还是冒了风险，但不大。我也没有搞鬼，我不要哈维尔的钱，只是不想看一个无辜者受到栽赃。”

我仿佛在哈珀的嗓音中感觉到了什么。

“我总觉得你和林奇之间有些小小的过节。是和他有关吗？是要证明他错了吗？”

“你知我知——我们的确有点过节。可是这依旧不会改变我的信念，也不是我这么做的原因。”

庭务员打开法庭的门，喊所有人回去——休息时间结束。

“你为什么要这么做？”

哈珀把咖啡丢进垃圾桶，站挺身体。“只因为这么做是对的，所以我要去做。这有什么问题吗？”

5 分钟后，法官和陪审团重新回到座位上，我则再次回到案件中。

“哈维尔太太，你的丈夫前往弗吉尼亚的那个地点，是要探访他第一任太太的墓地，对吗？”我问。

她似乎更为放松，也许是觉得她在作证时作出了几个成功的攻击，再也不用担心了。

“我不太确定，也许吧。”苏珊说。

“他每年都去那里，在她过世的周年。你不记得了吗？”

“我刚才说了，也许是，也许不是。我人又不在那里。”

“一点也没错，你不在那里。哈维尔太太，所以你也无法确定你的丈夫为什么会在那里，又或者是在做什么，对吗？”

“对。”她说。

我不敢再往下问。由于金用了那种方式给我设下陷阱，天知道我还可能走进什么诡计之中。我决定结束交互诘问，在哈维尔太太捅出更多洞之前让她离开证人席。

“对于这位证人我没有其他问题了。”我说。

苏珊站起来跨出证人席时，眼神停留在哈维尔身上。我发现自己很难解读这一眼，其中可能混合了知道自己将要胜出，以及最终他还是将她看透的苦涩——而且是直接看见了她的内心深处。埋藏在人心中的丑恶，是人们守护得最滴水不漏的秘密。他们不希望被他人看见藏在其中的野兽。

“你怎么能这样？”哈维尔不满地说。他没有吼叫，只是平平淡淡地开口，音量足够让陪审团听见。

他的太太以手遮嘴。起先我以为她是要忍住笑容，但不是，她是要回应他的轻蔑，这么一来陪审团才会看见哈维尔的话伤她多深。

“低调。”我低声说。

法官把全部注意力放在哈维尔身上，随时准备在他再度失控时立刻将之拦截。

“卡洛琳一直很恨你。”他说。

听到这句话，苏珊立刻双膝一跪，哭得像是腹部遭到重击。我听到陪审团中传来几声倒抽气与压低音量的交谈——铁定是帮电视节目选角的人吧，因为她的精湛演技而惊讶得五体投地。

法官用力跺了跺脚。“哈维尔先生，在这法庭上，你有律师代你发言，不要说话，除非是和律师。我不会容忍任何人在我的法庭上遭到欺凌。这是你的第二次不当行为，再失控一次，我就让你离开法庭，审判会在你不在场的情况下继续进行。你明白了吗？”

哈维尔什么也没说，只是回瞪着法官。沉默笼罩了整个空间，从长椅上扩散开，影响到每一个人。哈维尔的眼神已然失焦，失在一个无人能减轻他折磨的世界中。舒尔茨法官的眼中有着怜悯，她知道这眼神属于一个失去这辈子最重要的人的男子，而那般痛苦几乎要将他逼疯。

“莱尼，够了。”我说。

他的目光重新回到地上，眼中涌出新一波泪水，但他忍了回去。他还剩下一些些决心，而我诚心希望那足够让他撑过去。

下一名检方证人站起来，已准备就绪，即将来到席上。金本来要传唤他们，但还是停下来等待哈维尔和苏珊演完陪审团面前的这场大戏。而今，她准备好了。那个瞬间已经结束。

“庭上，公诉人传唤下一名证人，达拉斯·伯奇医生。”

我的委托人遮住了脸。虽然我用尽一切努力帮他做好准备，但没有几个父母能承受这件事。伯奇医生是一名经验丰富的血液喷溅分析师，他检查了地下室找到的血迹，得出两个结论：第一，卡洛琳在地下室被殴打致死；第二，她被自己的父亲殴打致死。这些细节可以说是极度耸人听闻。我立刻知道，无论哈维尔还剩下些什么，都撑不过接下来的20分钟。

2002年，5月

纽约上州

一辆车停在小木屋外头，茱莉听见轮胎碾过碎石的声音。现在快要下午4点了，她知道姐姐总是早到——不是没礼貌的那种早，只是早几分钟。有礼，严守时间，非常可靠——她们的母亲总这么说。就连姐姐的守时都成为母亲眼中用来比较的方面。CD播放器的音量转得很低，这么一来她才能听见车声。她们过去这么多年一直存在着竞争并相互厌恶，直至去年，茱莉和姐姐之间的状况渐入佳境。茱莉想维持这种和谐的状态。

这是很重要的。

她听见姐姐的钥匙在前门发出的声音，便用流畅的动作拿油布盖住画布、放下刮刀、脱下连身工作服。

若在一个月前，工作服可能会直接丢在地上，她轻轻松松跨出去即可。这些日子就不是这样了。茱莉必须挪来挪去地拉下工作服，褪过她隆起的肚子。她把工作服丢在这个临时工作室一角，离开房间，把门关上锁好。

“我带了你所有喜欢吃的东西，全都很棒。巧克力豆饼干、蔓越莓冰激凌、冰棒——当然是樱桃口味。我后座有四包洋芋片，但你应该知道那是额外的点心吧？你得先吃有机水果色拉。谷物麦片……”从厨房传来的声音说道。

那是丽贝卡。她的双臂抱满了棕色牛皮纸袋，意大利面、法国面包几乎满溢出来，甚至还有竖立的凤梨冠从袋子边缘戳出。她柔软的棕发垂下盖住脸颊。那张脸，那干净、柔滑的肌肤，在阳光之中看起来几乎呈现金色。

在茱莉的印象中，与丽贝卡的外表形成强烈对比的是她眼睛的模样。茱莉觉得，丽贝卡有着和母亲一样的双眼，冷酷、易怒，有时会硬生生影响到她天生的美貌。

但今天不会。

丽贝卡稍弯下膝盖，将那些纸袋放到桌上，吐出一口气。茱莉看着她挺直身体、稍作伸展。她以左手压着下背部，右手轻抚腹部的隆起。她穿了孕妇装，身材仍纤细，却凸出一颗球。

茱莉感觉着自己隆起的腹部，注视着姐姐的肚子。

她们隆起的尺寸相同，大致一样。茱莉的小一些，而且比她姐姐的沉重。母亲会说丽贝卡长得好看，但一直没告诉茱莉她获得了什么特质。当茱莉渐渐长大，她便明白，姐姐得到母亲漂亮的肌肤、高高的颧骨与纤长的骨架，而自己继承的是母亲令人讨厌又充满恶意的嘴。茱莉继续成长，并且了解，与丽贝卡相比，其实她与母亲有更多的相同之处。

茱莉继承了她的心，还有随之附加而来的各式各样扭曲、多疑的思想。

这些记忆突然袭上心头，而当茱莉再把注意力拉回现在，看到自己的姐姐正注视着她。不，不是看着她，是看着她隆起的肚子。

姐妹两人都没有说话，无须预演或提醒彼此，就这么靠向对方。她们只相距一尺之遥，都在另一人的腹部上握着对方的手，用手指拂过她们衣服的布料，感受着对方腹部的弧度。

丽贝卡的眼睛蒙上一层泪水。

另一辆车开上车道的声音吓了两人一跳。她们分开来，一同转向厨房中面向车道的那扇大窗户。

“是谁？那会是谁？”丽贝卡问。

茱莉知道那是谁，但什么也没说。

“不要告诉我是那个人，不要告诉我你打给了他。”丽贝卡一面退后一面摇头。

“该死，贝卡，我在这里好寂寞，都好几个月了，我完全没碰毒品，宝宝也很好。我只是感觉快疯了。”

她的姐姐又往后退了一步，转动眼珠，注视余光中所见的景象，打算说点什么，但茱莉在同时间说：“不是发疯啦，你放轻松，这个词用得不好……我就只是很寂寞。”

“但他……我们谈过了。”丽贝卡说。

“他改了，他现在有工作，我向老天发誓。虽然不是朝九晚五，但口袋里是有钱的。他也没碰毒品，而且我们很好，我有小心，相信我。”

通往厨房的后门打开，斯科特站在门口，右手像爪子般抓着几个购物袋。

“你好啊，丽贝卡。”他说。

她暂且予以忽视，眼睛持续盯着茱莉。茱莉走向斯科特，轻轻握住他的手，领他进入厨房。

“贝卡，你还记得斯科特·巴克吗？”茱莉问。

丽贝卡点点头，注视他的同时像是要保护什么的地将双手盖在肚子上。

“我对上回见面的情况记得非常清楚。斯科特，你呢？”

他什么也没说，看着地板，吸了口气。

“我记得非常清楚，”丽贝卡继续说，“我把茱莉从你的公寓里拖出来，她身上满是瘀青和呕吐物，然后我在她用毒过量之前把她带到急诊室。她差点死了。不过你嗑得太嗨，没注意到。”

“我现在不碰……”他说，但没机会把话讲完。

“茱莉也是，她的皮肤也是。她跟你在一起时身上一堆瘀青、烫伤、割伤。你不碰了、很清醒，我懂。但你还揍女友吗？”

斯科特说：“那个也有人帮我改了，我已经变了，茱莉也变了。我们现在都更好了。”

茱莉把整个人缩进斯科特臂弯中，看着姐姐朝着门厅和前门退后。

“噢，也恭喜你怀孕了。”斯科特用无感情的语调说。

丽贝卡的手指在腹部伸开，做保护状。“茱莉，我们之后再谈。”她边说着，边转过身，出去时甩上了门。

茱莉用鼻子蹭了蹭斯科特的胸口，说：“谢谢你。对不起，我不知道你这个周末会过来。我应该先告诉你丽贝卡会在。”

“无所谓的。”他说。

“我想你是对的。只要我们在一起就好，我只要这样就好。”

“我知道，而且我们会在一起的。你、我，还有宝宝。我再接一个工作，然后就收手。”他说。

他们亲吻起来，茱莉在斯科特的唇上尝到一些熟悉的东西，辣辣的，橡木气味，酸酸的。她用双手捧着他的脸，说：“答应我一件事好吗？”

“什么事？”

“答应我你不会告诉她。”

“我答应你。”斯科特说。

00:34

陪审团中至少有一半的人不知道血液喷溅分析是什么意思，露出一脸迷茫。当伯奇医生解释他如何分析血迹，并判定这桩案件有多么暴力时，陪审团中冒出一阵窃窃私语。他们知道将有坏事要降临：照片。将有一名年轻女子死去的细节要被公布——而且死得很惨。我能看到部分陪审员努力保持镇定、呼气吸气、转动肩膀、咬着嘴唇。两名男性陪审员看起来坐立难安，尤其是那名年轻男性。他身穿白色有扣上衣，胸前口袋插着一排笔。女性陪审员似乎对于即将面临的场面有所准备。身穿黑色上衣与牛仔裤的女士坐得更直，将笔拿在手中，准备写下笔记。

“伯奇医生，请告诉我们，为何你有这个资格替这起案件提供专业层面的证词？”

伯奇医生勾起了嘴角，看向陪审团。此人十分热爱谈论自己的经历。

“因为我在警界服务了12年，对血液喷溅分析渐渐发展出兴趣。而且就在我还是业余人士的时候，我对血液喷溅的解读在数起案件中提供过决定性的证据，并直接促成逮捕或定罪成立。我认为这是我的天赋。于是我离开警界，到联邦调查局接受血液喷溅分析的训练。在获得血液喷溅分析的证件后，我便开创了自己的顾问公司。目前为止，我已执业超过15年，并参与了大约300起案件。”

我做了一些笔记，看着陪审团打量达拉斯·伯奇医生。他令人印象深刻，体型巨大，人格也与此相配。他穿着灰色裤子、白色上衣，以及蓝色运动外套；头发短而利落，一如他说出口的答案。

我研究过伯奇这人。我打了几通电话给和我交好、肯和我说话的当地辩护律师。伯奇几乎算是这座法院装潢的一部分。他开始做血液喷溅分析的时间点，差不多能一路追溯到这门学科刚开始成为警方调查采用依据的时候。而因为他在进入这领域前曾于白原市担任警员，所以有关血液喷溅的案子都给了他。警察永远会照顾自己人。

即便他准备了如山高的报告也全都是对警方有利的，这人也只做过两次证。在大多案件中他都不需要出庭，因为嫌犯都认了罪，或辩方没有对他的报告提出质疑，只在记录中读一读了事。而就算上述全部如实发生，伯奇仍会来法庭旁观，一如辩护律师们告诉我的，伯奇就像这儿装潢的一部分。

金得让专家证词这段尽快推进，于是她立刻切入。

荧幕上的第一张照片是火灾后房屋的广角照片。屋子还在冒烟，一部分结构已经崩塌。

“我接受白原市警局的委托，对被告地下室找到的血迹、被告眼镜上的血迹，以及死者车辆中找到的血迹进行分析。”伯奇医生说，口音似乎来自与德州相距不远的位置。不过话说回来，无论哪里都跟德州相距不远。

他继续说：“根据消防队长和结构工程师的说法，火势蔓延至煤气管线，造成地下室爆炸，并因此危及钢骨结构。地面层部分大理石板塌倒，因此我必须等到工程师撑起该区域，确保它安全后才能进行检验。”

金手腕一转，按下遥控器，调出地下室的照片。一角有明显的爆炸痕迹，但房间其余地方显然没被黑烟损伤。

“医生，请和我们谈谈这张照片。”金说。

“如各位所见，爆炸位于地下室一角，其余墙壁表面仍有一些烟，但几乎可说是完好无缺。爆炸的威力直接往上冲进房屋其余部分，而地下室墙壁砖头上的白漆仍很干净，且相对明亮。”

遥控器按了第二下，调出一张新的照片。这次，他们并没有为了拍照而用明亮的灯光打亮地下室，整个空间呈半漆黑状态，除了照片左侧的墙壁。那里可以见到一抹诡异的蓝色。

“伯奇医生，这张照片呈现的是什么呢？”

“犯罪现场鉴识人员使用生物性发光物质，例如发光氨或他种物质，搜寻遭到清除或肉眼看不见的潜在血迹。你们在墙上看到的蓝色图案其实就是血。”

“当你前往现场、看到血迹，你做了什么？”

“我首先走了一遍调查与评估的程序。我从现场警官那里先获得相关信息，检验墙上的喷洒模式。我能否看一下照片 5？那对我会有点帮助。”

“当然。”金从荧幕调出照片。那是一张蓝色血迹模式的特写。

“如各位所见，这是很典型的喷溅模式。我检验这模式中的独立血滴，进行测量，并判别它们的行进方向……”

“抱歉，我可以先在这里暂停一下吗？你是如何判别墙上血迹的行进方向的？”

“其实相当简单。如果血滴行进的速度够快，并且以倾斜角度击中表面，会立刻制造出血滴痕迹。如果简单形容，会是圆形；如果血滴呈完全垂直落下，会制造出环形，边缘有微微的锯齿状；而由特定角度滴落的血会制造出近似气球状的痕迹，气球圆大的那端会是血液最先接触表面区域的位置。”

“我懂了。也就是说，通过血滴的形状，你能看出它们来自哪个方向。”

“是的。我用拉线法来计算最可能的起始点。基本上，我将一条线连到墙上，沿着行进轴连到血迹。我能够据此制定角度和起始点。在这起案件中，发生流血事件的位置是在距离这道墙两米处，血液来自从地面算起、160 厘米的高度。”

简短的一个暂停。我听见哈维尔的指节在桌下咔嚓作响。他捏紧了拳头，使得双手和手指的皮肤泛白。我轻轻将一手放在他臂上，努力想在不吸引注意力的情况下让他冷静。

金之所以要暂停，是为了让陪审团消化此事。这都是些技术数据，不代表任何意义——至少在她下一个问题之前没有任何意义。

“医生，你知道受害者的身高是多少吗？”

“知道。就她这个年龄而言，卡洛琳算高的：死者是 177 厘米。”

“死者……”哈维尔压低音量呢喃道。对哈维尔来说，审判过程中说的每一个字都使得他的女儿被谋杀一事更为真实，犹如他吸入身体的每一口气。

“医生，请告诉我们你根据科学调查对这个现场作的分析。”

我往前倾了倾身体——我、陪审团以及法庭上大多数人都这么做了。这便是那些蓝色痕迹、绳线与计算加起来之后得到的效果。

“墙上的模式看起来像是典型的中速度撞击喷溅。在地下室找到的那把带血的刀上有死者的血，因此证据确凿。在我看来，这种喷溅模式与受到刀或别的尖锐物品攻击并切断颈动脉造成的血溅痕迹一致。一开始，静脉上出现开口，因有来自心脏的完整压力，迫使血液以高速弧线喷出。之后，随着静脉上的开口扩大，血压和喷洒弧线也会随之下降。这类受伤造成的痕迹有着极高的指示性。受害者的身高，以及我对发生流血事件的起始点的计算，都精准符合在喉咙上完成致命的一击这一结果。”

“你如何确定你的理论？”

“我可以在测试环境下用针筒模拟流血事件，并重建同样的喷溅模式。”

伯奇旁边的荧幕跳出一个白色房间的影像，墙上有同样的模式，只是这次变成了红色。我之前看过这张照片，但直到现在才看见测试区域的地上有几滴血。我翻阅我的档案，找到发光氨标示出血迹的那些照片。它们的确一致：都喷洒在墙面上，只有几滴掉落在地上。

“在接下来的报告中，你是否得知墙上找到血液的 DNA？”金问。

“是。我得知血液与卡洛琳·哈维尔的 DNA 吻合。”伯奇说。

“先前你将受害者脖子上的伤描述为致命伤，你怎么确定这个伤口就是死亡原因？”

“血液模式的形状与排列是典型由动脉喷出的镰刀状。如果有人割开你的颈动脉，你在几秒内就会失血过多，除非旁边有外科医师，以及一整个急救团队待命——即使那样你还是很可能会死。”

“不！”哈维尔尖叫出声。他站了起来，脸上神情狂乱。

我也站起身制止他，并感到他抓了我的外套。我们对上眼神，霎时间，我觉得哈维尔像个正在溺毙的人：他的脸上呈现出绝望而恐惧的表情。

他用双手紧紧揪住我的上衣。“让我出去！让我出去！我听不下去了，艾迪，让我出去……”他恳求道。

我正要申请歇庭，舒尔茨法官却抢了我的台词。

“哈维尔先生，这是你第三次违规，我已经警告过你了。警卫，请将哈维尔先生带去牢房，你必须在那里待一小时。等你回来，如果再次发生失控事件，我会判你藐视法庭，剩下的审判过程你都不能再回来。将他带走。”

他低声道歉，放开了我的外套，用手抚顺我的外套和上衣。被带走时，他掩面哭泣，但我没听见——我正忙着和法官争论，可她不听。陪审团则沉默地看着整个场面。群众中爆发一阵交谈声，音量之大，足以淹没我的声音。我左边通往牢房的门“砰”的一声关上。

我花了点时间冷静下来，抹了抹嘴。伯奇医生对我微笑。他知道我们只能就此罢手，而且他自信满满。我没有血液喷溅分析的辩方专家，现在连委托人都没了。

00:35

法庭在哈维尔制造的骚动之后又安静下来。对于伯奇医生，金已经结束了对他的质询。她谢过他，坐了下来。

一如网球比赛，当球狠狠朝我击来时，法庭上每一个人都认为我绝无接到的可能，更不要说打回网子的另一边了。

我的双手既热又湿。从眼角余光，我见到一名陪审员往后一靠、交叉起双臂，一副“老兄，你还有什么话好说”的模样。

事实证明伯奇医生的确是个很有说服力的证人。他的证词清晰明了，陪审团似乎相当理解其重要性，也欣然接受。在现实中，我确实没有多少余地可以争辩。

但现实不重要，真相也不重要。毕竟，我们是在法庭上。

我在事前早已计划妥当要使用什么策略。即便如此，我仍然可能在某个时刻一败涂地。就算你知道自己将做出什么攻击，也不代表无论怎么出拳都能打中目标。

我站起来，从辩护席走出去，站到法庭中央。该处位于法官、陪审团、证人席与检方包围的正中间。我手上没有任何笔记。伯奇医生咳了几声、喝了口水，调整眼神看着前方。这是专家证人时不时会使用的基本技巧。不管哪种证人，最不希望发生的情况就是在交互诘问中发脾气，那往往会成为失去可信度的前兆。避免争执最简单的方法就是避免眼神接触，专注聆听质询，开口回答前三思而后行。这样一来，你就不会因太快回应或遭挑衅的问话方式而被牵着鼻子走。即使伯奇于职业生涯中并没有真的在证人席上度过多少时间，但为了作证，他仍多次接受一堆检察官的训练，而他们大多会把这个技巧传授给他。这个方法其实相当简单，但极其有效。

“伯奇医生，刚刚你告诉法庭的一切全是屁话，对不对？”

一阵停顿。伯奇没与我有眼神接触，金也没提出抗议。她不想显得对这名证人过度保护。

我的目光对准他，但在视线边缘看到几名陪审员立刻坐直了身体。法官放下了笔。我能感觉到她凌厉的目光，那个眼神不怎么友善。

“不对，完全不对。”他说。他的回应慢了，更加字斟句酌。他的语调也放缓，好往回答中灌注更多权威感。我见过证人使用这样的技巧，但从来没有一次全都用上。我因此思索，也许伯奇医生在证人席上学到了扎实的一课，而且绝无再次情绪失控的可能。只要他好好听从检察官的指示，便会清楚在交互诘问中存活的秘诀。

“你在先前的证词中说血迹喷溅分析是你的‘天职’，对吗？”

又一阵停顿，他的眼神看着地面。

“对，我热爱我的工作。”

“在开创自己的鉴识顾问公司前，你曾是一名警察，对吗？”

问题与回答间的延迟缩短了约半秒。

“是，我离开警界去追寻我的天职。”

“而你也顺应这个天职去了联邦调查局，并在那里接受这门学科的训练。你是这样告诉法庭的，对吗？”

延迟时间又回到整整 1 秒。开口回答前，他仔细地将答案思考了一遍。

“没错。”

“你是在弗吉尼亚州匡提科、联邦调查局国家学院的法医鉴识与研究中心受到的训练并取得资格证书的，对吗？”

我们等待着，然后他说：“正是如此。”

现在轮到我放慢步调了。我朝陪审团上前一步，面对他们，停下来说：“伯奇医生，联邦调查局国家学院餐厅入口上方的牌子上写了什么？”

又来了，是他习惯性的延迟。2 秒过去，5 秒。我没看伯奇，而是看着陪审团，陪审团则看着他。到了第 10 秒，陪审团成员的表情开始变了。当沉默来到第 15 秒，起初单纯无害的好奇现在转为紧迫盯人的注视。这是前所未有的死寂，仿佛拥有自己的人格，像是某种有分量且高密度的质询，促使泅泳其中的每一个人都感觉到那分不自在在持续增加。两名女性陪审员用双手遮眼，在默然无声中蜷曲身体，别开眼神。我认为是个混账的那名陪审员往前倾身，两个手肘支着大腿，其余陪审负则超越了那份尴尬，好奇起来：有些人用手指撑着下巴；戴眼镜的年轻女性把笔的上方按得咔咔响，准备在笔记本上写下答案；其余陪审员则注视着伯奇。金的椅子发出嘎吱声，打破安静。她身体往前倾，简直恨不得拜托伯奇张开那该死的嘴说点话，说什么都好。

“我可能记不起来。”最终他说。

这是个烂答案，我要攻击他了。我开口时，拉近了我和他之间的距离。“你是说你记不起那个牌子上写了什么吗？”

他的手指在腹部紧紧交缠，但两根拇指正以疯狂的速度相互打圈绕转，犹如正在他脑中旋转的齿轮。

“我不知道那个牌子上写的是什么。”他承认道。

“你之所以不知道那个牌子上写了什么，是因为你根本没去过匡提科的联邦调查局国家学院，是不是？”

他无声地动着下巴，头侧的肌肉鼓了起来。

“没错。”

“所以，当你说你觉得自己不记得那块牌子上写了什么，是在说谎，对不对？”

“不对。”

“如果你从没进过国家学院，那么你应该同意我说你从没见过那块牌子，对不对？”

“对。”

“那么，你就不可能‘不记得’那块牌子上写了什么，因为你根本连见都没见过？”

“对。”

“也就是说，当你说你记不起来那块牌子上写了什么，是在说谎。是吗，伯奇先生？”

“不是，那不是说谎，我只是说错了话。另外，请叫我伯奇医生。”

他现在立刻就回答了问题，音量加大，声调也随着血压一同往上升。我从他面前离开，回到辩方席，抓起一张纸举在身前，让伯奇看不到，说：“当你作证说你从联邦调查局得到血液喷溅分析的证照，你真正的意思其实是：你完成了 BPA——也就是血液喷溅分析（Blood Pattern Analysis）的在线函授课程，而这门课程是在联邦调查局的协助之下创设的？”

“他们的确协助了课程教材的准备。”他说。

“那么，实际上你的 BPA 合格证明是从哪一所大学取得的？”

起初他的回答含糊不清，我没听懂。

“伯奇先生，请你再说一次。”

“德保罗大学。”他说。

“德保罗大学在哪里呢？”我问。

“我不确定。”他说。

我现在比金更靠近陪审团，我听到她压下嗓音、低呼了一声“老天爷”。这一切在她眼前活生生变成一场世纪浩劫，而她对此完全无计可施。达拉斯·伯奇，法庭装潢的一部分，他在这里的时间太久，久到检察官办公室忘了——或者根本不在乎——他是怎么获得待在这里的资格的。我做了功课。血液喷溅分析是法医鉴识中许多灰色地带之一，主观意见与科学结果尴尬并存。分析师在该领域待得越久，越不可能取得现行的、更正式的资格。他的资历听起来很棒，但当我一开始调查，就显得四分五裂。

“伯奇先生，我可以帮助你回忆：德保罗大学登记的地址，邮政编码是在克利夫兰。你稍微想起来了吗？”

“可能是吧。”他说。这次，我听到他抓住椅子扶手发出的嘎吱声。虽然那也可能来自他咬紧的牙关。事实上究竟是哪个，对我来说根本无所谓。

“你也是从那里拿到你的博士学位的吗？”

“是”这个字随着一个短促的呼气冒了出来。

“你所接受的训练来自一所没有校园、没有教学厅，甚至连小小的教室都没有的大学。你接受在线教育，通过电子邮件收到学历证明。我这么说正确吗？”

他没回答。

“如果你想要博士学位，只需要再多花200美金，而且不需要再多做什么额外的事情，对吗？”

“我不记得了。”他说。

“只需要200美金你就能拿到血液喷溅分析，或物理治疗、营养学——甚至美发的博士学位？”

“我不知道。我只上了血液喷溅这一科。”他说。

该继续前进了——趁着陪审团还在摇头。

“在你分析受害者的身高、包括在刀上找到她的血之前，就先收到了信息？”

“没错。”

“你也是这样做出来的分析，对吗？你只是根据那个信息做出报告。卡洛琳·哈维尔的身高能够给你一个大约的着手点，好估算出血迹是由受害者的喉咙喷出，是否正确？”

“我进行了完整且详细的分析，并且根据结果作出了这个分析。”他说。

“在你分析这些血迹喷溅前，对于由红细胞和白细胞造成的血液黏稠度差异的容差做出的分析是？”

停顿一拍。

“0。”

“你是否同意，所有顶尖的血液分析专家普遍认为，血液黏稠度可能会影响喷溅模式？”

“是。”

“你分析血液喷溅时，对于牛顿定律的容差是？”

伯奇的椅子发出“咔”的一声，吓到两名陪审员。他差点弄坏了椅子扶手，只听他哑着声音说：“我不确定牛顿定律到底是什么鬼，或者跟我的分析有什么关系。”

“抱歉。牛顿定律更广为人知的名字是地心引力定律。我猜克里夫兰的邮政信箱里大概没有这门课。在任何情况下，假使液体在空中前进，你是否同意地心引力对于它的行进会产生影响？”

“我同意。”

“但在你的分析中并没有对这个因素作出解释。我可以一直这样继续讲下去，但就让我长话短说吧：伯奇先生，你是否完全没有受过创伤病理学、流体力学甚至物理方面的训练？”

“没有，我不需要。”他说。

“那么，可能就是因为这样，你没能理解这状况下的地心引力？”

他站起来，而且速度很快。伯奇龇着牙齿，扶手与证人椅的椅背在他起身的瞬间被连着一同拔起。他仍抓着扶手，脸变得通红，打算对我大肆进行言语攻击时，金站了起来，说："抗议。"这足以让伯奇闭上嘴。他丢下椅子其余的部分，打量四周，决定继续站着。

"庭上，"我说，"我想请求全面撤销这名证人的证词。他并非这个领域的专家——"

我还没讲完，金就打断了我，我们就这么相互讨论了足足半分钟，直到金看见陪审团开始瞪她。她犯下的错在于找了个老是提供检方想要结果的血液喷溅专家。她找来的"杀手"刚刚在自己的脚与她的案子上射穿了一个巨孔。

我甚至还没请法官排除证词就知道她不会答应。但陪审团看见了我作势要问，而且我认为，也许有几人脑中也有同样的想法。

2003年，2月

纽约，奥尔巴尼，弗利法院

茱莉·罗森用轻缓且温和的方式拂过头皮上隆起的红色疤痕。那里还是很痛，但一下一下的疼痛让她能维持清醒、保持专注。她双臂上的烧伤愈合良好，再也不会困扰到她，而且可以把伤疤遮起。头上的伤口令她思绪混乱，她也养成了用指尖反复拨弄伤口、将之撬开的习惯。也许，她在某种程度上悄悄希望这么做能对她的记忆有帮助。她试图把注意力放在哈利身上。他相信她，她很确定，一如手指下摸到的疤痕隆起的脊顶。有时，在审判的时候，茱莉会对哈利感到抱歉。她让他失望了。他们为了这天演练这么多次，多到茱莉头都疼了。她记得那个黑衣人、汽油，以及火焰吻上她肌肤时的感觉。但那些画面都好模糊，她想不起那些事到底是以什么顺序发生，又或者事发的全程有多久。有时，她甚至完全想不起那个黑衣人来。

而当她的回忆没有缺漏、开始谈起那名入侵者时，说出口的言语总会令她失望。她常说："我不记得了，那个黑衣人大概是打了我……一定是他放的火……"

问题就在这里。在准备审判的会议中，每当茱莉说"他大概是"或者"我想不起来了，但这件事一定发生过"，哈利总会瑟缩一下。

"尽量不要说'他大概是'，因为那听起来就好像你根本不确定。如果你在庭上被问了问题，你只要回答'他有'或'他没有'就好。因为那样会显示你是根据记忆说的，不是'猜测'可能发生了什么。你明白其中的差异吗？"哈利问。

茱莉点点头，表示她懂，可在证人席上却忘得一干二净。又或者，她只是说出了真相，毕竟她的确不记得那天发生了什么。哈利必须小心翼翼地谈论那起案子。当他提及宝宝，茱莉紧拥着自己哭了出来。而这泪水总会转为痛哭，再引起恐慌症发作。只有一次除外。那次哈利问起茱莉和宝宝，也就是她和艾米莉的关系，茱莉安静了好长一段时间，搔着头的一侧。

"我不记得她的脸。"茱莉说。当她把手从头皮移开时，手指因沾上血而被染红了。

现在，哈利正在和陪审团讲话，茱莉则努力地听着。上回她如此努力要专注已是好久之前。即便她想尽力这么做，依旧分神了。哈利讲话时，她在横线笔记本上画泰迪熊，画弹力球，或是空空的婴儿床。铅笔的笔触使这些图呈现孩童涂鸦的模样。

"陪审团成员，检方没有直接的目击证人证词可反驳茱莉·罗森对于那个可怕日子发生的事件的说辞。那名吓到我委托人的男子，那名烧毁她的屋子、杀死她小孩的男子正在逃逸。我的委托人并非犯罪者，她是受害者，她失去了她的孩子。我的委托人应该获得您的仁慈与同情，而非您的审判。”

当哈利在她身旁坐下时，她将一只手放在他的手臂上，给他安慰。他尽了全力，而茱莉知道，就算这样也还是不够。在她脑海深处，她想要受到惩罚。她小小的艾米莉值得更多，也应该获得更多。像是人生，像是在美丽的屋子里长大的机会，有一个美好的家和一只小狗。而茱莉知道她让艾米莉失望了。她失去了她的孩子，活该受审判，被惩罚。那对她来说是有帮助的。

陪审团退庭。当茱莉站在那儿等着被上铐带回牢房等候时，她转过去看着身后的群众，斯科特不在。审判中，她有好几次感受到他的存在，却从没瞥见过他的身影。他一定恨死她了，她想着。

茱莉身穿蓝色衣服在牢中等待，但没有等太久，陪审团很快就回来了，不到半个小时。当警卫告诉哈利这个消息，茱莉看见他的脸垮了下来。他立刻知道判决结果是什么了。

她跟着哈利回到法庭，并在陪审团宣读判决结果时徒手画了些完美的圆圈。

所有罪名，有罪。

可怜的哈利似乎因为这个判决相当崩溃。茱莉则松了一口气。而这一次，当她离开法庭时，她看见他了。

他站在后方，穿着一件黑色外套。斯科特。他在哭。但茱莉知道，那些眼泪不是为她，那些眼泪是为了艾米莉。那是松了口气的眼泪，因为谋杀她的人将受到惩罚。斯科特的眼泪迅速干涸，双眼又再次回到痛恨过往爱人的状态。

茱莉暗自祈祷，希望最终他能原谅自己。

00:36

金没有进行再次直接询问，而是放达拉斯·伯奇去舔舐伤口。她翻阅着自己的笔记，思考下一个人该叫谁。金手上最强的证人是林奇，所以她会把他保留到最后。我们时间已经不太够了。基本上，不管她叫什么证人上来，都可能无法在下班休庭前把证词说完。

在她喊来下一个证人之前，我试图请法官让哈维尔重回法庭。法官说他还没关够时间，明天才能回来：他必须知道，就算干扰的是他自己的审判，也不可能逃过惩罚。我只好回到座位上。

“庭上，公诉人传唤乔治·范迪克。”金说。

传唤乔治对金而言实在是一大风险，却也是不能不承担的风险。她之所以传唤他，是因为在房子陷入火海前他就在屋中，并说出了确认哈维尔的财务状况已无药可救的证词。我猜想，乔治的身体状况也在其中扮演了重要的角色。检方没有尸体——因此没有能拉动陪审团情绪的着眼点。但是，假使金让陪审团看见乔治颤巍巍地走来，觉得“哈维尔明知启动爆炸装置时乔治会在家中”——这让检方看见了与真正的受害者相去不远的存在。

他拖着脚走在中间走道，打开分隔律师、委托人与民众之间的小小松木栅门，拽着那条不良于行的腿走上证人席。随着痛苦又不便的每一步，他鞋子底下连着腿支架的金属横片便在瓷砖地上敲出咔咔声。

一名小个子的金发女性书记官递给他一本《圣经》，问他是否愿意发下神圣的誓言，证明所说的一切皆为事实。

我很同情乔治。他看起来像是准备要吃子弹。他的背部微驼，并因腿的缘故曲着身体。他的黑色西装外套扣子扣在腰际，领带仿佛快要把自己勒死了。如果他试图站直……他可能根本无法站好。

他按照书记官的指示，将圣经拿在左手中，举起右手。

书记官说："请跟着我念。我对全能的上帝发誓……"

乔治盯着手中的《圣经》。

"我对全能的上帝发誓……"书记官再次催促。

我看着金，发现她没在注意，正伏案作着笔记。

书记官有些不知所措，而正在往回翻阅档案文件的法官被那股尴尬的死寂吸引，注意到了乔治。我站起身，靠到金的身旁。

"米歇尔，他的口吃非常非——常严重，你没发现吗？我以为你提醒过书记官了，叫她稍微耐心等一下。"

乔治脸和脖子的皮肤转为苍白。他注视着手中的那本书，僵在那儿。口吃的症状让乔治彻底垮了。要一对一说话对他来说已经够难了，在纷扰的法庭开口显然远远超出了他的能力。

"先生？"法官问。

"庭上，范迪克先生有严重的口吃，我希望您能稍微给他一点时间。"金说。

"当然，我真的很抱歉，范迪克先生，稍微冷静一下，慢慢来，我们不会催你的。"法官说。

乔治好像完全没听见法官的话；他垂下了右手。我想举着右手太久应该会让他的背痛得更厉害，那种扭曲的站姿一定相当痛苦。我看见他左手中的《圣经》开始颤动。

金身旁的一名助理检察官掩住了嘴，从证人席前方别开眼神。我看到他的肩膀因压抑笑声而摆动。法庭中有些旁观者开始窃笑，直到法官腾地从座位上站起来，往群众方向看去、寻找罪魁祸首时才停下。

我一动不动，耐心等待。

我看着乔治。一部分的我恨不得拿外套把头盖起来。眼前的景象真是尴尬到令人痛苦。

他的双眼简直要瞪穿手中剧烈抖动的《圣经》封面。

然而现在书不再抖了。

他闭上眼睛。

他转了转脑袋，挺直背脊和脊椎，似乎长高了 5 厘米。

但他的姿势并没有回到原先的弯曲状态，他维持挺立的姿态，一派泰然。接着，他提起右膝，将被支架束缚的腿踩上证人席的座位。他将裤脚拉过小腿，露出皮带，轻而易举地取下钩住的扣环，再从腿上一把拆下皮带，小心翼翼折好，将它放在椅脚边。

他用右手活动了一下脚踝，用手指测试测试肌肉，将脚从座位上举起，转了转，好让血液流通，然后放下。

他站得很直，货真价实，身上流逝的岁月似乎一瞬间消失无踪了。

他的表情变了。

不对，不是表情，是眼神。

清明而充满决心。

他拿起《圣经》，举起右手。当他开口说话时，声音清晰、准确且明快。

“我对全能的上帝发誓，我将提供的证词全部为事实，也仅有事实，绝无其他。愿上帝助我。”

书记官踉跄退后。法官睁圆了眼。金没有动作，只是举起双手，因为这个变化震惊得发不出声音。

“请说出你的姓名。”书记官说。

乔治放下《圣经》，解开西装外套扣子，说：“我的名字是斯科特·巴克。是该结束谎言的时候了。”

00:37

民众从没有见过这种情况，我也没有。一名被传唤到席上的证人表示他根本是另一个人——一个完全不知道什么身份的人。在这空间中的每一个人都感觉到刚刚发生了一件不可思议的事，一件出乎意料且非常非常不对劲的事。

惊愕的气氛犹如静电，在空气中嗞嗞作响。

金站在那里瞠目结舌，完全愣住。她所做的一切准备付之流水，对于下一步该怎么办，她没有任何头绪。

那名自称斯科特·巴克的人坐了下来，我见到他的下颚显露出紧绷感。

当然，他再也不是乔治了。他看起来完全是另一个人。

我脑子开始缓缓过滤这一切信息，一点一点剥落阻挡我思绪的惊讶之墙。

乔治·范迪克可能从来就不存在。

该死的，这家伙到底是谁?

法官的眼神先望向金——没得到回应，再改成看向我。

我猜法官、金和我有着一样的感受。我再也不觉得自己像是律师，在这场游戏中，我扮演的角色已然改变，她们也一样。在刚刚发生的事件中，我们再也不占一席之地，全都成了目击证人。

世界仿佛在倾斜，地板好似在崩塌。

我踩下刹车。

“庭上，我坚持我的委托人必须在场聆听这名证人的证词。如果我的委托人缺席，那么这场审判的公信力将会有问题。”

她点点头。舒尔茨法官很清楚，让哈维尔离开这件事她做得有点过。而现在她别无选择。

“我会暂时休庭，给你一点时间和你的委托人谈谈，让他了解最新情况。我们半个小时后重新开庭。”

舒尔茨法官将椅子转向证人席，对乔治说话。

“你刚刚以……巴克先生的名字宣誓，并受到誓言约束。现在，在你完成作证之前，不得向检察官诉说此案，或是和任何人进行讨论。我同时也对你发出传票，由于我判断检方可能希望将你当作敌意证人。完成作证之前，你不得离开法院的辖区范围。”

这名证人没有什么反应。巴克只是用冷漠疏离的眼神注视着法官。法官对一名警卫示意，那人走到她面前，在她给予指示时仔细聆听，而我不用听也知道她说了什么。法官一点也不喜欢巴克，她要确保这人不会开溜，这名警卫将会贴身看守他。

我将我的文件留在辩护席的桌上。舒尔茨法官一起身离开，我就健步如飞地朝通往牢房的那扇门奔去。我的手才放到门把上，就听到后方有迅速靠近的脚步声。

“艾迪，这和你有关系吗？”金说，脸上带有控诉的表情。

我打开门，边走出去边说：“我完全不知道发生了什么事，很抱歉，我得去见我的委托人。”

短短的走道只有光秃秃的水泥墙，尽头是一扇漆成深绿色的铁门。距离铁门最后 6 米我是小跑过去的，接着举起拳头敲门——没有反应。我又敲了一次。

门上的窥孔打开，有双眼睛填满那片空间。

“你找谁？”

“哈维尔。不久前他进来这儿，现在法官说他可以回法庭了，我得立刻和他讲话。”

窥孔“啪”一声关上，门另一边有闷闷的交谈声，填满冰冷的走廊。

窥孔又“啪”地打开，那双眼睛说：“抱歉，你得明天才能见他了。”

铁片就要滑上，我抢在那之前吼道：“等一下，我得见他，让我和他说话。”

“不行，他不在。”

“什么？”

“1 分钟前囚车离开了，狱卒以为哈维尔今天已经结束了，所以我们让他上了最后一班接驳车。”

“啪”。金属撞上金属。我压下想疯狂揍门的冲动。这不会有任何帮助，我他妈的得冷静下来。

我深深吸气、吐气，扭了扭脖子，抚顺领带。

有点不对劲。

即便我的理智和肌肉都已缓和下来，却突然之间感到更加害怕、焦虑。我的心脏狂跳、腹部翻搅，产生一股想要奔跑、搏斗、马上做点什么的冲动——但那到底是什么？我他妈的实在不知道。

巴克的大变身完全把我弄得晕头转向，但不管刚刚在走廊上发生了什么，都似火上浇油般喂养了这股不安。我扯了扯领子，将之拉松。

接着，我仿佛不知该将手放在哪儿，有个东西在潜意识中一踏一踏地踩着拍子。

我再次抚顺领带。

在那恐惧的一瞬间，我知道了。起先我并未意识到这件事，但在那犹如炸弹爆开的一刻，我知道了。

领带夹不见了。

00:38

我回想起哈维尔被勒令回牢前在法庭上抓住我外套的翻领。

不管是用什么方法，他一定摸走了领带夹。然而我一点感觉都没有，直到现在才发现。我根本连戴都不该戴那东西，我应该换别的方式让哈维尔愿意出庭。我实在是太蠢了。

哈维尔就想被送回牢房，他想坐上那辆囚车。

而在从法院回新新惩教所的途中，他会用那枚夹子切开血管。

我狠捶那扇铁门。这一次，守卫没有推开窥孔，而是直接将门一把打开。他个头很大，秃头，一副随时能攫住我喉咙的模样。

“那辆车……你得打给他们。我的委托人有武器，他会伤害自己。你得拦下那辆车，把他弄出来。”

他花了几秒才消化此事。

最终，他说：“我们没有无线电，囚车受惩教部门管辖，不是执法机构。运送过程中我们没有任何方法可以联系他们——你得打给监狱。”

我转过身，冲向法庭。我跑回法庭时门在身后“砰”的一声关上。

陪审团已经不在了。金正在和她的团队讲话。巴克依旧待在证人席，一手摸着下巴，陷入深思。我冲过辩方席，进入中央过道，并匆匆穿过那些正朝出口走去的群众。

我一路推挤过缓慢移动的群众，同时搜寻每张脸，并引起不少骂声与愤怒的瞪视。我看到马克斯·科普兰不带感情地坐在那儿，往一本黑色笔记本上潦草地涂写着。我无视他，对每个人道歉，继续努力挤过这群人。

在法庭门口，我看到我要找的人了。

她坐在法庭外面，就在那个被玻璃墙壁包围的椭圆门厅旁，正用压低的音量和乔·华盛顿说话。

我喊了她，并为了让一名身穿棕色外套的高大男子别再挡路，用肩膀撞了他后背，害他踉跄了一下。我停下来扶好他。当我来到那两名联邦探员那儿时，他们都诧异地看着我。

“哈珀——莱尼·哈维尔——他不知怎么弄到了尖锐物品、带进了法院。他正在回新新的囚车上——他会在路上自杀。我们得联系监狱，找人拦下那辆车。”

华盛顿立刻做出反应，在哈珀询问“他手上有什么？”时迅速按起手机上的号码。

“我不确定是什么，但他是认真的。你也看到了，他们在房子那边以谋杀罪名逮捕他时他试图做出什么事。那种囚车有给犯人的单独安全隔间，警卫和司机不会知道他在做什么，要是到那时候就太迟了。”

华盛顿紧握住手机，说：“这得花上几分钟，接通监狱安保人员要稍等一下。囚车什么时候离开的？”

“我不太确定，可能只是几分钟前。”我说。

两名探员交换了眼神。

“跟我来。”哈珀说。

00:39

身为执法人员的好处之一就是拥有停车优势。我得停到 800 米外的立体停车场，哈珀则可以将她的道奇停在距离法院门口不到 15 米的地方。

华盛顿跟着我们到外面，但没上车。他人高马大，而这辆道奇不需要再多加重量，让车速更慢了。

“你们两个去追囚车，哈珀，我一接到惩教部门的来电就立刻打给你。”华盛顿说。

“跟我走，艾迪，得有人说动哈维尔。”哈珀说。

我们上了车。

我感到自己脑中仿佛困了一只虫。即便缓慢，但毫无疑问会把我的脑子蚕食殆尽。那是一只黑色的虫子，你可以叫它愚蠢，也可以叫它罪恶感。我感到那东西啃进头颅，而且我从未如此肯定。我系上安全带，哈珀猛地将这辆高性能的车掉头转向，用靴子狠狠踏下油门。一手抓方向盘，一手对着用塑胶支架附在仪表板上的卫星导航系统打字。

我们一路被人按喇叭，踩刹车。有辆旅行车一偏闪了过去，驾驶员狂按着方向盘中央的喇叭。

哈珀全部予以忽视，使劲踩踏离合器，敏捷地转换排挡、踩下油门踏板。我咬住自己的指节，狠敲仪表板。这全是我的错。

哈珀的手机上接到一通来电，她按下方向盘旁控制台上的按钮，蓝牙系统通过车内音响接起电话。

“监狱运输部门无法和囚车取得联系，”华盛顿说，“无线电坏了一星期了，他们还没腾出时间修好。现在正试着联系驾驶员和警卫的手机，但目前没有结果。我只通过追踪器获得了一个位置：他们在塔利镇路上往北走，并在不到 1 分钟前开上往 287 洲际公路的岔道，西向。”

“了解，不要挂掉。”哈珀说。

我们风驰电掣地开过主大街的十字路口，往左一个急转弯，上了汉弥顿路。我用意志力祈祷车子能开得更快，右脚几乎插进车底。

前方交通堵塞，远处可以见到一辆白色厢型车，我的心脏抢了一拍。它可能就是那辆囚车。我坐起身，但立刻后悔这个决定，因为哈珀往右一转，闪过一辆摩托车，千钧一发之际避开防撞护栏，再把我们带回线道。厢型车现在更近了，当我看到那其实是一辆露营车时忍不住出声咒骂。

“放轻松，”哈珀说，“我们会赶上的。”

我对纽约这部分区域很陌生。这些路我都很不熟，即便我可能在过去某段时间有开车经过。车子此刻在一条两线道上，限速每小时 90 千米。当我们如箭一般冲过露营车旁，哈珀早已加速到时速 140 千米。我听到露营车司机的喇叭声，转过头去看，见到那辆厢型车的整个侧边都因风速颤动不已。

道奇突往左倾，接着又往右矫正方向，我差点摔到哈珀的大腿上。幸好我抓着门把，才勉强在自己的位置上坐正。

“前面就是上 287 的岔道。他们现在在哪儿？”哈珀问。

“等一下。”华盛顿说。

我们过早开上单线岔道了。哈珀轻踩刹车，车开始摇摆蛇行，后端不断晃动。道奇的车尾岌岌可危地要将我们甩去撞道路一侧的防撞护栏，而哈珀拼命抓稳方向盘。

“他们刚经过皮尔森中心的出口。”华盛顿说。

道奇继续跟哈珀对着干，直到我们转上 287。这是一条三线高速公路，繁忙且快速，上面没什么车，限速仍是每小时 90 千米。

谁要开 90？

又一次加速，我被钉在座位上。哈珀带着我们超越大半车辆，在快车道穿入穿出。一过转弯，我们就看到了囚车。

“联系驾驶员有没有新消息？”哈珀问。

我咬着嘴唇，暗自祈祷。

“没有。”华盛顿说。

白色厢型车后方有两扇小窗，位置很高。车子稳定地以时速九十几开在中央线道。哈珀将脚从油门上移开，从右侧追至与厢型车平行。

“开警笛。”我说。

“这是私家车，没闪灯，也没警笛。”哈珀说。

同样的小方窗位于厢型车驾驶座侧高处，都是钢化玻璃，也高得没有人能看到里面。我们唯一的机会就是和驾驶座齐平，对驾驶挥手示意。

当我们开到与厢型车驾驶员齐平时，哈珀按响了喇叭。

“拿着。”她边说边将联邦调查局的徽章和证件交给我。

我降下车窗，亮出徽章，对着厢型车驾驶员比手势，要他停到路边。哈珀的喇叭声吸引了驾驶员的注意。

他再次将眼神转回路上，车子加速。

我对着驾驶员狂喊，但在引擎的吼声与我们抄截而过时的呼啸风声下，他听不见。

“该死的，他是没看到徽章吗？”哈珀问。

“他看到了，”我说，“但很可能认为是假的，我们只是想劫走被监禁者。”

哈珀加速跟上厢型车，调整角度，靠得更近，叫我再试一次。也许厢型车驾驶员这回会看仔细些。

结果还是一样：他加了速。只是这次，他踩下油门前对我们比了个中指。

每过一秒，我就往道奇的副驾驶门拍一下。每一次为了给驾驶员看徽章而将手伸长，我感到这一切似乎已经太迟。

“再过 20 分钟就到新新了。”哈珀瞥着她的导航荧幕，“严格说，这一整路大概都是洲际公路，往下 16 公里我们都不会碰到交通信号灯，你觉得我们可以等那么久吗？”她问。

我将双手收回车内，绝望无助地思考还有没有能吸引到警卫注意的方法，而我根本不需要判断我们还有没有另一个 10 分钟拦下厢型车。不知怎地，我深知我们连 1 分钟都等不了。

“我们得拦下这辆车，现在、马上。”我说。

“你有多确定他会自杀？”

“百分之百。”我说。

“乔，有没有什么好消息？”哈珀问。

“他们还在试。警力与急救人员都上了路，5 分钟内到。”华盛顿说。

哈珀往方向盘上一拍，说：“抓好。”

00:40

“你要做什么？”我问。

“我要让厢型车到我这侧，然后射破前轮。”哈珀说。

她踩下刹车，任厢型车超越我们。我们落后，跟着进入右线道，接着再加速。这么一来她就能靠近厢型车。

“如果你射破一个轮胎，车子就会翻，而在这种速度下会害死所有人。”我说。

哈珀将手伸进外套，拿出一把克拉克放在双腿之间，放下窗户。

“等一下——靠近点，打轮胎上方——打引擎。”我说。

“那样停不了车，单用手枪我打不穿汽缸。”她说。

“是不行，但你可能会打中进气系统或配电盘，那可以立刻让引擎停下。”

她看了我一眼，再回去看前方的路，再次将车开到与厢型车并肩行驶，只稍稍比驾驶座前面一点。她的右手握着方向盘，左手抓紧克拉克，将手臂伸出窗户。哈珀的脑袋迅速在路上和枪管末端的视野间跳转，接着加重踩油门的力道。

两车几乎平行。

“等一下！我们联系上警卫了，他们要停车！”华盛顿说。

毋庸置疑，在驾驶员踩下刹车时我们飞速经过车旁。哈珀将手收回车中，往右打方向盘，开到路边。我在座位上转过身，见厢型车跟上我们，缓缓停下。

哈珀将道奇车完全停下，从仪表板抓起证件，一把打开门。她的动作比我下车还要快，但在抵达厢型车时，我大跨步跟上她的奔跑。一名警卫拿着猎枪站在外面待命，枪托抵肩，手指放在扳机上。

哈珀举起徽章，而我跑过他们两人身边，朝车后方去。门是开的。我跳了进去，心脏几乎冲到喉头。车后方没有其他警卫。

六座移动式单独牢房，六扇强化玻璃门。

我对着警卫喊：“我需要钥匙，哪一个是……”

左脚在我身下一滑，我急忙伸出一只手稳住身体。

不需要问哈维尔在哪个隔间了。

三号门底下扩散出一摊深色液体。

“现在就打开这扇门！”

警卫跳进厢型车时，我感到车底颤动，并往下一沉。我往后退，好让他将门打开。他打开门的瞬间，右脚也是一滑，往后跌倒。他站起来，呆然注视着打开了门的移送用牢房。警卫没有冲进去帮忙，没打电话叫支援，他什么也没做。我一把将他推开，用力甩开门，而当我一看到里头，再也无法对警卫发火。

眼前的景象解释了一切。

“我的老天爷。”警卫说。

移送用牢房是一个三平方米左右、四四方方的盒子，空间只够让人坐着，通常会被漆成工业灰色，有着隆起的塑胶地板和铁制座椅，没有安全带。

但那灰色已经看不到了，几个字眼从我脑中浮现出来。

无处不是红色，和死亡。

那个方格中是满目疮痍的鲜血。

我心中仿佛有什么崩坏了。

哈维尔没有动静。他从座位上滑下来，躺在下方，双脚诡异地折在身下。我将双臂伸到他腋下，把人从那里抬出来，平放在厢型车的地板上。

我检查着他的脉搏。

很微弱。我只能勉强感受到下颚底下虚弱的跳动。警卫已度过最初那一波惊吓，从厢型车前方抓了急救包，用力打开盖子。哈维尔的脖子很快被包上绷带纱布，强大的血流正从喉咙处的伤口稳定地汩汩流出。警卫叫我持续对伤口施压，我尽可能用力压住他脖子右侧。哈维尔的脸几乎变成淡蓝色，而他连两手手腕都割破了。守卫抓了绷带，以双层的方式在他两手手肘上方的位置紧紧绑上止血带。

不远处，我听见警笛的哀鸣。

警卫拍着哈维尔，掀开他眼皮，拿手电筒照他眼睛、喊他名字，而我在一旁看着，警卫用尽一切方式想将他叫醒。

在那小小红色牢房一角，我瞥见我的领带夹即便在血泊之中亦闪烁着光芒。

我分神去盯警卫，维持一手压着哈维尔颈部的姿势，另一手则伸了出去。领带夹湿淋淋、黏答答的，我将它放进裤子口袋。我抬眼，警卫仍在对哈维尔实施急救，哈珀背对着我站在厢型车外面，对急救人员狂挥手，招他们过来。我见到远处救护车闪烁的灯光。

“他心跳要停了，离远一些，持续施压。”警卫说。我闪到一边给他空间急救，他开始进行胸部按压，用套着纸套的橡胶漏斗覆盖住哈维尔的脸，这么一来，就能在不咽到血的状态下将空气吹进他体内。

我感到哈维尔的血浸透我裤子的膝盖位置，我的上衣和双手都是血。我不断想着：是我让这件事发生的，都是我的错。

急救人员停下车，哈珀转身面对我。

然后她就看见了——我脸上的罪恶感之明显，一如我双手上的鲜红，藏也藏不住。

这次，我绝对逃不过。

00:41

开回法院的车程比出来的时间更久。然而，即便有这么多的时间，在哈珀右转离开主大街前，我们依旧什么也没说。

“艾迪，他用什么东西割的喉？”

“我不知道。”我说。

“他们在车上什么也没找到。”

“也许他还放在身上的某处。”我们开过法院时，我望向窗外。

她答应带我到我的车那里，好让我换上备用的西装和上衣。

“你知道他之所以能活下来都是因为你吧。”她说。

我没有感谢她，因为他之所以差点没命，也是因为我。他失去了大量的血。都是我买的那枚领带夹的缘故，我当然不可能把领带夹交给他，我只是想让他看到，这么一来他才会愿意合作。我应该拒绝的，应该坚持的。

哈珀说：“你怎么知道他要自杀？”

“我就是知道。”我说。

她点点头。“我想，有的时候你就是得跟着直觉走。”

引擎发出阵阵脉动，声音侵入车内。哈珀陷入沉默。她的眼神在我膝盖、双手、上衣和外套袖子的血迹上游移。空气里鲜血浓重的铁锈味十分强烈，仿佛能从口中尝到。

“听好，联邦探员出手帮我这种事不会天天发生，我要知道原因。是，你是不相信哈维尔有罪，我懂。但是你冒着丢工作的风险帮我，这需要更多理由。如果你帮我有其他的目的，我要知道；我必须知道。”

车流又拥挤起来，哈珀轻踩刹车，让车速慢下缓行。

“我离开学院大概一年的时候跟林奇一起进行了一项监视任务。我们在私家车、厢型车和冰冷的公寓中坐了两个月，死死盯着泽西的一栋屋子。只要一有机会，林奇就主动与我搭档。那次行动由他负责，而我是经验最少的菜鸟，所以我想，他大概是要指导我吧。你知道的，就是盯好菜鸟，以防我搞砸了。”

我点点头，但什么也没说，怕会打扰她说故事。

“有一天晚上，我们单独在一栋公寓里，他就对我动手动脚了。我清楚表示我对局里任何人都没兴趣，但他不接受我的拒绝，他抓住我，把我压在墙上。那晚实在不怎么愉快。”

“我的天……后来怎么了？你有举报他吗？”

她确认了一下后视镜，深呼吸了两次，犹如做好心理准备，回顾那段过往。

“没有，我没有举报他。我尽可能地迅速把他推开了。一开始我不知道该怎么办，所以和华盛顿谈了这件事，他站在我这边，一直如此。我们就此产生过争执。乔就像一尊坚实的花岗岩雕像，是局里一切正直善良的化身。他花了两天试图说服我提出申诉，但我知道，林奇的说辞一定会和我有出入，所以我什么也没说。而就因为我什么也不打算说，结果反而得花上一个小时来说服乔不要折断林奇的脖子。

“结果，监视任务到了隔周变成逮捕任务，那是我第一次抓人。我们原本以为屋里会有藏武器的地方，结果只得到一把老旧的“点三八”手枪，而且还是嫌犯过世的老妈的。但反正他也没有那把枪的执照，所以我还是抓了他。”

她的声音缓下，变得更为清晰。当她将手握紧时，我听到方向盘皮革发出嘎嘎声。

“打从那晚起，只要林奇和我一起工作，就老想往我头上扣帽子；他想毁了我的声誉，以防我在未来可能提出申诉。现在已经太迟了，8年，我以为他会放下，但显然没有。到目前为止，他已经两次因为所谓的申诉而把我踢出一个行动了，而这些申诉实际上从未发生过。”

“例如火灾当晚在哈维尔家，他说收到你攻击我的申诉。”

“没错，根本就是鬼扯。”

“所以你帮我的其中一个原因是你认为哈维尔无辜，而另一个原因是你想搞林奇一次？”

“如果能证明是他弄错了还挺好的，但真正的原因不是那样。我第一次抓人时，把那个持有老妈的手枪的家伙抓了起来，但那人根本不知道家里有这把枪，不过他也没被保释。6个月后，他在牢中上吊了。都怪我。我把枪给他看的时候可以从他脸上看得出来：他根本不知道屋里有那东西。但我还是逮捕了他，而这害他赔上了性命。我绝对不能再让任何人因为根本没做过的事落入地狱，在能力所及的范围内，我绝不允许。说实话，也许这原因很自私吧，因为我真的不知道自己还能不能再经历一次，绝对不行，我会直接辞职的。”

我将注意力从哈珀身上转开，看着前方的路。

“你不会辞职的。”我说。

“你为什么这么说？”

很明显啊。哈珀身高仅一米五，女性，比我见过的许多人都强悍。而她却在这儿，身在联邦调查局前线，在一个上司即使做了错误决定也不用担心受罚，还能被赋予责任的组织的最前线。

“你的字典里没有‘放弃’。”我说。

她的脸上绽开一丝暖意，在驾驶座上稍微坐直了些，说：“好，那换我了。关于达拉斯·伯奇，以及你交互诘问时问的匡提科餐厅上面的标识，我有问题要问你。”

“问吧。”

“我也在那个学院受训，他妈的差不多每天都在那个餐厅吃饭，我完全没印象门上有什么标识。所以，那上面到底写了什么鬼？”

“如果我知道就真的见鬼了。”我说。

“你不知道？”

“不知道。我连到底有没有标识都不知道——直到你刚刚提起。

我甚至不知道那里有没有餐厅。”

哈珀将车开入一座立体停车场，迂回绕上三层楼，直到看见我的车。对面正好有个空位，她倒转车子停进空位。我下了车。

我先前开进这个车位时，车子前端几乎碰到水泥墙。哈珀下车，点起一支烟。

我那辆野马的后车厢有一套淡蓝色西装，一件干净的白衬衫与几条领带。我“啪”地打开后车厢盖，剥下身上染血的外套与上衣，从外套里拿出手机，把衣服丢进后车厢的一个袋子里。我的手机有两通未接来电，哈利·福特。他留了信息，说他人在白原市一家爵士酒吧，等我回电。我将手机放进后车厢，看见自己的双手时顿了一下。我还没洗手。红如赭的干燥血迹深深染入我手掌与指头的沟纹中，指甲底下积藏的血浓郁而漆黑。

哈珀说：“就一名律师而言，你的疤还真是不少。”

我的双手垂到身侧，朝她转过了头。她正盯着我的胸口和双臂，甚至扫过我指节上的疤痕组织。当她发现我在看她时，便迅速转过身，咳了咳，目光转向上了漆的水泥地板。

“刀伤、骨折，甚至穿刺伤——早就愈合了。”我说，接着打开放在轮胎撬棒旁的水瓶盖子。我把水倒在手上，开始用指甲把血挖出来。过去几年，我有过几次带伤进急诊室的经历，但我不在乎。总让我夜不能寐的多半是手里那些洗不去的血迹。

哈珀的手机响起，铃声在停车场中回荡着。

她接了电话，站得靠近些，让我也能听到另一端华盛顿的声音。

“艾迪·弗林跟你在一起吗？”华盛顿问。

“我就站在他旁边。”她说。

“把他带到白原市警局，不要回法庭。我们现在就需要他。”

“怎么了？”

“斯科特·巴克刚刚往哈维尔案丢了一颗重磅炸弹。”华盛顿说。

00:42

华盛顿在白原市警局的大厅等我们。他不时不耐地转换站立的重心。他告诉哈珀，法官今天取消了这个案子，审判重新排定在早上 9 点开庭。现在快 5 点了，所以，对法官和陪审团而言也到了该退庭的时间。

“发生什么事了？”哈珀问。

“我还没得到具体消息，但林奇一副额头上一根血管就要爆开的模样，所以大概不会对检方好到哪里去。我只知道巴克在法庭上做了件事，然后就遭到羁押了。他在楼下的牢中。”华盛顿说。

警局大厅十分安静，里头大半的人散坐在木头长椅上，正耐心地等待轮到他们进行申诉，或因进行中的调查来与警官会面。华盛顿带我们走过大厅左边的一扇门，在一个浅灰色的楼梯间里爬上两层色调单一的蓝色楼梯。楼梯通往一条长长的走廊，漆成白色，右手边有一排排厚实的松木门板。我们经过最前面的五个办公室，在打开第六扇门之前，华盛顿先敲了敲门。

里面那个狭长无色的房间没有窗户，只有一张松木会议桌。林奇探员坐在两名穿着制服的警官旁边。桌子另一端坐的是助理检察官金以及她的同事。其中一名制服警察站起来，对我伸出手。

“弗林先生，我是鲍尔斯队长，这位是格罗夫探长。我想其他人你都认识了。”

我跟鲍尔斯握手。他是一名五十几岁的男子，长相好看、手指漂亮、身材高大。格罗夫个子矮胖，笑得一脸淘气。

“请坐。”鲍尔斯指了指一张空椅子。

我坐下来，格罗夫将笔记本电脑拉向自己。笔记本电脑的屏幕是翻开的，并且已经开机了。他点了点键盘，在触控板上画着图案。

“怎么了？法庭上出了状况，你们需要我来这里……我们得到的消息是这样。可是现在我却看到检察官也在……”

“嗨，艾迪。”金尽可能把仅存的礼貌挤出来。她看起来气得要死，但非常努力不表现在脸上。

“嗨，米歇尔。”我说，“对于我这边的人，我想你应该没有任何新消息。”

“事实上，我们刚听到医院的消息。你的委托人情况危急，但稳定下来了。他仍昏迷不醒，不过应该会活下去。”她说。

我对着老天仰头，闭上双眼。虽感释然，却也十分苦涩。

“是我要检察官在场的，”鲍尔斯说，“还有你。虽然你在场也是那位被我们羁押的人的要求。”

“什么人？”

“斯科特·巴克。”鲍尔斯说。

我将双手放在桌上，身体前倾。如果巴克遭到逮捕，对哈维尔来说可能是件好事。但他是因为什么被逮捕的？

“你最好告诉我这儿到底是在搞什么鬼。”我说。

鲍尔斯对格罗夫探长做了个手势，格罗夫将笔记本电脑转过来，朝鲍尔斯推过去。接着鲍尔斯将电脑推到我前面，将屏幕转向我。

“看一下这个。”鲍尔斯说。

屏幕上是法庭监视器的画面，来自高高架在法庭西南墙上、靠近天花板的一台摄像机。

“我不知道法庭有监控设备。”我说。

“它被伪装成了一个旧的火灾警报器。最近几年总有一些意外状况，现在大多数法庭都暗中装设摄像机。其余地方很快也会装上。这是为了保护法官和陪审团。恐吓陪审团的情况越来越多，所以我们现在会监视每个使用我们法庭的人。”鲍尔斯说。

视频上没有时间戳记，法官的座位是空的，但斯科特·巴克坐在证人席上，低垂着头。我可以看到少数几人散落在旁听席。法警正密切地注视着他。我猜这件事发生时我正坐在哈珀的车上，穿梭过大街小巷。在得知发生什么事以及我和我的委托人为什么不在之前，法庭还不会休庭。

又过去几秒，暂且平安无事。接着巴克突然朝着门的方向抬起头。他看到某人进入法庭，于是站起来离开座位，打开证人席的半腰门，轻盈地走下三级台阶。他自信地大步朝着最近的法警走去——没拖着脚、没有跛行、没有驼着背。他姿态轻快而有自信。法警已经朝他走过来，伸出双手，确保他不会离开法庭。巴克从外套口袋里拿出一个白色信封，交给法警。他们说了一会儿话，警察叫来同事，那名拿着信封的警察对他同事说了几句话，接着巴克又朝证人席走回去，打开门，回到里面坐下。

拿着白色信封的警官开始朝门走去，另一人则监视着巴克。

屏幕接着切换到法庭外面的摄像机。我看见警官拿着白色信封进入门厅，交给一名身穿奶油色套装的年轻女子。

我抬起头来。那名穿着奶油色套装的女子也坐在会议桌旁，正坐在金旁边。那是她的检方团队中的一员。

我推开笔记本电脑，看见金手中握着一只透明的塑胶证物袋，袋里就是那枚信封。

“艾迪，我们是在让你确认我们的证据监管链，”金说，“我要你和法庭知道，这全都不是我们的，我们也没有隐瞒任何证据。这就是巴克交给法警的那个信封。”

她放下证物袋，手伸到桌子下方，再拿出另一只证物袋，里面是一张照片。它看起来像是印在信封尺寸[1]的纸上，而且是从那种非常普通的家用打印机印出来的。她将袋子从桌子那边滑到我面前，说：“我们在信封里找到了这个。”

哈珀和华盛顿一直站在会议桌一端、我右侧一点的地方。

哈珀比我先看到照片，华盛顿也是。我能从他们的眼神中猜到——他们瞪大了眼，接着又立刻眯起。华盛顿捏紧了拳头，哈珀咬住嘴唇，看了林奇一眼，仿佛想抓着他的头去砸桌子。

“闭嘴，我们还不知道那是什么意思。”林奇说。

“我才不闭嘴，而且我会一直说：林奇，你抓错人了。”哈珀说。

00:43

照片来到我面前，我拿起透明袋子仔细检查。

卡洛琳·哈维尔的手腕以束带绑在身后，双脚也是。她向右侧躺在地上，缩起腿，双膝几乎要碰到胸口。她穿着与失踪时一样的衣服：白上衣、蓝色牛仔裤。只不过没有那件别满徽章的骑士外套。她的头

① 信封尺寸（Letter size），又称 US Letter，大小为 8.5 英寸 ×11 英寸，和 A4 纸比起来宽且长。

发湿滑地向后梳着，远离了脸。我在另一张照片所见的浓密金发现在看起来扁平而油腻。

她的脸被摆向镜头。在这张照片中，她的脸色苍白如纸，双颊看起来严重凹陷。虽很可能是闪光灯造成的效果，但我想，她好像已经有段时间没照到阳光了。她嘴唇微张，牙齿上有些黄色污垢。

她的变化太大了，瘦了很多，我看得出来，不只是通过她的脸，那件衣服简直像是挂在她身上，曾经合身的服装现在变得松松垮垮。唯一没变的是她的眼睛，就和哈维尔收到的另外一张她在地下室的照片一样，依旧明亮，依旧湛蓝，依旧呐喊着恐惧。

我看着照片其余的地方，像是周遭环境等。她已经不在地下室了。起先我不确定照片是否用某种软件处理过，因为乍看之下照片周遭好像有个框，边缘一抹黑色，渐变成深灰色的四方形，卡洛琳·哈维尔的影像位于中央。接着，当我把照片拿近一些，才领悟自己看见的是什么：摄影师站在较高的位置，很可能在黑色的土地上，卡洛琳躺在6英尺之下一个仿佛水泥制墓穴的底部，他们俯拍下她的照片。

我把照片放下，捏着鼻梁，闭上眼睛。

“巴克说了什么？”我问。

“目前什么也没说。我们不知道这是什么时候拍的，不知道拍的人是谁，不知道拍的地方在哪里。我们不知道的实在太多了，而他不跟我们说话。”鲍尔斯说。

我看着检察官，金也直瞪着我，等我发问。

“你要取消审判，撤销控告吗？”我问。

“不。巴克很可能是哈维尔的共犯。”金说。

“他不和我们、检察官，或联邦调查局沟通。”鲍尔斯说，“他只和你或哈维尔说话。”

“我？”我问。

“没错。这很不寻常，艾迪。一般来说，我们根本不会考虑这个要求，但他因妨碍司法并私藏证据遭逮捕时早准备好了律师，该说的也都对他说过了。我们之所以会考虑这件事，唯一的原因是他对法警说的话。”鲍尔斯说。

我回想在视频中看到的交谈。

“他说了什么？”

鲍尔斯开口前环顾四周，众人毫无异议。

“他让法警把信封交给检察官之后，开口表示。”鲍尔斯边说边从桌上拿起一本笔记本，翻过几页，“他说——以下是原句：‘哈维尔有罪。’”

00:44

华盛顿和哈珀立刻与坚持立场的林奇争论了起来。鲍尔斯和格罗夫都站起身，试图叫他们冷静点。而金只是看着我。

我也看着她。

“我不能和他说话。”我说。

除了金之外没人听我说话。她对我露出一个虚伪的笑容并眨了一下眼。即便在这摊又烂又臭的浑水中，她还是一心想赢，一心想着案子，一心想要成功取得定罪、掩饰自己的过错。

“我不能和他说话。”这次我说得大声了点。

警察和探员停下争论，看向我。我将注意力放在金身上，忽视其他人。

“如果我和他说话，金小姐就会直接去找法官，告诉她我和仍在宣誓效力下的证人说话。那会影响到证人证词的可信度，也给了金小姐获得无效审判的机会。此时此刻，金小姐已经知道传唤巴克是一大错误了，因为这可能会使她的案子脱离掌控。如果有机会获得无效审判，检方就可以从头开始。而这一次，巴克将从证人名单除名。我不会掉入陷阱的，米歇尔。你要我和巴克说话，没问题。但我需要法官的允许。”

林奇将两只手放到脸上，扯着脸皮拖拉下来。这个动作扯开了他的嘴巴、眼睛。林奇摇着头，试图击退睡意。

他开口时语调沉重且紧绷，好像说出每一个字都是挣扎。

“巴克这场游戏玩得非常久。他帮哈维尔工作了 4 年——很明显是在伪装之下。我们不知道他和这一切有何关系，但他有我们死去受害者的照片。我让影像专家看过了，她的推测是，这张照片可能是在火灾前拍摄的。试着想想，我们发现她时她已经失踪了 19 天。如果她是被关在一个没有食物、只有一点饮水的洞里——的确可能变成那样。我的理论是：哈维尔伪造了绑架现场，麦考利和马龙帮了他，并携款潜逃。巴克也是共谋，但他有别的计划。我不知道是什么，但他也参与绑架。我们可以从照片中得知，他知道发生了什么事，而我猜测他知道钱和其他绑匪的下落，这件事我们也要知道，而且现在立刻就要知道。”

“你说巴克准备好律师了，那律师是谁？”我问。

鲍尔斯点点头，说：“马克斯·科普兰。我猜你很可能听过他的名字。我们在咨询室的隔间紧密监视着他们，两人都没交谈；他们在等你。”

我的思绪早已开始转动，试图解读巴克的行为。但这个信息帮我确认了某件事：茱莉·罗森案与卡洛琳·哈维尔根本就是环环相扣。先前我认为其中可能有关联，如今证实那感觉正确无误。

三的法则。巧合确实能让人陷入异想天开的理论，但如果一件事在你面前三次都验证为真，那就不再是巧合。

哈维尔的小姨子是过世的茱莉·罗森；哈利和我在交赎金当晚收到茱莉·罗森案的传票；马克斯·科普兰代表罗森家与巴克；哈维尔家发生火灾，茱莉·罗森家也一样；而科普兰打从哈维尔案审判的一开始就在法庭上。我还以为他只是来观察我出庭的风格，研究一下，寻找弱点，结果他来是为了看他的委托人。

在这个房间里，我对此一个字都没有说。哈利牵涉其中，而在我和他谈过、确定不会害他落入某些可怕事件之前，我什么都不能做。第二，我不相信这房里的任何一个人——也许哈珀除外。但此时此刻要吐出任何理论还为时尚早，我需要更多信息；我需要哈利。

在那一瞬间，一想到哈利，我就产生一种好像漏了某个东西的感觉，某个我刚刚得知或看见的东西。

“格罗夫探长，我可以再看一下视频吗？”

他把笔记本电脑飞快滑过桌子。我唤醒屏幕，看着法庭的静止画面，将光标移到播放图标上，点下去。我看视频的时候，其他人继续对话，没注意我。

而我对此十分感激。

屏幕上，我看着巴克顺从地坐在证人席上，接着他抬起头，拿着信封离开，朝警卫走去。我看着摄像机移向走道，这一次，我立刻看到了哈利；我就是在找他。

他正在手机屏幕上打字，背对着法庭。

哈利抵达后，很可能直接走进法庭里找我。他发现我人不在，一定会离开法庭，并试图打电话联系我。

我虽无法确定，却能强烈地感觉到巴克在哈利从法庭门口走进来时，眼神锁定着他——他就是在看他。见到哈利，即使只是一瞬间，都促使他拿起信封从证人席走出去。这又是与茱莉·罗森案的另一个可能的联系……但也可能不是。而今，他想和我说话。不知怎地，我一直觉得我们最终一定会走到这一步，而且这全是由巴克一手安排的。

我需要改变一下局势。巴克在等哈利，而我完全不知道原因。

"有没有人知道这个斯科特·巴克到底是谁？"我问。

林奇从哈珀面前转过身去，背对着她，回答了我的问题，因为鲍尔斯忙着和金说话。

"我们检测了他的指纹和 DNA 资料，确认身份无误，但他有前科。斯科特·巴克，44 岁，出生于费城，中学后常到处搬家，所以好几个州都有他持有迷幻药的罪名，直到他在纽约落脚，开始做买卖稀有书籍和画作的生意。他似乎很努力想当个艺术经销商，安顿下来。他最后一次遭逮捕是 1998 年——因供应毒品——接下来就没有了。他其余的记录都被锁起来了。"林奇说。

"你说锁起来是什么意思？"

"其余档案我弄不到，有法院命令封存。我们正在和法官沟通，应该很快就能解除禁令。"

我点点头，合上笔记本电脑。

"现在马上去见法官吧。"我说。

金点点头，所有人一致同意。

"我们在那里见，只是我得先去个地方。"我说。

00:45

哈珀的道奇车停在白原市诸多爵士酒吧之一的外面。她同意顺道载我回法院，也不在意路上再多接一个人。哈利·福特站在人行道上，穿着红色毛衣、卡其色裤子、灰色外套与同色系灰色的克什米尔围巾。一开始，他没靠近道奇车，仍打量着街上寻找我的野马。

“这是辩护团队的另一个成员吗？”哈珀问。

“不太算，但你可以相信他。哈利也许可以帮我们把这整件事梳理清楚。”

我降下哈珀车子的窗户，大声叫哈利的名字。

哈利背对酒吧站在那儿，安安静静，一动不动，被霓虹灯与苏格兰威士忌包围。他左手臂下有厚厚一叠纸，是茱莉·罗森案的档案。

我又稍微大声地喊了他一次。

他看到了我，走上前。我下车和他握手，把副驾驶座往前推，爬进道奇车后排的座位。后面没有多少空间，那里有个被当成座椅的搁架。我知道哈利绝对无法平安无事地把自己塞进后头，尤其他在爵士酒吧里等了我很长一段时间。哈利把座位往后倾，椅背压到了我的膝盖。他没发现，就这么上车，关上副驾驶座门，并对哈珀自我介绍了一下。

“发生什么事了？”哈利问。

哈珀开上两线道，我趁机替哈利补上目前为止的事件进度。

他没打断我，只是不时点点头。同一时间，哈珀带我们前往法院。有哈珀在场的状况下，我完全没提起我认为此案与茱莉·罗森案有某种关联的理论。我不希望哈珀知道，现在还不行。而哈利对斯科特·巴克这个名字也没有反应。我靠向一边，小心地在说出那名字时通过遮阳板上的化妆镜观察他的表情。哈利似乎对这名字一无所知。

“这非常棘手，”哈利说，“我不认为法官会让你和他说话，她不能这么做。不管从哪个方面来看、不管你问他什么话，都会影响到案子，连带影响他的证词。如果有任何人在证人席以外的地方和他谈论起卡洛琳·哈维尔，都会自动导致无效审判。在警察侦讯之下他竟然什么都没说，还真是走运。执法机构的人知道这家伙的身份吗？”

哈珀告诉哈利他们有探员和警方合作一同处理这件事，建立起巴克这个人的轮廓，但目前为止没有任何能将巴克和哈维尔连起来的线索。

我们的车停在法院外面。当我从后排下车，哈珀拿起手机接了一通电话。华盛顿与警方高层站在法院外头。当我从后排下来时，这通电话讲了不到1分钟哈珀就挂掉了，而且她一个字都没说。

我们前方30米处，法院大门外头，林奇把手伸进外套拿手机，我看到他接起电话后一边的侧脸亮了起来。

可能是巧合，但我发现哈珀正看着林奇。情况很类似，林奇似乎也没说话。他挂了电话，收起手机。

有新消息。而哈珀已确保自己能先那位资深探员一步接到情报。

我站在道奇车旁边，双手放在口袋里。走了几步后，哈珀和哈利转过身，讶异地见到我没跟着他们走上人行道。

“你知道了巴克的什么事？”我问。

哈珀思考了一会儿权衡心中选项。在她判定我会不会耍她时，我正面接下她的眼神，毫无退缩。她走近了些，温和地开口问道。哈利站得距离我们两人稍远，不过每个字都能听得一清二楚。

“指纹显示出了更多符合的结果，有各种不同的身份证明。他在德州西部以卢克·佩利这个名字因酒驾被警方叫去停路边。在洛杉矶，他以斯科特·法兰克林的名字被控持有毒品。接着又是不同的身份。这次是在纽约威彻斯特。除去这些逮捕记录以及不同的身份证明，斯科特·巴克从未服刑过。”

探员将双手插进口袋，头偏向一侧，边说话边看着地板。被逮捕却不用进监狱，唯一的方式就是进行交易。

“他是那种专业线人吗？”我问。

她的双肩往下垂了些。她知道他是。一名拿钱办事的线人可以伪装各种身份。这些专家赖以维生的方法就是改变身份、渗透进犯罪组织。他们不是警察，也不需要遵守卧底普遍的规范管束，那也意味他们能在组织中钻得更深、更快。

“目前为止我们对巴克还没有掌握更明确的信息，但是正在搜集所有——”

“然而你怀疑他是专业的线人，而且已经知道一些足以让你感到紧张的事。”我猜道，“拜托，反正林奇也一样会告诉法官，我还不如从你这里知道。”

她踢了踢地面，叹口气，说：“据我所知，他一开始是当线人，但后来他就擅离职守了。他似乎很有天分，知道怎么重新变换身份并且消失。5 年前他收手退出，负责他的那名警察在一次行动失败后不得不抛弃他。他们对巴克进行过心理侧写。我正在申请立刻将那份资料寄过来的许可。他有边缘型反社会人格，智商很高——不是一般的高，差不多是西洋棋大师的等级，而且他能够伪装成任何人。”

“从他的档案看得出和哈维尔的任何关联吗？”

“我们在努力把他们联系起来。”

00:46

法官办公室中，舒尔茨法官坐在桌子后方一张胖胖的皮革椅上。这个地方不过是间大办公室，窗下两张沙发，外加摆在她桌边的四把可以转动的办公椅。

我们这群人把这个地方塞满了。

金、鲍尔斯、格罗夫和我坐在办公椅上，法官、林奇、哈珀、华盛顿，以及助理检察官则占据了沙发的空间。

法官在椅子上往后靠，凝视着天花板。她拒绝注视巴克变出来给法警的那张照片。我想这很可能是个正确的决定：舒尔茨法官不想因为看了某样尚未被视为案件证据的物品、接收到暗示，而使自己产生偏见。但她听了金讲述休庭后发生的一切。

法官已从与法警谈过的书记官那儿听到了不少故事。

“弗林先生，对于这一切，你有什么话要说？”

“庭上，我的委托人仍在医院，所以我无法提供他那方的观点。但是我不认为有人能在不危及巴克先生的证词与这个审判的状况下和他谈话。”

她点点头，花了整整10秒检视她的吊扇。扇叶温和的呼呼声划过暖和的空气，成为这片空间中唯一的声响。

“庭上，”鲍尔斯说，“我们握有马龙和麦考利的逮捕令，巴克非常可能是共犯。他可能会告诉法庭是被告设计了绑架，也可能会告诉我们能在哪里找到下落不明的嫌犯及赎金。在审问他之前，这一切我们都不会知道。但是这件事一定要做。如今我们拘留他的24小时正在分秒流逝。”

“谢谢你提醒我们情况有多紧迫。”法官说，“弗林先生，考虑到你委托人的情况。现在，如果我们采用这位证人继续审理案件，你有没有异议？”

我仔细思考过：哈维尔必须听这件事，但他仍在昏迷中。

“这名证人接受审问时我的委托人应该在场。”我说。

法官点点头，说：“我必须平衡一下对你的当事人的偏见，以及现在庭审的紧迫性。就我看来，这名证人必须尽快处理，这样一来才能接受执法机构的侦讯。同时，我也了解到你的委托人企图自杀。他把自己送进了医院，弗林先生，很有可能他的最终目标并非自杀，只是想使审判延迟进行。”

我张口欲言，但舒尔茨法官举起一只手，制止了我。

“在今日议程的最后——请不要忘记巴克先生所作的奇怪陈述。我认为媒体将对他的证词作出天马行空的推测，那才是我真正担心的，因此，我隔离了陪审团。”

金和我面面相觑。我们都不知道这件事。

“目前只有一晚，我想看看媒体会编成什么样，以及是否真会导致陪审团产生偏见。所以，长话短说：陪审团目前全在旅馆。我想他们应该正在吃晚餐，我们可以在一小时内将他们全部召回法庭。我的裁决是：我们今晚以公开法庭的方式处理这位证人。两小时后重新开庭。”

给医生打电话简直像给白宫打电话说要和总统通话一样。最终，我威胁要给医生发传票叫他明天来法庭后，总算是从内科医师那里获得 30 秒的时间。而我得到的消息令我恨不得把头撞到法庭走廊两侧的小咨询室的桌子上。哈维尔应该快要醒了，但他没有，情况正好相反。

所有昏迷的迹象都出现在他身上。很显然大量失血的状况是会引发昏迷的，医生称之为低血容积性休克。哈维尔很可能会醒来，但也许会在一小时后，一周后，或一个月后醒来，甚至永远都不会醒。脑部断层扫描的情况很好，输血救了他的命，但没有迹象表明他很快就会恢复意识。我们只能等待。

哈利已在咨询室桌上摊开茱莉·罗森案的资料。他喝着在自动贩卖机买的咖啡，再从随身带着的酒壶里倒上一点波本酒，让咖啡变得美味起来，并将茱莉·罗森案判决的记录读过一遍。案件重新开始之前我们还有些时间，哈利想重新回忆一下。

我挂掉电话，把手机丢在一沓文件上。

“哈维尔还没醒，可能是昏迷。”我说。

哈利点点头。

我从档案中拿起最后的几大叠纸翻过一遍：什么也没有。我已将茱莉·罗森案从头到尾读过一遍：所有证人陈述、警方证据以及法庭记录。哈利也是。其中完全没提及姐姐丽贝卡，也没提到哈维尔和巴克。档案中的最后一样物品是一小本相册。我拿起来，见哈利别过了头。我不怪他。他曾在准备审判时不得不看这些照片，现在不需要再看一遍了。在他的余生，这些画面会像电影胶卷一样在他脑中无限循环播放。关于这些照片，他警告过我，说里面什么也没有。很可能他说的没错，但我还是得确定一下。

我翻开封面，扫过烧黑墙壁的照片。房屋完全被火烧空，毋庸置疑，其中也有婴儿房与烧毁的婴儿床的照片。我读过法医报告，尸体实在所剩不多。还留下一部分肋骨，部分大腿骨，以及头骨碎片。剩下的只是躺在床垫铁制弹簧中的一堆灰烬。当火势获得汽油这种促燃剂，产生的热度足以摧毁一切。人类的头骨会破裂，血肉与肌腱会脱落，骨头会分解成粉。我合上相册，低声说着印象中有些模糊的祷词，能把眼睛闭多紧就闭多紧。

“也许我们考虑的方向不对。”哈利说。

我张开眼睛，看着他。“什么意思？”

“也许不是这个案子，而是茱莉·罗森这个人。她的过去有些我不知道的事，或者说，我在当时知道的不够。”

“精神科医生的报告。”我说。

针对谋杀自己的孩子艾米莉·罗森一事，茱莉拒不认罪。这起案子花了 10 天调查，而陪审团只花了 23 分钟就考虑好了判决。

茱莉·罗森被判有罪。

哈利在宣判前要求进行精神评估。精神科医生与茱莉面谈，看了她所有的病史，从出生到现在所有的医生和医院记录，发现她患有因毒瘾与产后抑郁症引发的精神崩溃。她承认自己有吸毒史，检方主张，毒瘾与抑郁症导致她杀死自己的小孩。而她没有离开房子或去打 911，亦使得检方与精神科医生认为她是企图自杀。他们全都觉得茱莉是想在那栋屋子里和自己的孩子在火中同归于尽。她被判终身监禁、不得假释。在狱中待了两年后，监狱当局想出办法将她移往一个收容精神病罪犯的机构。至少在那里她能得到治疗。

我们两人都站在桌边，把一堆堆文件移来移去，寻找精神鉴定报告。

“不在这里，”哈利说，“我去找一份法院记录的副本。”他打电话给他的职员，叫他来法院，并把记录用电子邮件发过来。

“我们一小时内能拿到记录。”哈利说。

“哈维尔对我说茱莉·罗森杀了她姐姐，也就是他太太。你替她辩护时对这件事有了解吗？”

“没有。她告诉我她没有家人，我甚至不确定在今天之前我是否知道她有个姐姐。尽管如此，我脑海深处好像有些东西。我想我应该读到过一点她的家庭信息。也许在精神状态报告中有更多她家人的细节。”

哈利揉着头顶的灰发。不管他用了多少美发产品，似乎都无法把那里压平。

“也许我们连案子都找错了。”他说，“我们得从头到尾，仔细检查哈维尔案的每个部分。这回我们要找罗森——和巴克。”

“我不觉得我有漏掉什么，不过也行，来吧。”我说。

我递给哈利哈维尔案的档案时，他把茱莉·罗森案的东西捆成一叠，移到一边。哈利戴上耳塞，在 iPod 上选了贝多芬的音乐，然后开始读资料。读东西时他会听古典乐，说这样可以帮助负责创造的那半边脑子思考：人身伤害听巴赫，抢劫听舒伯特，但若是谋杀，唯有贝多芬。他不工作时则听滚石乐队的黑胶唱片，他说那是唯一能帮他放松的音乐。

我站起来，伸了个懒腰，然后离开了咨询室，想找点咖啡喝。自动贩卖机设置在走廊尽头，四下无人。我朝那台机器走去，一面听着自己的脚步声在空荡的走廊里形成的回音，一面在口袋中找着零钱。太阳早已落下，天花板上的灯使得这个地方显得十分诡异，甚至令人陌生。走廊末端有两盏灯熄灭了，使得自动贩卖机小小的 LED 灯看起来明亮且刺眼。

我站在机器前方，靠近一些，试图利用电子显示屏的亮度看手中的零钱是否足够。

就在此时，我感到有一只手强行捂住我的嘴巴，另一只强壮的手臂则从后方横过肩膀，把我拖向一个伸手不见五指的地方。

00:47

我的零钱在地上掉得丁零作响。当我被拖进黑暗时，我的鞋跟一路随着硬币在地上弹跳。

我感到自己被转过来，一只手掌平贴在我嘴上，仿佛要把我的脑袋压进后方的墙壁里。一记拳头从黑暗中挥出，我还来不及举起双手，就已打中我的肋骨。接着有人抓住我的领带，扯紧它，让我感到一阵窒息。

我的眼睛花了几秒才适应周围的环境，我看清了那人；他完全没打算伪装。

林奇探员冷静地开口，但他的语调上下起伏，一下子高，一下子低，我从中听出了愤怒与恐惧。

“你给我听好了，你这个混蛋，”他说，“我知道是你换了行李箱里的赎金，我虽然没办法证明，但我就是知道。我不会让你毁了这个案子的。检察官不会问斯科特·巴克任何问题，一个都不会问——而你也一样。他会在10秒钟内进出证人席，然后他就是我的了。我能让他开口。而如果你问了问题，很可能会泄露麦考利和马龙的事，我可不希望变成那样，你也不会希望的。”

为了强调这一点，他将我的领带勒得更紧，再次把我的脑袋推去撞墙。我的视线一片模糊，但只有那么一瞬间。我感到后脑勺阵阵抽痛。我扫视着这个角度能见到的门厅角落：没有一台监控设备能拍到这个地方。显然，林奇很小心地挑选过地点。

“不用担心，没人看得到我们。你听懂我的话没有？巴克上证人席的时候你给我把嘴巴闭紧了。如果你搞砸，我保证会让你和你的委托人付出代价。”他说。

我点点头；他松开压在我脸上的力道，将手完全移开，放开我的领带。林奇上气不接下气，但双手一点也没有颤抖。他被愤怒冲昏了头：他一定要让哈维尔被判有罪，只有那样才能正当化他的调查行动。是他下令逮捕受害者的父亲，也是他丢了保险公司的赎金。如果哈维尔最后被证明无罪，那么林奇的饭碗就要保不住了。

因为林奇卑鄙的一拳，我的肋骨火辣辣地疼，我不得不用力扯领带，把它拉松、重新打结，使我能顺畅地呼吸。我使劲倾斜身体探出这个地方，看着右侧的一整条走廊。我知道走廊中段处至少有一台监控设备。

但它冲着反方向。

林奇站在那里，双手撑着臀部，注视着我。

“我刚刚说了，没人看得到我们。你以为摄像机能拍到我在自动贩卖机那里抓住你的画面吗？”他微笑着说，“可别小看我，我把摄像机转了方向。你知道的，我们执法人员永远站在一边。你也不要想着跑去找鲍尔斯哭诉，我是不会承认的。刚刚这个谈话从没有发生。”

他往左转头，看着摄像机，确认它仍冲着我们的反方向，又回过头来看着我，微笑着说：“不好意思让你失望了。”

“噢，我一点也不失望，”我说，“我很高兴。”

当我的右手把林奇的脸颊劈成两半时，他的脸上还带着困惑的表情。我冷不防的一击打中他下巴左侧，他双腿一软，反射性地闭上眼睛。林奇仰天倒下，一动不动。我将他拖到玻璃墙前方的一排排长椅边，其间持续盯着摄像机。我将双手伸到他腋下、把人抬起来拉上长椅，再让他躺下。这时，他睁开了眼睛。

他的呼吸变得急促，但四肢犹如一摊烂泥。

我回到自动贩卖机那里，从地上捡起零钱，往投币孔丢了两枚。

第二杯咖啡倒完时，林奇已能坐起身。他捧着自己的下巴，瞪着我。

我一手一杯，拿起纸杯装的咖啡，站到这名探员面前。

“你要更小心点，看来你是被一些掉在地上的零钱绊倒了。摄像机冲着另一个方向，我也不会承认的，不好意思让你失望了。”

他抬头瞪我，怒意又回到眼中。

我转过身，朝光亮处走去。

我回到咨询室，把那扇门在身后关上，将哈利的咖啡放到他面前。

“你怎么去了这么久？”哈利问。

“我跟咖啡机打了一架。”

00:48

哈利递给我一份哈维尔案的文件。我读着他从那堆文件中捞出的证人陈述时，他正从随身酒瓶往咖啡中加酒。

“我们漏了些东西。”哈利说。

哈利给我的陈述来自一名警方技术人员，他检查了新罗谢尔车站的监控录像。我之前就看过了，还看了两次。

这份陈述首先阐述了视频调查的基本原则，车站只留最近 6 个月的监控录像。置物柜里找到的那部手机是开机状态，技术人员在找到手机一小时后对其进行检测，手机还有 43% 的电量。从品牌和型号上，技术人员能够识别出手机在待机模式下可维持约 10 天。那就表示手机是在大概 5 天前被放进置物柜里的。

然而，即使看完整整 10 天的监控录像，技术人员都没在视频中见到有人靠近置物柜。“他们漏掉了什么。”哈利说，“这是我们唯一能得知谁与绑架有直接关联的时间范围，而且还是在监控摄像头拍摄之下的。确实有人把手机放进置物柜了，只是他们没找到。”

我点点头。

“你说得没错。”我说。

“巴克所做的一切，背后都有一定的意义。整整 4 年，躲藏在哈维尔组织的眼皮底下，他绝对和卡洛琳的失踪脱不了关系。这里面有我们没看见的线索。”

哈利的手机响起。他用拇指划过屏幕，眯眼看着信息，接着将手机递给我。

“我的员工把精神科医生的报告副本用电子邮件发过来了，我没办法用这东西读，字他妈的实在太小了。告诉我上面说了什么。”哈利说。

我没读整个报告，只是搜寻与病患病史有关的段落：她长年患有精神疾病，滥用毒品和酗酒更是加重了她的病情。家庭背景稳定，双亲已经过世。医生特别点出茱莉·罗森在火灾前约 3 个月与姐姐失联。

“听听这个：当被问到和姐姐的关系时，茱莉变得十分激动，不肯多说。她说：‘她恨我。’然后耸耸肩。她拒绝描述对姐姐的看法，仅仅表示：‘我们不亲。’并在我再次询问她这个问题时重复了一样的答案。最终我不得不跳过这个问题，因为她变得咄咄逼人。”

之后就再也没提到过她姐姐了。

“茱莉只是简单地跟我说：‘我爱我的宝宝，那个人把她从我身边夺走了。’‘那个人’很可能并不存在，这种想法是偏执型精神分裂症的表现，但还有更深层的因素才造成这样复杂的诊断结果。很有可能茱莉表现出反社会行为已经有好一段时间了，而且该症状没有受到诊治。对于唯一的家人，也就是她的姐姐，她在表达情感方面有障碍。另一个可能是自恋型人格障碍，这也与反社会人格符合，促使茱莉无法对别人产生同理心。根据她以实事求是的态度回忆孩子的死亡可以得出这个结论。”

我抬起头，见哈利正盯着地板，他的眼皮看起来像一袋袋土豆那般沉重。他脸上也带着悲伤的表情。哈利擦擦眼睛，我看见他的指尖有泪水在闪动。

“人不是生而如此，是被变成那样的：毒品、疾病……不管是什么，茱莉·罗森也是受害者。不要忘记，艾迪，就算她谎称有黑衣男子出现，她依旧是受害者。不管人类对他人做出何种邪恶举动，他们伤害自己的程度不少于伤害他人。茱莉的内心深处有某种东西崩坏了，没有任何母亲会愿意伤害自己的孩子。若关于这个入侵者她说的是实话，那就是我让她失望了。我辜负了她。”

我点点头。我是可以告诉哈利，没有任何理由能让人伤害一个孩子，但我没说。我知道他不是在为她找借口，他是在做我们遭遇坏事或邪恶之事时都会做的举动：尽可能地去理解。

有时这样有用，有时没用。因为这般行为太过可憎，以至于实在无法被理解。事实上，它根本不该获得理解。

我将哈利的手机放到桌上，匆匆写了几行字，再把我写字的那角撕下来递给哈利。

“你觉得你的员工有办法再多帮我们找几样东西吗？”我问。

哈利的老花镜挂在他脖子上的一条镀金链子上。他把半框眼镜夹在鼻子下方，盯着我写的内容。

“我看看能做些什么。”他说。

门外传来两下敲门声，我转过身，站起来，攥紧拳头。如果林奇又想做什么，我随时都准备再放倒他一次。

结果是哈珀，华盛顿站在她身后。

“陪审团到了，警方带着巴克也在路上了。他的律师也在这儿，表示要与你和检察官说话。”

“他要说什么？”

“巴克想做交易。”

00:49

辩护律师必须将就于挤得要死、臭得要命，而且与干净八竿子打不着的咨询室，地方检察官则可以待在法院五楼的奢华办公室中。我把哈利留在咨询室，让他继续一边听《贝多芬第五交响曲》一边思考。五楼电梯门，正对着的是一扇双开门，门旁墙上有黑色面板，好让检察官扫描感应卡开门。哈珀靠近感应设备上方的对讲机，按下按钮，点亮围绕着那个钮的 LED 照明灯。

更沉闷的哔哔声，但这次速度要快得多，提醒哈珀两扇门将要打开。她推开右手边的门，我跟着她，华盛顿跟在我身后。左边有各式各样的桌子，每个座位皆有助理检察官在如山高的文件包围中敲打着笔记本电脑的键盘；右边是一排有着玻璃墙的办公室，内侧有窗帘。哈珀径直走向最后一间办公室，敲门走了进去。

又是一间会议室，又是一张被办公椅包围的抛光木桌。只不过这张桌子是胡桃木的，而每张椅子的价位都约等于警局里那张会议桌的。

马克斯·科普兰坐在桌子最前方，十指交错地搁在他那件定制三件式西装的背心上，见我进来，抬头看了我一眼。我没见到大熊的影子，猜想科普兰应该很清楚，就算没有他的保镖，他在法院里也会很安全。他无视右边的金，我则在他左边找了个位子坐下，这么一来我们就形成了一个半圆。哈珀和华盛顿关上门，坐在桌子另一边。我从眼角余光瞥见了鲍尔斯和格罗夫。

科普兰看了一眼手表，将双手再次放到桌子上，直接看着前方。

“林奇探员马上就到。”哈珀说。

在我们沉默地等待林奇到来的约 1 分钟里，我一次也没将目光从科普兰身上移开。在那 1 分钟里，他一次也没看过我，更准确地说，是从未将眼神从面前那面光秃秃的墙壁移开。

会议室的门打开了，林奇快步走了进来。他已将头发往后梳齐。从他上衣的深色痕迹判断，他应该是在厕所里往脸上泼了冷水，再用手指梳过头发。林奇做出一副若无其事的模样，直接忽略了我。

“既然人都到齐了，那就开始吧。”金说。

科普兰没有反应，甚至不理会金。他顿了一下，然后将上衣袖子往后拉，露出金色的劳力士；他将全副注意力都放在手表上。

我不想让眼神离开这人。他自带一股气场：富有、特权阶级、受过教育，以及如你想象的那样，随着上述条件附加的一切无情与残酷。

他随后又将上衣袖口放下盖住手表，身体往右弯；正过来时，手上拿着一份淡紫色的资料夹。他将其放在面前的桌子上，用稍微有些粗大的手指调整着资料夹的位置，确保那东西的底边与桌子平齐。接着，他转向金，开口说话：“我的委托人已受警方拘留整整两小时了。此时此刻，我获得我委托人的全权委托，就本案与其他事务相关的可能解决方案提出建议。”

科普兰从手中变出一支有着金色浮雕的黑色钢笔，在资料夹前面稍微做了点笔记。我瞥了一眼，发现他记下了准确的时间，6 点 15 分。

“从我委托人提供的受害者照片中，你们已经得知，我的委托人掌握着这个与卡洛琳·哈维尔绑架撕票案有关、意义与关系都十分重大且可信度高的证据。我获得指示要告诉你们，其实不只照片，还有彼得·麦考利、马龙·布莱克与赎金。我的委托人会在公开法庭对警方和联邦调查局揭露所有相关证据，以交换以下条件：第一，已故茱莉·罗森的罪名，包含谋杀与纵火，将宣告为谬误，并推翻其罪名。”

我看向周遭，在几张脸上见到困惑和惊讶的神情。金之所以扬起眉毛，是因为从未听到过这般大胆的要求，但其余人只是因为科普兰提到了茱莉·罗森而一脸困惑。他们从没听过这个名字。

“第二，就目前我委托人受到的控告，以及在卡洛琳·哈维尔绑架撕票案中扮演的角色，将得到州与联邦检察系统的全面豁免。这是我委托人提出的条件，不能改变，也不得协调。这个条件会在桌上放 30 分钟，时间一到，条件自动作废，在法庭上我的委托人将不会再提供任何信息，也不会再有任何条件或协商。”科普兰说。

毋庸置疑，科普兰刚刚证明了茱莉·罗森案与哈维尔有关。先前只有科普兰和我知道其中的联系，但从此刻起，其他人会开始将线索拼凑起来。

科普兰从资料夹中拿出一份协议草案，接着抬起左手解下手表，放在面前的桌子上，静静等待。其余人都起身离开。

而我选择了留下。

00:50

“听说你和你的委托人在分局没怎么说话……事实上是完全没说话。你什么时候获得指示做出这种条件？”我问。

科普兰坐在桌子最前方，活像个假人模型。他闭口不言，一点也没有畏缩，显得冷酷无情。

“斯科特·巴克？你委托人的真名是叫这个对吗？听说他想跟我说话，为什么？”

他调整姿势、往前靠近桌子、两肘撑在胡桃木桌上，那颗又大又秃的脑袋被天花板的灯光照到，而他唯一的回答是一声叹息。

我站起来，转过身确认了一下百叶窗依旧处于拉上的状态。差不多是完全拉上，但仍能看到站在房间外面的那些警察和联邦调查局探员擦得发亮的鞋子，以及哈珀没上油的棕色皮靴。我将帘子整个拉上，那些鞋子便消失得无影无踪了。房间四角没有摄像机，看不到其他办公室。这里只有我们两人，没人能听到或看到我们。

就一个聪明人而言，有时我就是会做出这世上最愚蠢的蠢事。也许是因为那张照片——上头曾有茱莉·罗森的小女儿，却烧成了一堆骨灰；也许是因为另一张照片——我在哈维尔书房里看到的，画面中的卡洛琳·哈维尔穿着和我女儿一样的外套；又也许是因为我仍能闻到哈维尔的血在我皮肤上的气味……也许以上皆是。但不管是因为什么，我现在失控了。

我没有马上注意到这一点，但我发现自己一面吹着一首复古的布鲁斯曲调，一面走回座位，将椅子推到一边，就这么用双手揪住科普兰的西装外套，扯着他站起来。他一开始发出的喊叫被我高频的口哨声淹没。我什么也没问，也没威胁他。在那个瞬间，我只想伤害他。

他个子太小，不可能当过足球运动员，但他有着宽大的肩膀和壮硕的胸膛，很适合这项运动——而且也够有力。他抓住我双手的手腕往下扯。就身体条件和这个思维方式来说，其实挺不错，我没办法压制他太久，他很快就会挣脱我的钳制。

“放开我，这算人身攻击了。”科普兰说。

他眼中燃烧着熊熊火焰，我只在那些残酷之人的眼中看到过。那样的目光十分强烈，仿佛是在眼底深处燃起的，然而又带着些许湿润感，犹如被浸泡在蒸馏过的仇恨中。

那股力道使我的手腕痛了起来。我满脑子只想着要让科普兰吃点苦头，就像他对许许多多受害者与他们的家人做的一样。我要他也尝一尝愤怒的滋味，以及对此束手无策是什么感觉。

我身体里的每一根神经都想伤害科普兰。我压下那股冲动，放开手，退后几步。

“一个无辜的17岁女孩死了，她的父亲刚刚试图自杀，而你和你的委托人在这里故弄玄虚。这一切都是精心策划的：巴克遭逮捕、这个条件、茱莉·罗森案上诉——全部都是。我受够了这种把戏。你如果不告诉我他妈的到底是怎么回事，我就会让你死得很惨。”

“你才会死得很惨。”他从外套口袋里拿出手机，举起来划过屏幕，上头出现了个旧式麦克风的图像。

“我把整个会议都录音了，你攻击我的过程我也录下来了。现在，给我滚。”他说。

科普兰上气不接下气，怒意占据了他的胸口。我不动如山，不让他看出我其实气自己气得要死。对他动手是大错特错。他锁起手机屏幕，放回西装胸前的口袋，调整了一下领带。

我慢慢开口，一边压抑着火气，一边走向科普兰。

“这比我的事业更重要。”我说。

我又逼近一步。

“这比你的支票更重要。”

现在已经很近了，再往前迈一步，我就能整个人压迫到他面前。他往后退了两步，背撞到了墙上。

“你越界了。”我说。

“你也一样。”科普兰说。

现在我已经快贴到他脸上了，几乎就要碰到他了。

“你说的没错，我越界了。所以，如果我打算直接在这里把你打到满地找牙，我想也不会有什么差别。”我说。

我们大眼瞪小眼，只差那么一点就要碰到彼此的脸。

“弗林，我不知道你为什么反应这么激烈，你是辩护律师，我们是一样的。”

“哦，不，不一样。我会做好我的工作，但我不会帮助杀人犯或绑架犯，或别的什么有罪的人打败这个体系。我虽然曾经那么做过，但我绝不会走回头路。”

“你怎么知道谁有罪、谁无罪？你没办法知道，不可能百分之百确定。谁都会说谎。”

“我看得出来，我闻得到——就像我也可以在你身上闻到一样。”我说。

我获得了我想要的反应：他的嘴唇扭曲成作呕的样子，双手往我胸口一推，把我推开。

我转过身，将他的手机放进我裤子的口袋里，然后快速朝门走去，离开了那里。

00:51

会议室外，检察官办公室走廊上的战况早已如火如荼。金捏着协议在空中挥舞，同时林奇与哈珀和华盛顿吵得不可开交，鲍尔斯和格罗夫各自在打电话。

协议对米歇尔·金而言，简直就是救命稻草一般的存在。她完美的公诉案件悬而未决，而传唤巴克来当目击证人就是她捅的娄子；她想夺回控制权。这份协议将控制权再次交回她手上，而她会用尽一切手段争取到它。科普兰提的要求并不寻常。近 20 年来，所有备受关注的逮捕行动都是通过警察安插在嫌犯内部的线人进行的。每个优秀的线人都想拿酬劳、想要监狱的免死金牌，以交换自己的证词。这个体系就是这样运作的。执法机构进行判断，两害相权取其轻，不如放了中间人，拿下老大，做点真正的好事。

如果你打算把自己目睹的所有犯罪行为毫无保留地说出来，通常不太可能不牵连到自己，这么做直接违反了不自证己罪的原则。而在不行使缄默权的状况下，你可以先为自己的罪行获得豁免权，这么一来，就可以在不担心被起诉的情况下将一切娓娓道来。

司法体系中，豁免协议是每日日常的一部分。

但一般说来，这些协议不会牵扯到钱。只要开口，你就能走。不会有钱，没有新身份。如果走运，你会拿到一张汽车票外加背上的一拍。

科普兰的委托人要推翻罪名。

这可不容易。

由于茱莉·罗森已死，受害者没有其他家族成员，女儿的出生证明上也没有父亲，所以这件事更是难上加难。

科普兰已经提起上诉，只要有一名好心受理上诉的法官签个名，这个罪名在行政层面就能推翻。

科普兰打开会议室的门时，我已经站在通往电梯的双开门前了。“他攻击我，他对我动手。”他说。

科普兰还没来得及说些什么，这里的每颗脑袋都慢慢转过来看向我，面带谴责。

“他摔倒了，我只是扶他起来。”我说。

我没留下来吵架。开门的按钮在左手边的墙上，我用力拍下去，急着离开那里。闭门器使得沉重的双开门关上的速度变慢，而我听见科普兰边指着我边对鲍尔斯和林奇大吼大叫。电梯发出一个明朗活泼的响声，宣告它的到来。有只手抓住了检察官办公室的门，又把它给推开了。

和我一起走进电梯的是哈珀和华盛顿。他们站在我的两侧，我们三人在电梯门关上时直勾勾地瞪着前方。

“他们该换一下那个房间里的地毯了。”华盛顿说。

“妈的一点没错，”哈珀说，“我差点就被绊倒了。”

电梯门关上了。

华盛顿说：“他会提出指控的。”

我耸耸肩。

“我不觉得地方检察官会为了这个州最令人讨厌的辩护律师遭到袭击而起诉，尤其那个律师宣称他在检察官的办公室里面被袭击了，外面还站了警察局长和联邦探员。他们没听到任何骚动，至少我就不同意他的说法。不可能的，这种官司对金小姐来说将会是一大耻辱。我是觉得于情于理这件案子都不太可能取得预期中的成功。”

“不要太肯定。科普兰这人绝对会记仇。”哈珀说。

我将手塞进口袋，拿出科普兰的手机，手指划过屏幕，唤醒这部机器。

面前出现了十位数的面板，与一个要我输入密码以解锁手机的要求。最坏的情况也不过是暂时有点不方便罢了。

电梯上方的灯光亮到有点令人不快，不过就我的目的而言，倒是十分完美。我举起手机，调整角度让它能照到光。我在屏幕左上方角落、正下方另一侧看到两组圆形污痕，中间是一道长长的滑痕，这些是科普兰的拇指滑过手机时造成的。分布在两侧的指纹完美落在屏幕密码的“6”和“1”上头。我推测科普兰年纪大概在40多岁到50出头，出生年份可能是1966年，于是我输入“1166”，屏幕即刻解锁了。

菜单图标在屏幕一角，我选中后，启动飞行模式让手机无法接听电话，再关闭定位，以确保他无法追踪到手机。在另一个应用程序中，我找到录音程序。里面有一大堆档案，全都标了不同的名字。我猜测应该是委托人。那个取名为“范迪克”的音频资料夹里面有三个录音。

确认了录音上的时间戳记后，我找出他刚录的那个，删掉。我很想听听其他两个档案，但这得等一下。

我实在难以制止自己想要查看手机中其他内容的冲动。信息大多来自“办公室”，并且内含案件听证会的日期和时间，各式各样的人名与电话号码。

例如，“塔加，强暴，11月30日，布鲁克林，4号法庭。”

但有些信息则更私密。关于那天早晨我去拜访他一事，他与办公室往来了几封信息。

他认为我在钓鱼执法，他的秘书也这样想，但补充说她觉得我挺可爱。不过她的这个信息没得到回复。

2011年7月
纽约，普瑞米尔

丽贝卡·哈维尔的花园中有明亮的紫色、红色、黄色和白色，然而这些颜色在她眼中却晦暗无光。她坐在厨房窗边，望过草坪、花园和再远处的小路。也许是因为流了一整天眼泪，不知怎地将她眼中所有色彩都洗去了。起先她是这么想的。今天非常难熬，比大多时间都要难熬，醒来的每个早晨对她来说都非常痛苦，而且这种情况已经持续很久了。

但是今天很特别，今天是可以哭出来的。

卡洛琳的朋友邀请她去吃晚餐，然后一起念书。学期很快会因暑假而结束，卡洛琳最后一个考试是在下周。老天，光是想到又要和她相处一个夏天，丽贝卡就感到强烈的生理不适。

卡洛琳人生最初的几年非常幸福。夜晚喂奶，一大早醒来啼哭、腹绞痛、训练大小便——父母常抱怨的一切辛苦困难完全没让丽贝卡感到困扰。她拥有这个特别的孩子，她渴望已久的孩子，渴望了一年又一年，她小小的奇迹。

丽贝卡坚持在孩子生下后搬家。她告诉莱纳德他们需要更大的房子，一个安静且远离尘世的地方。一开始，莱纳德并不想搬，但丽贝卡妹妹的那些事情成为压死骆驼的最后一根稻草。她妹妹的审判引来注意，她想在记者找到自己之前离开，逃离一切。丽贝卡生下卡洛琳后没有回到职场，仍在请产假，而她不在的时候郡里雇用了一名退休的法医填补她的空位。如果媒体发现，她的事业将会受到影响，新家庭也会受到打扰。我们的家不应该被打扰，她这么对莱纳德说。那一段远离一切的新生活是丽贝卡记忆中最幸福的一段。

但随着卡洛琳渐渐长大，情况改变了。

那是卡洛琳满7岁时第一次去湖边的旅行。她看着自己的孩子和丈夫在浅水处泼水玩，想起自己跟茉莉一同度过的童年。她们在同一个水池里玩耍，沿着同一条乡村小径奔跑。

太多了。

她陪女儿的时间越来越少。到最后，她连看这个特别的孩子的脸都做不到。

就是在那时，她觉得自己犯下了错。那天早晨稍晚时候，她把卡洛琳送到学校，去了一趟距离校门一个街区的小文具店。她买了一沓信纸和一支笔，回到家中坐到厨房里，透过眼中的泪水望着窗外。

后来，贝卡拿出笔，从透明包装中取出两张信纸。

她的笔迅速在其中一张上挥写着，接着是下一张。她把第二张信纸折起来，放进一个信封中，信封正面署名是“莱尼”，并把它留在那儿给他。第二封信是她要寄出去的。

她站在打开的前门门口，最后一次环顾整间屋子。然后，她从门厅那个碗中抓起车钥匙，动身离开。

00:52

我等在法院外面时心里非常清楚：检察官、警察和联邦调查局都是在同意满足巴克的要求后才来找我的。我从中庭窗户看到一辆黑色奔驰停在外面，一名身穿海军蓝西装的白发男子从副驾驶座位上下来，签了书记官手中写字板上的文件，再将他的尊臀塞回奔驰，在夜色中启程离开。

上诉法庭的审判正在如火如荼地进行，只不过通常情况是相反的。一名律师很可能会花费数年时间，为一名遭到诬陷的人上诉，结果是上诉法官只花了 5 秒钟瞄一瞄那些文件，然后就懒得读下去了，毕竟那家伙可能还犯了其他什么罪，活该余生在牢里关到烂。

职员跑回建筑中。

我知道情况十分不妙。斯科特·巴克想要的一切都到手了，他的棋局完全照着计划进行着。

走廊的灯光将我的倒影打在玻璃上。我的领带没打好，松松垮垮地挂在敞开的领子上。我看起来仿佛在一天之中老了一岁，而我也确确实实感觉到了这件事。我的双腿酸痛，背和脖子也一样，而肋骨依旧因为林奇的拳头感到剧痛难耐。

我揉揉肩膀上肿胀的肌肉，指头用力按压着僵硬的肌肉组织。

“他们总是愿意接受这种交易。”哈利说。

他的倒影和我的重合了。看到我们两人在玻璃上的影子，我才发现哈利掉了多少体重。茱莉·罗森上诉案一点一点地侵蚀了他。

“如果上诉案不经听证会就受理，你就不必面对同样的指责。”我说。

“别总想着碰运气。我接到的是司法申诉委员会的通知，用词毫无暧昧空间，表示如果上诉获得受理，他们会希望我请辞。科普兰提出的诉状已经造成很大的伤害了。”哈利说。

“那你要辞职吗？”

“不，至少不会在这种状况下。科普兰知道上诉最终会往这个方向走，他早就计划好了——而且是经过缜密计划的。我不会对那个王八蛋卑躬屈膝，想都别想。反正我也不可能当上最高法院大法官。”

“听你这么说我很高兴。”我说。

“我只是聪明人游戏中的一个小角色而已。你知道吗，就许多方面而言，预测聪明人的下一步比起预测一个蠢蛋的下一步容易多了，你不觉得吗？”哈利问。

我什么也没说，只是瞪着玻璃，我们的影像被卤素灯[1]的低温光芒和夜空包围。

“一个聪明的大脑策划的每个行动背后通常都有含意，或至少有些重要意义。”哈利说。

“什么意思？”我问。

“举个例子，像是假名：乔治·范迪克。”

“这名字怎么了？”

“它有意义。”哈利边叹气边说。

“对我没有意义。”

“等时机到了，我想就会有意义了。乔治的名字可能来自圣乔治，最有名的圣人之一。他是一名军人。传说中他屠杀了切断村中水源的一头龙。乔治晚年因拒绝背弃基督教，成了殉教者。”

“扯太远了吧，哈利。他挑这个名字可能是因为他是拳击迷[2]，或家里有乔治牌烧烤机。”

哈利没笑。

“我不这么认为。假如你把他的姓也考虑进去——范迪克（Vindico）。那是拉丁文，意思是‘复仇’。我认为斯科特·巴克创造这个假身份是为了接近哈维尔，这样就能为茱莉·罗森复仇。他要为

① 卤素灯（halogen lamp），又称为钨卤灯泡、石英灯泡，是白炽灯的一个变种，比白炽灯使用时间更长。

② 乔治·福尔曼（George Foreman，1949—），美国知名拳击手。

她取得死后的无罪赦免；他要让她成为殉教者。”

我思考着哈利说的话。

“如果真是这样，那他想要屠的龙是谁？”我问。

哈利摇摇头。

“那就要由你找出来了。”他说。

我们身后的法庭门打开，米歇尔·金站在门口，手中拿着一份签署好的文件。她在笑，因为她获得了想要的东西。

而我打从骨子里就知道，唯一能得到想要的东西的人，只有斯科特·巴克。

“审判 5 分钟后就要开始了。我们已经和巴克作了交易：他得到了全面豁免权。他会在证人席上吐露一切，而我们会与你在同时间得知真相。”金说。

我点点头。

“你要小心，艾迪。”哈利提醒我。

00:53

作为执业多年的辩护律师，我虽然还年轻，但也在法庭上投入了不少时间。我知道一些技巧，也见过一些世面。在一桩错综复杂的邮件诈骗审判中，我见过陪审员在检方开庭陈述到一半时睡着。几年前，一起抢劫凶杀案的陪审员在整整两周的审判中死也不看我——也不看任何证人，甚至是法官和检察官。他一直死盯着天花板。

我还以为自己什么都见过。

但我这辈子还没见过陪审团气成那样。

每、一、个、都、是。

我交叉双臂，对法官和检察官怒目而视，特意装出一副很火大的样子。陪审团坐下时，我用眼角余光注意着他们。有几个人用手肘推了推旁边的同伴，悄悄指着我的方向。

你看，他也和我们一样火大。

只要有机会能和任意一名陪审员达成共识，我都会抓住。有时一些小细节就能够造成巨大的改变。

斯科特·巴克回到证人席时，一名穿着制服的警察跟在他身后。警察站在陪审团右边，最后的几步距离他让巴克自己走。他正常的走路姿态让我明白了很多事情。他的背挺直，行走时双脚分得很开，双臂在两侧轻松地摆动着，流露出一股盛气凌人的气势，仿佛将要在一场打斗中给对方造成严重的伤害。一直以来，他的分寸都拿捏得宜、控制得当。

有一只手搭上我的肩膀，是哈珀。

法官正将她的文件排放在桌子上，金正与她的助理窃窃私语，书记官正将审判资料传给陪审团。

“什么事？我们没多少时间了。”我说。

她跪下身子。当她低声说话时，我感觉到她的呼吸吹在我的脖子上。

“我刚刚听说司法部的某个人正在过来的路上，是个叫亚历山大·柏林的人。他有关于巴克的消息……”

书记官把六份审判资料递给前排的六名陪审员，再走上后排，递出另外六份。

“没时间了，直接告诉我你得到了什么消息。”我说。

“他一开始是运毒的，被缉毒局抓了后转为线人。他破获了一整个组织，但司法部门没放他走，又让他去做一样的事。这人曾经进过全美最难搞的龙潭虎穴，和你所能想象的最邪恶、最冷酷的家伙处得好好的。那段时间里不知道什么时候，他忘了自己应该为好的那一方工作。柏林怀疑，巴克可能得下手杀人才有办法深入这些组织，但他们无法证明。可以确定的是：这个人为了得到想要的东西，什么都愿意做——包括杀人。”

我指头上的所有感觉都消失了，仿佛刚刚把手在冰桶里放了半个小时。我转过身，见到哈利在后一排的地方注视着巴克。

“老天，他一直和哈维尔在一起。”我说。

“我知道，你要小心点。”

“检察官办公室知道这件事吗？”我问。

哈珀摇摇头，站起身走开，到哈利后面一排找了个位子坐下。

舒尔茨法官清清喉咙，开始对陪审团解释，说这次审判刚获得一个相当关键的证词，由于另一个未叙述的事件，导致此事有了时效性，陪审团今晚必须听取这份证词。陪审团中至少传出三个全法庭清晰可闻的抱怨声。法官表示他们可因超时加班得到额外费用，闻言陪审员又活了过来，法官这话甚至让最好战的那几个人闭上了嘴巴。

舒尔茨法官结束了对陪审团的发言。

米歇尔·金站起身，打开笔记，问了证人她的第一个问题。

“我们上回在这里时，你表示你真正的名字是斯科特·巴克，不是乔治·范迪克。你为什么使用假名？”

这问题对巴克来说似乎有点难以理解。他的双眼注视着一个点，无视群众——幸好我们进行到这么晚，现在群众变得稀薄了些。

“我创造乔治·范迪克这个身份，是为了接近莱纳德·哈维尔和他女儿。”

当米歇尔·金往陪审团席方向扭头时，她方圆 6 米内的每个人都听见了她脖子发出的“咔嚓”声。陪审团又是困惑又是震惊，举起双手做不解状，还张开了嘴巴。

“庭上……”金说。

“不行，金小姐。”法官说。巴克的答案完全出乎金的预料。他这是在暗示将卡洛琳·哈维尔当作目标的人是他。我知道金想要向法官请求审判无效。无论哪种陪审团，必定会受到这出人意料的发言的影响。但舒尔茨并不接受；时候未到。

金如果无法重新夺取控制权，就会直接落入万劫不复的境地。我从辩护席看到她喉咙上的血管一抽一抽的，脖子和脸颊从浅粉红变成深紫红。她努力付出的一切与下一个问题息息相关。金的双眼突然犀利地集中于一点，而我知道，她找到了能够支撑巴克证词的东西。

她转过身，从桌上那叠资料的最上方拿起一份文件，递给书记官。书记官转交给法官。舒尔茨快速读过那份共十页的协议，递回去给书记官。书记官又将文件还给了金。

金的高跟鞋在地板上踩出回声，我仿佛能在那步伐的韵律中感受到一股全新的自信。金将文件“啪”的一声压在证人席的小搁板上，再转过身，退后 3 米。巴克没有把文件拿起来，只是看着那份文件。

“这份文件是豁免协议，你在不到 10 分钟前、有证人在场的情况下签了名，是吗？”

她在引导证人，我是可以抗议的，但舒尔茨不会接受我的打扰，她已做好打算，要给金足够的空间处理面前这个人。

“是的。”巴克说。

陪审团的模样就像坐在一辆往顶点爬升的云霄飞车上，轮子一路缓缓发出咔嚓咔嚓的声响。车体越接近下坠的瞬间，他们的恐惧也就越大。

“巴克先生，这份协议给了你豁免权，让你免于卡洛琳·哈维尔绑架谋杀案会受到的控告，以换取你在这起案子中针对被告作出证词。我这么说正确吗？”

“不算正确。”巴克说。

“你说什么？”金问。

“不算正确。”巴克又讲一次，这回大声了点。

那片红色又回到金的脖子上，她的双手一拍、紧紧合起，泛白的指节对比陪衬的艳红色指甲油，极为显眼。

“协议非常清楚，而且在你签署前，已经由你的律师对你做过清楚的说明，巴克先生。”

“这我同意，协议非常清晰易懂。”他拿起了协议。

巴克翻过一页，嘴唇快速且无声地移动着，以寻找特定段落。

“请你参照第五条款、第一小段。”巴克说。

金的助理抓起一份副本递给她的老板。金一把抓过来，翻过一页找到那个条款。

“如果你不介意，我来念给你听，”巴克说，“上述豁免以及其他豁免权，需符合以下条件。第一小段是这么说的：受拘留者必须在莱纳德·哈维尔的审判中以检方证人的身份提供证词，并应提供真实证词，详细说明莱纳德·哈维尔在绑架谋杀卡洛琳·哈维尔事件中的涉案程度。”

这份协议的用字不太常见。无论从哪个方面来看，都不是常规格式。但这桩案件根本没有哪个部分符合常规。检方是那么想抓住哈维尔的把柄，连思考都不思考，立刻跳入马克斯·科普兰的协议中。即便如此，这个条款的要求还是很清楚的：告诉我们这件事是哈维尔干的，你就可以走人。

“正确，巴克先生，”金说，“根据豁免协议，你来这里是要提出证词，针对被告莱纳德……”

“你还是没搞懂，是吗？我之所以在这里，是为了如我刚才所说——‘提供真实证词，详细说明莱纳德·哈维尔在绑架谋杀卡洛琳·哈维尔事件中的涉案程度’。”

打输官司、被开除、看着事业一路下坠，最后掉进谷底——金对此的一切恐惧已然消失。她受够了。巴克踩了太多雷。严格来说，她几乎是对他吼出下一个问题的。

“那你就说啊，巴克先生，为我们详细说明莱纳德·哈维尔绑架并杀害他女儿的涉案程度。”

在提出这个问题与巴克回答之间，可能只有 4 到 5 秒的停顿时间，其实没有太久。但在一个装满了人的法庭中问出那样的问题，停顿时间就犹如一个世纪那么久。这让我想到扬基球场巨大荧幕上的慢动作重播。投手投出球，摄像机自动放慢。我们见到球在破空前进时旋转，同时间击打者开始以臀部为轴心回身，扭转身躯、转动肩膀，对着球举起球棒。在它们的距离间，我们可以预见各种可能性：三好球出局，或全垒打，客队在第九局下半场时大获全胜。

金的问题也许是一记低手抛击练习投，而巴克则是贝比·鲁斯[1]。

“完全没有。”巴克说，“莱纳德·哈维尔完全没有参与绑架女儿。据我所知，他连她一根汗毛都没有动。”

① 贝比·鲁斯（Babe Ruth,1895—1948），二十世纪二三十年代美国扬基队知名打者。

00:54

“庭上，我现在想提出声请。”我站起来说。

舒尔茨说：“不要着急。”

我打算请求她停止审判，指示陪审团带回无罪的判决。这么做可能是有些不成熟，但我敢打赌，此地有一大半法官都会接受我的声请，让哈维尔重获自由。

但舒尔茨法官不会。在那一刻，她更感兴趣的是检察官要说些什么。因为我站起来时，金已经提出第二个要求，想将她的证人转为敌意证人。舒尔茨说：“没有问题。”我们就此继续。

“巴克先生，你的协议……”金的话消失不见。她重新读了条款、皱起前额，用左手捂住嘴巴，中指正好落在唇上。她又把那项条款读了一遍，双臂垂落至身侧。协议乍看一清二楚，但也有许多解释的余地。从一个角度看，那项条款暗示了哈维尔有涉入案件；但从另一个角度看，是表示巴克会提及哈维尔涉入程度，然而协议本身对于涉入的范围却是只字未提。

“巴克先生，你现在是声称你与被告一起杀害了卡洛琳·哈维尔吗？”

这个问题真的是孤注一掷了。金若不能得到结果，就会让整起官司四分五裂。我静静等候着。

“不是，我没有杀卡洛琳·哈维尔，她的父亲也没有。”

“那是谁杀的？”金说。

这是一大险棋，是个完全开放的问题，巴克回答什么都可以。我猜金是想听到一些疯狂的论调，比如什么外星人或极端主义者，这么一来她就可以宣称巴克是个白痴，那么就不会再有人相信他了。此时此刻，这是她唯一的招数，她必须摧毁自己证人的可信度。

“没有人杀死她。你一直在对陪审团撒谎，金小姐，还有你那位专家证人伯奇也一样。卡洛琳·哈维尔没有死。”

金从嘴角露出一抹得意的笑，但她迅速将之压下。她想要的就是这个：巴克说的话越荒谬越好。

“巴克先生，我们在被告试图毁灭的犯罪现场发现了卡洛琳·哈维尔动脉喷出的血。DNA 是不会说谎的，你才是那个说谎的人，我说的不对吗？”

“我可以有很多种身份，金小姐。我对许许多多的人撒过谎，而且撒了很多年。但我有我的尊严，我非常认真地对待自己的职责。我踏上这个证人席时，对着《圣经》发了誓，因此我将会遵守誓言、说出真相：卡洛琳·哈维尔还活着。”

“你是怎么知道的？你怎么知道她还活着？”

“因为她就在我手上。就让莱纳德·哈维尔把我当成神父吧，除非他忏悔，不然她就会在 12 个小时内死亡。”

第三部

00:55

我从没遇到过哪个证人的陈述能对整个法庭造成此等重击。这句话犹如一道冲击波，陪审团全都往后一缩，像是被炸弹炸到一样。我听见了抽气声，旁听席还有个女人甚至压下了一声尖叫。金释放出一道该死的龙卷风，它正在这个空间里肆虐横行。

而她就那么站在那儿，瞠目结舌。

在房间内每个人都在努力消化这句陈述的时候，巴克将手伸到证人席上的小架子下面，那里通常放有麦克风，有时证人有需要，也可以当成桌子或放置证物的地方。

一阵撕扯胶带的声音，像是某个东西被扯下来，巴克的手在缩回时，掌心多了一条胶带和一个又小又黑的东西。他把那个东西从胶带上拿下来，伸手把它插进摆在证人席旁边的电视后面。此时我才意识到那是个 U 盘。他将东西带到法庭上，借着拿卡洛琳・哈维尔的照片给法警看的机会，将其黏在证人席的架子下方。

电视在接收 U 盘里的东西后自动打开，一个画面出现在荧幕上：与稍早巴克握有的照片一样，卡洛琳・哈维尔蜷缩在一座水泥墓穴里头。

“你在干什……”当金看到荧幕的内容，还么说完的话硬生生被她咽了下去。

不管发生了什么，我都错过了。我在金开口时将注意力放到她身上。于是我马上转回身去看荧幕。

直到那时我才看见——

卡洛琳的脚动了。

这不是照片。

这是视频。有一只手出现在画面上，靠得非常近，手里拿着一份《华盛顿街日报》。日期是昨天的，头条是昨天早上召开的中东和平峰会。那只手翻过纸页，展示折在里头的文章。有篇社论报道卡洛琳·哈维尔案将在今日于纽约白原市开始审理，还有一张莱纳德·哈维尔的照片。

那只手把报纸丢进墓穴，纸页翻飞着打开，犹如一张纸做的毯子落在卡洛琳的身上。

有个人走到镜头前，是巴克。

我逼自己的目光离开荧幕去看巴克，发现法庭中唯一没在看电视的是他。巴克没有看我，眼神也不在金、法官，甚至陪审团身上。他正注视着旁听席。我转身看到哈利·福特，他在某一排中间站着，后面有个人要他坐下，但哈利无视那个人，双眼只锁定着巴克。

当我再次抬眼看向荧幕时，画面正好消失，视频结束在巴克的脸部特写上。接着巴克的声音在这片空间到处回响，但不是来自视频。他站起身，对整间法庭的人说话。

“我要警告这里所有的人：别想试探我。我不会告诉你们哈维尔做了什么。我要听他亲口承认。之后——只有在他这么做了之后——我才会放他女儿走。如果他在 12 小时内不承认，那她就会死。”

舒尔茨法官敲响了小木槌，站起来喊道：“休庭。”接着便往自己的办公室走去，双手掩住嘴巴，提起了肩膀。

陪审团由法警带离法庭，瞬间又回了魂。法警甚至得对一名指着巴克骂脏话的男性陪审员大吼大叫。半数陪审员眼中都噙着泪水，其他人则搞不懂这到底是怎么回事。

林奇探员身后跟着的两名警察迅速冲过我的身边，直朝证人席奔去。巴克被一名大块头的秃子警察从后方提起，扔出证人席；麦克风撞到了地上。他被铐上手铐，带出法庭。林奇探员拔下 U 盘，放进证物袋中。

巴克被带着经过米歇尔·金面前时，她的助理使出了全身的力气才拉住了她。

这是我执业以来第一次对于我究竟他妈的该怎么做毫无头绪。我伸长脖子，看着天花板，与其说是想要多吸到一些空气，不如说我更想要点别的。我需要哈维尔，我需要答案。但哈维尔此时正处于昏迷状态，我什么都得不到。

哈利得猛力摇晃我，才能让我从那种迷茫的状态中醒过神来。我听不见他喊我的声音，脑子像旋转木马一样转个不停。

“艾迪，我得跟你谈谈。我想我知道这是为什么了。”哈利说。

00:56

哈利得先等等了。

舒尔茨法官把我和金叫进她的办公室。我们都知道法官会怎么做。这个可能的结果金应该也可以接受。她被巴克玩得团团转，就和所有人一样。

舒尔茨法官正在用手指用力挤压着一块很大的橡皮擦，开口时几乎抑制不住自己的愤怒。

“金小姐，我明白这可能不是你的错，我也不是要在这里找人兴师问罪，但我毫不怀疑，这名证人两次三番地在审判进行时拿出不属于检方持有范围的证据，大家完全无法得知这项证据的可信度有多少，而我也绝对不会让陪审团将之纳入考虑范围。弗林先生，虽然这对你的委托人并不公平，但这场审判已经成了一场彻头彻尾的笑话：我要宣布无效审判。陪审团会离开，我们两周内会重列新的陪审团名单。我真心希望你的委托人到那时已经康复了，弗林先生。还有，金小姐，我希望你能抽时间评估巴克提供的证据。搞不好他应该和莱纳德·哈维尔一起列在起诉书上，又或者检方其实犯下了天大的错误？你要考虑清楚了，金小姐。”

我似乎看到金的眼中涌起水雾。她摇摇头，说：“不，庭上，巴克先生不会被当成被告，他手上握有豁免协议，检方相信这只是巴克先生耍的噱头，他做的一切都是为了让被告无罪释放。”

“你不会是认真的吧？”我不解地问。

她吞咽了一下不存在的口水，说：“我们的立场不变。我们有她喷在墙上的血，也有DNA的分析证明这一点。她死了，而她的父亲绑架、杀害了她。”

检察官是倚靠对系统的盲目信仰在运作的。这个系统，当然不是司法系统，不是，应该说是检察系统。如果你日复一日、年复一年地把人关起来，你就必须相信自己做的事情是对的。警察把案子带给你，你看看证据，也许会再多要一些证据，接着你就在法庭上策马狂奔、直冲定罪——次次如此。如果一个聪明的辩护律师成功使被告获得无罪释放，你的灵魂会被深深吞噬。那样是错的，你才是对的。在上诉法庭上，你会看见检察官的心被赤裸裸地摊开。就算是清白计划[①]找到新的 DNA 证据，可以排除那些合理怀疑，证明被定罪的囚犯实际上是无辜的，但又有多少检察官会看着证据说：“好吧，这个是我们搞错了，打开门让这家伙出来吧。”甚至连稍微这么考虑一下的检察官都很少，他们会极力抵抗：辩护方错了，他们才是对的。

金已经被卷入了为反对而反对的旋涡。她很聪明，但如果你每天都戴着有色眼镜，用不了多久就会什么都看不见的。

舒尔茨法官甚至无视了金。法官知道这是检察官身上的盲目性，看过那个视频的人都不会怀疑。

“你们两个都给我出去。”法官说。

“不行。”我说。

舒尔茨法官僵住了，她没说话，只是举起一根指头指着门。

“如果你宣布无效审判，那么巴克就不再需要遵守誓言了。他可以离开，然后再回来参加新的审判。但若他说的是真话，那么到那时卡洛琳·哈维尔早就死了。他给了我们一段时间救她。的确可能是胡扯，但也可能是真的。如果是真的，你却宣布无效审判，就等于你杀了那个女孩。”

“但审判全毁了，事情已经无法挽回了。”舒尔茨法官说。

“我知道，你知道，金小姐也知道——但巴克和陪审团不知道。我的委托人在昏迷中，不管巴克想要他做什么……唔……哈维尔都做不到。给我一点时间，让我交互诘问。一个 17 岁少女的生命正悬于一线。”

金点点头，说：“只要我们都同意，这就不再是一场真正的审判。

① 清白计划（Innocence Project），非营利法律组织，1992 年因辛普森案而成立，该项目发现有许多罪名的成立都来自目击证人的误会。

这么一来，大众和媒体就可以被挡在外面，巴克的证词也不会泄露出去。”

舒尔茨法官用她的笔敲敲桌子。我听到她咬牙的声音。

“你不能逮捕这个人吗？”她问向金。

金摇摇头。“他有豁免协议。我不想成为第一个在审判杀人犯途中，真的把他的被害人害死的检察官。我们可以陪他玩12小时，然后无论怎样我们都会知道真相。如果这一切全是谎言，我们也没什么损失。但如果是真的，我们还让这个人直接走出去了……”

“我懂了，”法官说，“我们会封锁大楼，陪审团和法院员工留下，外加辩方和检方——其余人全部离开。”

“那巴克呢？”金问。

“把他拘留在牢房里就可以了。弗林先生，你需要多少时间？”

走出办公室时，我和金都没有说话。书记官带我们出去，回到已经空无一人的法庭。陪审团正在休息室中，并将在那儿待上4个小时。在还不清楚究竟怎么回事、哈维尔做了什么，也不知道我该怎么演这出戏之前，我不能见巴克。

4个小时。这是舒尔茨法官给我的时间。如果我无法在这段时间内解开谜团，就不得不开始质询巴克了。联邦调查局的人和金会尽可能帮我搜集信息。金不想这样，但她不能忽视巴克。

空无一人的法院走廊里，我们的脚步声大声地回荡着。在经历这么多事情后，这份死寂显得有些诡谲。

这里感觉像是一间酒吧（或房屋），刚刚有辆灵车把里面的尸体装进尸袋运走。这里有人。犹如一场突发的血腥暴力留下的污渍。你能意识到，也能感觉到。

我收拾好档案，信步走出去。

哈利正在走廊中等我。他腋下夹了一捆文件，脸上挂着忧虑的表情。

“我知道乔治要屠的龙到底是谁了。”他说。

00:57

警察、联邦调查局和检方团队正躲进楼上的检察官办公室中进行紧急会议。我通过走廊的窗户看到了科普兰，他戴着一副手铐，被塞进一辆巡逻车的后方。我早就希望鲍尔斯能逮捕他。这是一个明智的决定。他对巴克了如指掌，鲍尔斯一定会对他施压。他们两人现在遭到拘留，但巴克有块免死金牌。

我的手机响了。是哈珀。

“发生什么事了？”我问。

“第三次世界大战。每个人都在指责彼此。林奇被千夫所指，警方把科普兰带回辖区，但他们没有办法拘留他太久。巴克正在牢中，再也不肯开口说半句话——他说他只会在誓词的约束下于法庭上开口。我们从法务机关那边得到回应，那份该死的豁免协议无懈可击。即便他真的抓了卡洛琳，还在时代广场正中央把她的脑袋轰得满人行道都是，就法律层面而言，唯一能逮捕他的罪名是乱丢垃圾。这实在是遭透了。我们要画出卡洛琳可能在的位置的搜索区域，并且立刻出动——联邦调查局、警方，就连消防队和交警都要上。我们认为，如果他真的抓了她，她很可能不会被关在太远的地方。现在我们真的很需要哈维尔。他最快什么时候能醒来？”

“我几分钟前才和他的医生通过电话，他们也不知道。他是有可能醒来，但我们也需要考虑到如果他醒不了该怎么办。巴克要的是让哈维尔忏悔，我们要做的则是弄清楚他到底觉得哈维尔干了什么。”

“这和科普兰在交易中提到的什么茱莉·罗森案有关吗？我们正在调档案。”

“现在我还不知道。我会去找哈利谈谈，看是否能将事情厘清。我会在一小时后打给你，如果查出什么结果，我会第一时间通知你。”

我挂断电话，找到在咨商室隔间里的哈利。

“也许我们应该离开这里一会儿。我实在没办法再坐在这间法院里了——这么做一点帮助也没有。今晚感觉将会十分漫长。我们去买点喝的，好好把这件事理一遍吧。”哈利建议说。

我看了一下手表，现在是 7 点。

“好的，我也需要喝点什么。”我说。

哈利开车带我转了整整 3 分钟，我们才找到合适的地点。与法院离得近大概是这家酒吧唯一的优势了。门上方是一块大约 1 米 ×3 米的巨大招牌，但上头的漆早已褪色，因此不知道这家酒吧到底叫什么名字。无所谓。反正牌子上的聚光灯也烧了，而且大概因为没人看得懂那块招牌，还为老板省去了换电灯泡的麻烦。

酒吧里面的灯光很暗，但很温暖，有男人、油腻和啤酒花的气味，和我很合拍。进门右侧有个短短的 L 形吧台，吧台后面有名身体弯成 L 形的小个子酒保。他年约 60，头发灰白，身体因年岁而佝偻着，并且喝了不少酒——很可能是龙舌兰。“你们喝什么？”他问。而我差点想向他要片柠檬——他呼出来的龙舌兰气味大到不行。

哈利点了两杯双份爱尔兰威士忌，让我坐在后面的位子上。那里的角落有张被灯烧坏的桌子，两三个老酒鬼坐在酒吧凳子上，折着报纸研读，除此之外，这整个地方都是我们的。我把档案放在桌子上，去找座位。

等我找到有两个凳子的桌子时，哈利已经带着酒过来了。他把装在广口杯里的双份威士忌放在自己面前，又从外套口袋里抽出一瓶打开的百事放在我前方。

但我要的是“真正的”饮料。

问题在于我想要很多“真正的”饮料。

我囫囵灌了一大口百事。温的。

“没冰块？没杯子？”我不满地问。

哈利看着第一杯酒内侧的油腻指纹，说：“安全起见，你直接从瓶子里喝可能比较好。我在考虑是不是要取消我们的餐点。”

“你在这里点了吃的？”

“当然，我饿了。我点了菜单上没有的比萨。酒保打了电话，他会叫外卖进来。我很可能会因为点了转角的培根蘑菇比萨而被收取两倍的价钱。但话说回来，至少那玩意儿不是在这里做的。”

他喝了一大口酒，咂咂嘴，放下饮料，在桌子上的文件中翻找着。他花了点时间，不过最终从一沓纸中抽出一份警方报告。我之所以认出那是份警方报告，是因为第一页角落里的警徽标志。他将报告递给我。

“我已经读过茱莉·罗森案的报告了。”我说。

“这个你还没读过。我让人把这东西发到法院办公室。是辖区一个我认识的警察卖我的人情。你告诉我哈维尔痛恨茱莉·罗森，是因为他觉得茱莉必须为他太太的死负责。这就是丽贝卡·哈维尔自杀的警方报告。”

00:58

有些警察在报告里除了事实什么都不会写进去，有些则会告诉你发生了什么，还有他们认为“实际上”发生了什么。

调查这起案件的警察名叫提奥·克鲁兹。他是会在报告中让检察官知道他想法的那种人。这是一门十分微妙的艺术，只能从工作中习得，并在多年经验中熟练掌握。

一位名叫艾尔·怀特、专开长途的卡车司机用他的民用无线电通报了一起意外事件。这个意外发生在纽约上州，该处超出了信号覆盖范围，这是艾尔试图用手机播打 911 时发现的。当时他在一条迂回的山路上，从右方转角处瞥见一辆银色的家用 SUV 开进了他的车道。他启动了卡车的刹车程序，按下喇叭。

艾尔说那辆车非但没有驶离，反而直朝他冲来。他甚至看清楚了那个开 SUV 车的女人。她很冷静，甚至可以说很放松。

SUV 车最后一刻驶离他的车道，直接撞向道路另一侧的防撞护栏，翻过悬崖。

艾尔停下卡车，用无线电通报意外事件，然后爬下驾驶座，跑向防撞护栏。那下方是陡峭的悬崖，距离峡谷底部搞不好有 300 米，底下流过湍急的河水。他看见那辆 SUV 车在沉到水下前已翻了过去。

他在那里等着急救人员和警察到达现场。

克鲁兹警官是第一个抵达现场的，比救护车和山难救援还快。他向艾尔询问了大致情况，调查了事故现场。

他注意到艾尔描述 SUV 车驾驶者冷静的行为举止，以及第一时间没有闪避卡车的事实——即便听到了他按的喇叭。在报告中，克鲁兹警官记录了SUV车撞破的防撞护栏只是木制的临时护栏。很显然在几周前有辆运动物的卡车和另一辆车发生冲撞后，将铁制的护栏撞断了。

在另一段描述中，克鲁兹根据路上的痕迹追踪到了SUV车的行驶路线。虽然SUV车在转弯时稍微刹了一下车，但从胎面的角度还是可以判定驾驶者是以高速当头撞上的护栏。护栏前方缺少刹车的痕迹，表示驾驶者并没有试图刹车。

克鲁兹强调，这道护栏虽然是在弯道上的，但那是一个弧度较为平缓的弯道。

报告最后一行列出意外事件的几个重要事实，并非以发现的事证呈现，而是想让检察官知道克鲁兹的看法。

> 感觉就像驾驶者开进对向车道，制造出一个可迎头撞上受损护栏的完美角度，好让车一定能撞穿安全护栏、冲进裂谷中。郡里的潜水员在陶瓦河中的SUV车里找到了那名驾驶者——丽贝卡·哈维尔。

附在报告中的是一份验尸官的判定报告：自杀。验尸官确认丽贝卡·哈维尔于2011年7月以一起交通事故自行结束了生命。此结果由意外发生的状况及遗书得到确认——遗书是死者的丈夫在他们的卧室中找到的。

验尸官放上了遗书内容的全文：

> 亲爱的莱尼，我爱你。我再也无法承受这一切了。你知道的，在内心深处，我知道有些事不对。我做了那种事。我们所拥有的是那么的特别，我却破坏掉了它。

我想我很清楚自己想要什么，我们想要什么，但代价实在太高了。

我以为自己可以原谅茉莉，但我不能。只要我一想到她，就感到她已经死了，那给了我安慰。我们该死，茉莉和我，因为我们做的事。

我没办法再带着这种痛苦活下去了，我毁了太多人的人生，不会让这件事也发生在你或卡洛琳身上。

我永远爱你。

到此结束。

只不过，这件事从没有真正结束。就是这个，我能够感觉到，一切都由此而起。

“看到其中的联系了吗？”哈利问。

我挠挠头，说：“她们之间发生了某件事，某件非常非常糟的事。”

“看看意外发生的日期。丽贝卡·哈维尔是在她妹妹死于精神病院的6周前自杀的。”哈利说。

00:59

“全部跟我说一下，哈利。我想知道我们的想法是不是一样的。”我说。

他将第一杯威士忌放一饮而尽，之后把杯子重重地回桌上，把它转过来，又盯着第二杯。

“茱莉·罗森是个很有天赋的画家，成年后却一直受到严重的精神疾病的折磨。她因为持有迷幻药被判过几次，假释了几次，做过些社区服务，最终在戒毒中心短暂待过一段时间——但没用。她有过数不清的爱人……这是她自己告诉我的。大多数晚上都是不同的人。后来她怀孕了，并于 2002 年 7 月生下小孩，孩子的出生记录上没有父亲的名字，孩子名叫艾米莉·罗森。艾米莉和卡洛琳·哈维尔应该是同龄人吧？”

“没错。《华盛顿邮报》的报道上称卡洛琳·哈维尔的生日是 2002 年 5 月 24 日。”

哈利点点头。

“2002 年 8 月 2 日，茱莉说自己发现一个全身黑衣的男人站在她女儿的婴儿房里。那里洒满了汽油。要么是这人攻击了她，要么就是她自己摔倒，并受了严重的头部损伤，同时她也嗑药嗑嗨了，是消防队员把她从起火的屋中拖出来的。”

“但她没提到可能是谁干了这件事。”

“没错。检察官就是以那个事实立案的。茱莉遭到逮捕，并检查出可卡因阳性反应，这就决定了她的命运。那附近没有一个人看见黑衣男子或什么可疑的车辆。他消失了，或是打从一开始就不存在。头部受伤使她的记忆变得模糊混乱，她的长期记忆出了问题，不断地说一定有那样一个男人，但说到那里又实在想不起太多。我想她开始怀疑起自己了。我告诉茱莉，我们没有能证明那个人真的存在的希望，如果她说实话会比较容易。她说她其实想不起发生了什么事。我为她努力过了，我尽了全力，但希望实在渺茫。”

谈话陷入了僵局。哈利一口喝干第二杯威士忌，张嘴猛吸空气。

“也许真的有穿黑衣的男人？也许哈维尔那天真去了她家、找她算账？总之，茱莉·罗森和哈维尔的太太丽贝卡之间肯定是发生了什么。”哈利说。

我搓搓下巴，把那瓶温可乐举到唇边，想了想觉得这可能不是个好主意，又把它放回到桌上的一沓文件之上。我把哈利的推测思考了一遍。

“莱尼·哈维尔不会伤害小孩。当然我不能百分之百肯定，但我是这么判断的。他不是那种性格。你刚刚在法庭上看到巴克，觉得他眼熟吗？”我问。

“他是眼熟，我觉得我以前应该见过这人，但不确定。虽然过去很久了，但我记得有个人几乎每次茱莉上法庭都会出现。他从没和我讲过话，也没和茱莉讲过话。每一次他都是为了审判而来。我记得与他近距离接触过一次，而他在我还没来得及和他说上话前就离开了。现在想来，那一定就是巴克。”

“斯科特·巴克是艾米莉·罗森的父亲吗？”我问。

“这就是联系，他一定是。他一定认为那个黑衣男子是莱纳德·哈维尔。”哈利说。

这一次并非沉默主动入侵，而是我们各自沉入了自己的思绪，自愿让它降临的。只是这回，这种寂静并不纯粹。我能听到电视声。它的音量被调低，停留在新闻频道。我听见一名老顾客翻过他那份破烂报纸的一页，喝了口山姆亚当斯啤酒，并在瓶底撞击吧台的同时咂了咂嘴。

我的眼神越过桌子，看向哈利。他看起来很疲倦，在凳子上微弯着身子，沉甸甸地低着头，耷拉着肩。他已经不再年轻了，而岁月的流逝也对他产生了不少影响。如果没看到哈利的眼睛，你一定会以为他快睡着了。那双眼睛是红棕色的，因上了年纪变得浑浊，但十分敏捷。那双瞳仁短促且快速地漂移，仿佛并未聚焦在任何事物上超过八分之一秒便继续移动。因为我和哈利够熟，所以知道他其实没有在看任何东西：他在思考。就像看着计算机载入程序时盯着那个旋转的半圆，在几秒内存储、启动上千行代码。哈利的脑子就是在做这件事：他在脑中将推测跑过一遍又一遍，检验其中是否有所缺漏或不一致。

哈利开始无意识地揉着头顶。

“为什么是现在？如果我们没错，巴克为什么等到现在才对莱纳德·哈维尔犯的罪采取行动？”他自言自语。

我发现自己在抠可乐瓶上的标签，一块块地把它剥下来。

“我不知道，这可以有无限可能。”

“又为什么让卡洛琳活着？为什么不杀她？我能想到的唯一理由是：这其实和卡洛琳无关——是和哈维尔本人有关。这是某种游戏，艾迪。毋庸置疑。一切都不是表面看起来的那样。那个视频也许是伪造的，不知怎么进行过剪辑，我不知道，用电脑之类的吧。如果她还活着，你要怎么解释墙上那些血迹？”

现在轮到我往后靠，开始揉脑袋了。我用双手抹着脸。

然后停下。

“你可以像达拉斯·伯奇那样如法炮制。”我说。

“什么？”

“抽卡洛琳的血，用注射器模拟喷溅……”

我的话音渐弱。那天稍早曾有到的一个念头又跳入脑中、挥之不去。

“地下室地板上的血滴痕迹与伯奇的现场重建符合。”我说。

“所以？”

“所以，如果有人的喉咙被刀割开，导致动脉喷出大量血液而死，那么地面应该会有一大摊血。但是地下室没有这样的血泊，只有几小滴。哈利，我想卡洛琳还活着。”

“但为什么？”哈利不解。不过他很快就放弃这个问题了，而是突然一个向前，在张大嘴巴的同时，眼睛也猛然睁大。

“我们假设艾米莉·罗森是斯科特·巴克的女儿——我们假设，他和茱莉·罗森是交往关系。要是你太太是个无辜的女人，却因杀害自己的孩子受审、被判有罪，有什么复仇方式比让设计这件事的人亲自体验一遍更合适呢？”哈利问。

我点点头。确实合适。

“哈利，就是这个，一定就是这个。巴克要哈维尔也因为杀死女儿上法庭受审。就是为了这件事他才设计假的赎金交易，让它看起来像是哈维尔诈骗了保险公司。那让他有了动机。还有血迹。那个爆炸装置让情况看起来就像哈维尔试图毁掉犯罪现场。那场火、一切的一切，全是设计让哈维尔受审判，与茱莉·罗森的遭遇如出一辙。”

“但不是被定罪？为什么？”哈利又问。

我看着地板，想着艾米，以及我以为自己失去她时是什么感受。

“唯一比失去女儿还要惨的，是再失去她一次。你想象一下，你因为孩子遭到谋杀而受审，却有个神经病说她还活着，在他手上，如果你不承认一些你从未犯下的罪，那他就要杀死她。我想巴克一定会杀了卡洛琳，并让哈维尔为此而自责。即便哈维尔真能站出来忏悔，我猜巴克还是会下手。这才是最终极的复仇。”

“有病的王八蛋。”哈利很气愤地说。

我的手机在响。是哈珀。

“我们收到危机应变小组的消息，要在辖区分局设立一个事件调查室。特别指挥官想与你和福特法官谈谈。”哈珀说。

“我们不想和林奇谈。”我说。

她叹口气。“这件事我们得通力合作，即使我也觉得恶心得要死。我们需要你，而你也需要我们。我们要去突袭巴克的公寓，而且希望你们两位都在场。”

00:60

哈利一边吃着温热的比萨一边开车，我坐在他旁边，一边吃着比萨一边抱怨他的开车技术。他在超过两辆车的同时还往嘴里塞了一大块比萨，那大抵是这趟路程的一大亮点。总而言之，我们来到了分局，哈利停车，我们就这么走进去了。

调查局在二楼设立了一个危机应变总部，里面约有二十名探员，不是在送资料、打电话、用笔记本电脑工作，就是在将地图和照片固定到一块立于房间中央的玻璃上。华盛顿正拿着一支粗粗的橘色马克笔在玻璃上画时间线，而哈珀在向探员说明时间线接下来的方向。我在玻璃上看到哈维尔家的平面图，另一张平面图则是新罗谢尔火车站与所有相关人物的照片：莱纳德·哈维尔、苏珊·哈维尔、卡洛琳·哈维尔、彼得·麦考利、马龙·布莱克，以及一张上面画了个大红圈的斯科特·巴克的照片。

“谁给你的权力让你待在这里的？”一名身穿亮白衬衫搭配绿到恶心的领带的高大男性探员说。

“没人给我权力待在任何地方。”我回答，“又是谁给你的权力让你系这条领带的？那家伙真该被开除。”

“等等，他是我的人。”哈珀说。

高个子探员退开，可怜兮兮地看了一下领带，然后去忙自己的了。我们朝哈珀走去。

哈珀也不客套寒暄，而是朝她左边的一套桌椅示意了一下。我们坐下，她直入主题。

“马克斯·科普兰什么也不说；巴克也是，一个字也不讲。”哈珀说。

“巴克知道哈维尔在昏迷中吗？”我问。

“不知道，而我们想维持现状。谁知道如果他知道会做出什么事。我们得弄清楚巴克认为哈维尔做了什么，同时重新回溯我们的每一步，把卡洛琳·哈维尔案的一切重走一遍，这样我们也许可以找到她。”

“那这案子算是重启了吗？”我问。

“不算正式重启。我们是正式开始调查巴克。在接下来的10分钟里，我会申请对他公寓进行搜查的搜查令。我把你们两个都找来，是因为现在必须找出此案与茱莉·罗森案的联系。我们手上缺的正是这个，而时间不多了。”她边说边指向固定在我们上方墙壁的一个电子钟。钟上的数字正从11小时又4分钟开始倒数，已经过了将近一小时了。在我回到法庭前仍有3小时，可我现在还是什么都拿不出来。如果哈维尔无法对巴克忏悔，就得由我来做，并祈祷他愿意放走那女孩。

“告诉我你那边的信息。”哈珀说。

在这一小时剩下的最后4分钟走完前，哈利和我把知道的一切，以及怀疑茱莉·罗森案真正是如何发展的告诉了哈珀。

“没有任何关于这名黑衣男子的证据。茱莉躺在医院病床上、接受两名重案组探员审讯之前，完全没有提到过这人。通往她家的路上以及附近的地方，完全没人看到车或是任何符合描述的男子。茱莉被拘捕时嗑嗨了，这个黑衣男子的理论她一直坚持到审判。我告诉过她陪审团很可能不会相信。”

哈利顿了顿，强压住了威胁他声音的情绪。在我认识的律师、法官和警察中，唯有哈利真心相信司法系统；他必须相信。他曾身在其中 40 年。而在那段当律师的时间里，他从未背弃过任何一名委托人，没有误导任何一名警察，对法官和陪审团说出口的话永远是真相——他向来遵守誓言。

哈利清清喉咙，直直地盯着桌子。我看见他的眼泪几乎要从眼角流下来。

“即便那个黑衣男子是真的，你还是无法在法庭上证明这件事。你为案子努力过了，你做了正确的事。”我安慰他说。

“现在感觉不那么正确了。”哈利说。

我知道他是什么感受，我也经历过。有许多职业是这样，只要做好自己的工作就会对他人造成非常大的伤害，而律师就是其中之一。

哈利试图说点什么，但从喉咙深处涌上来的情绪不允许他这么做。他擦擦眼睛。罪恶感、愤怒、悔恨——你想怎么称呼都行——犹如黑色的爪子，开始撕扯着哈利。

我代他继续对哈珀讲话。

“大家都知道哈维尔会维护自己在外的正义形象，但我不相信他会刻意伤害孩童。他有某种奇特的道德感——他很可能杀了茱莉，但对伤害孩童的念头十分排斥。我对他的解读就是这样的。”

“这我相信，”哈珀说，“但他为什么要攻击茱莉·罗森？”

“我们不知道。我也不相信他干过这种事，应该还有更深层的原因。”我说。

我翻开警方对丽贝卡·哈维尔自杀做的报告，找到遗书那页递给哈珀。她慢慢读着，目光扫过手稿时，指尖掠过嘴唇。

“所以茱莉和丽贝卡做了某件事——某件很糟的事。也许哈维尔发现了？我觉得这很有可能。你觉得茱莉和丽贝卡做了什么？”她问。

“我毫无头绪。说到关联，我们认为巴克很可能是艾米莉·罗森的父亲，也许他试图栽赃哈维尔。”我说。

“关键在丽贝卡·哈维尔身上。你有什么想法？”

“我还不确定。我必须先看到丽贝卡的病历。我处理过几起自杀事件，大多案例里的人先前都会有精神方面的问题。通过丽贝卡·哈维尔的遗书，我可以肯定这对姐妹之间发生了某件事，而我认为那得追溯到很久之前。也许会有咨询记录，或某些可能提供给我们一点解释的东西。如果哈维尔就是黑衣男子，我们说不定能找到真正的原因——绝对是因为丽贝卡，一定和她有关。”

“要拿到她的病历不会太容易。”哈珀说。

我从我的档案里拿出一份文件给她。

“她的直系亲属就是莱尼·哈维尔。这是哈维尔签署让我有权代表他行使权力的文件。这应该足够了。”

哈珀喊来一名年轻的男探员，叫他去拿丽贝卡·哈维尔的病历——即使这表示得把该死的医生从睡梦中叫醒。哈珀手机来了一通电话，她接了起来，又挂掉。

“是林奇，他在协调搜索区域，同时也给我们弄到了巴克公寓的搜查令。”

00:61

道奇车塞不下所有人，所以我们坐上一辆暗灰（或蓝色）的福特维多利亚皇冠车，在街道上奔驰，前往巴克的公寓。一路上都是警笛和警察。我坐在后座哈利旁边，华盛顿与驾驶座的哈珀一起坐在前排。哈利并不想一起来——我知道。但他没有说出口。因为时间的关系，华盛顿坚持我们同车过去：假使公寓里有什么可能与茱莉·罗森或哈维尔案相关的物品，华盛顿必须马上知道。哈利是唯一认识茱莉·罗森的人，而我对两案都有基本了解。但联邦调查局想要的不是我，他们要的是哈利。

我之所以会在这辆车上，唯一的理由就是哈利的坚持。另一辆维多利亚皇冠车身颜色也同样暧昧，车跟在我们后面。那辆车上有两名作为先遣队的联邦探员，皆是三十几岁、浅色头发的白人男性。他们都戴着太阳眼镜，穿蓝色 T 恤加蓝色牛仔裤。其中一人叫贝克，另一位叫艾伦。联邦调查局的组成就是“用脑的、酗酒的和踹门的”。我猜贝克和艾伦是最后面那类。第二辆车后排坐着名叫基德的法医鉴识人员，是个戴着眼镜、身穿珍珠酱乐队[①]T 恤的小个子。我转过头，看到贝克——但他也可能是艾伦。他一边努力跟上哈珀，一边在方向盘后面挣扎。

“你应该知道，假如检方决定重审哈维尔，你让我跟着一起来很可能会给他们造成严重的问题。”我说。

前座的华盛顿调整了一下姿势，转头对我说话。

---

① 珍珠酱乐队（Pearl Jam）的前身是母爱如骨乐队（Mother Love Bone），成立于西雅图。

“我现在不担心哈维尔的审判。我们的技术人员检查了巴克在法庭上播放的视频，说那要不是他们这辈子看过最强的假货，就一定是真的。此时我们在讨论的假设是卡洛琳可能还活着；那样最好。如果这是骗局，其实除了加了点班之外，也没什么损失。”

我们停在距离分局10分钟车程的一栋小公寓外面。维多利亚皇冠车跟着我们停在右侧，车上的人迅速下来，在我们之前抵达了建筑物。我下了车，环顾四周。这个区域虽不差，但也不算好。与公寓位于同一街区的，还有一间便利商店，一家墨西哥餐厅，以及一间酒吧。我在对街看见一所学校，附近还有座公园。建筑本身看起来没那么老，很可能是90年代早期建起来的。哈利和我跟着华盛顿与哈珀进入门厅。

黑黄色瓷砖以Z字形铺在地上，墙上则是单一的白色。一张无人值守的安保桌摆在一排电梯门对面。我们面前的那扇双开门一定是通往楼梯的。贝克、艾伦和基德等在门厅。

“他妈的这栋大楼的管理员跑哪儿去了？”华盛顿问。他用手机打了电话，似乎是没得到回应。

“73号房在8楼。要我说，我们就直接上去吧，去他的管理员。”哈珀说。

华盛顿一点头，贝克和艾伦便领命冲上阶梯，他们已抽出随身武器，放低拿在身前。基德与我们剩下的人则留在门厅。

“我才不要爬楼梯到8楼。”哈利说。

我点点头。

“我们坐电梯，先等先遣队到门前待命。”华盛顿说。

我按下按钮等电梯来，确认了一下时间。

华盛顿的皮带上有一个小小的黑色无线电接收器。我看见他从大衣里拿出一对耳塞式耳机，将其一端插进接收器，另一端放进耳中。

“呼叫，华盛顿，指挥编号……”然后他念出了某种标准无线电代码，与贝克和艾伦连上线。我瞥了瞥左方，见哈珀也做了相同动作。

电梯来了。哈珀走进去，将门挡着。

联邦探员爬得越高，靴子踏在阶梯上的回音就越小。

我环顾走廊。两台监控设备高高地架在墙上。其中一个在东北角，位于安保桌上方，另一个在西南角。我上前绕过安保桌，来到后方那扇门，试着转了一下门把手，发现是开着的。里面有个置物架，一个拖把，一个水桶，看起来最近都没怎么动过，此外还有一张桌子，上面堆满用了一半的清洁用品。除了这些，房间里再没别的东西了。

我走出来，关上门，走向钉在电梯旁边墙上的亚克力大楼平面图。消防门和集合点在平面图上用红色标示着。

8 楼有好几间公寓，同时也是顶楼。75 号公寓涂成了绿色，我检查了一下钥匙，发现那是大楼管理员住的公寓。根据平面图，管理员就住在 73 号对面。

“管理员的公寓在巴克的公寓对面，只隔着一条走廊。”我说。

华盛顿走到电梯这里加入我，也确认了平面图。他点点头，再次尝试用手机联系管理员。还是没有回应。

一阵柔和的杂音嗡嗡作响。华盛顿将一根手指放到耳中的接收器旁。我猜先遣队已到达巴克的大门外了。

华盛顿按下麦克风的按钮，说：“我们没联系到管理员，很难正常进入，直接上。我们要上去了。”

电梯缓缓上升时，里头播放着排笛版本的《爱在电梯中》[①]。没人说话。基德在他的铝制行李箱上拍出节奏，但有点抢拍。站在我旁边

①《爱在电梯中》，史密斯飞船（Aero Smith）1989 年发行的歌曲。

的哈利搓着下巴，仿佛有一股力量落在他身上，正缓缓将他压垮。哈珀和华盛顿交换了个眼神。他们必须寻得此案的突破点，带他们找出躺在水泥墓穴中、几近饿死的 17 岁少女。他们极度绝望，我甚至能从他们身上嗅到那股气味。我也理解为什么。因为，假使我们在这间公寓中什么也找不到，那么调查局差不多也没辙了。没有任何其他的线索，而时间在持续流逝，纵使哈珀有一万兵马，他们也无法及时找到卡洛琳所在的位置。

我别开打量他们的眼神，在电梯一路上到顶时注视着黄铜楼层显示灯闪烁又灭去。

电梯门打开，迎面是一条明亮的走廊。左边有另一对双开门，只要拉开门把手就能直通天井；右边则是一条长廊，通往两侧都是公寓的走廊。我见到贝克（也可能是艾伦）站在 73 号公寓大开的门边。探员正在等华盛顿。我们来到巴克公寓打开的门边时，我看到那名探员背心上的名牌写的是贝克。他的武器塞在皮套中，两根拇指穿进牛仔裤皮带的孔眼。

贝克说起话来带着软软的南方口音，这能降下他说话的速度——南方腹地的人很少有讲话飞快的。他说：“确认安全，看来他知道我们要来。”

00:62

那是白原市常见的公寓类型，虽然小却干净，且受到悉心照料。天花板上只亮着一盏明亮的电灯泡，四壁覆盖着奶油色的壁纸，上头隐隐有着水平条纹；地上有一条薄薄的米色地毯，左边是一个整洁的厨房区域，前边的地板中央有一张沙发，厨房对面则是一张单人床。床左侧的那扇门后一定是浴室，而整个空间很可能只够放个马桶和淋浴处。床的右侧有一个书柜，看来是此处唯一的娱乐来源。

只有这些了。

没有电视，墙上也没有挂画。

室内陈设非常贫瘠，但从现实层面来讲，这里也没有多少空间再做陈设。

贝克和艾伦已慢慢将此处彻底翻过。打开碗橱、清出内容物，翻过沙发，搜遍书柜。艾伦找到一张像书签一样插在精装书内的纸，他小心翼翼地打开，开始看起来。

此时我们已全数进入这栋小公寓，而里面并没有太多空间容纳身躯。我移到艾伦旁边，越过他肩膀看起来。这封信是写给茱莉·罗森的，与丽贝卡·哈维尔的遗书出自同一手笔。

茱莉：

我犯了错。我以为能相信你。你答应了我，却撒了谎。但你是对的，我不是个好妈妈。很抱歉我做了这种事，我希望你也觉得抱歉。

再见。

贝卡

我对这封信感到迷惘。这些字句有如老屋中的鬼魂，在我脑袋旁晃悠。

华盛顿点点贝克的肩膀。“你说你觉得他知道我们要来？”

“对，你看看。”贝克暂时放下撕开沙发的动作，走过我们身边，一把关上前门，再回到沙发旁。起先我没注意到。我站在华盛顿旁边，再过去就是厨房；哈珀和哈利站在公寓门的对面位置，在床的前方。

在华盛顿开始往前朝门走去时，我终于看见了。

门后面有什么东西。是一排字母，用尖刀刺进上过漆的朴素木头，每一笔都用刀刃重复刻划了数次，使之散发出一股疯狂的气息，好像每一个字都是用爪子划入木头之中的。

是信息。给我们的信息。

你们永远找不到她。父亲必须先承认自己犯下的罪行。

华盛顿抽出手机，按下屏幕上的一个按钮，一边把手机拿到耳边，一边慢慢走过去站在门前。他用手指沿着字母描绘，在碎木刺到手时猛地缩回来。

“他做这件事时那个该死的大楼管理员绝对能听到。这人他妈的跑哪儿去了？”而这位管理员第三次还是没接电话，于是华盛顿边说边将手机拿离耳边，怒气冲冲地看着它。

“嘘，安静。”哈珀说。

所有人都停下了动作。华盛顿正将手指按着自己的嘴唇，他靠近门旁，鼻子几乎碰到门。我猜他可能是想推敲用来刻字的到底是哪种刀子或是器具。

“你们听到了吗？”哈珀问。

“我听到了。”基德说，并放下了公文包。

我们聆听着。我不知道要听什么，但接着就听到手机的铃声，十分微弱。我努力不弄出任何声响，缓慢地朝声音的来源移动。似乎是从门那边传来的。

华盛顿挂了电话。

声响立即停止了。

那一秒同时发生了很多事。哈珀、华盛顿和我刹那间得出的结论是：声音来自管理员的手机。我之所以知道哈珀和华盛顿也意识到了，是因为他们两人立即拿出随身武器，而哈珀朝门那边迈了一步。手机很可能在他的公寓中，在这条光线明亮的走廊对面。

意识到管理员的手机很可能在他公寓中的瞬间，我得出了三个结论：

第一，管理员十有八九已经死了。

第二，华盛顿站到门前检查信息的举动正合斯科特·巴克的心意。

我还来不及将第三个结论整理好，华盛顿已在一团碎木烟云、噪音与灰尘中向后飞过我身边。血与光在他被打伤的胸口炸开，那是来自门板正中央一个 10 厘米的洞发射进来的攻击。

00:63

唯有处于出乎意料的暴行带来的漫长痛苦中，你才能真正认识一个人，也才能够得知，他们最底层且原始的一面是什么样的。华盛顿的身体撞上已被翻过来的沙发，将它撞倒。沙发落定之前，哈利已跪在华盛顿前面，拿了个抱枕压住他胸前的洞，土耳其蓝的沙发抱枕转瞬间变成了红色。

同一时间，贝克和艾伦在小小的厨房区后面蹲下，寻找掩护；基德伏地，用四肢匍匐着朝哈利和华盛顿爬过去。

哈珀则完全是另一种表现。她一手拿枪，另一手向前伸，打算抓住门把手、打开那扇已被摧毁的门。

而我呢？我在思考。我推测，无论藏在管理员公寓门板另一侧、看着贝克和艾伦进来的人是谁——他都看见了我、哈珀、华盛顿、哈利和基德随先遣队进入巴克的公寓。门上的大洞只可能是由霰弹枪造成的。因为没听见新一轮子弹上膛的声音，推测应是莫斯伯格镇暴霰弹枪，这个型号能做连续射击。

一发子弹，贯穿门板正中央，并毫无偏差地打中华盛顿的胸口。门上的洞往上 20 厘米可见一个窥孔。我想象着开枪者透过管理员门上的窥孔看着我们走进公寓。

而当他拿着霰弹枪从对面的公寓走出来时，也能在走廊上利用巴克门上的窥孔进行观察。巴克公寓天花板上的白热灯泡将成为唯一一点微弱的光源。当那个光源熄灭时，就表示有人站在门的正前方，挡住了光。

开枪的完美时机。

哈珀举起了枪，做好准备，只要一打开门就会迅速切换为射击姿势。但是开门只会造成一种结果：开枪者仍在该处，等待着另一个目标。

我不能喊出声音，那将成为告知开枪者的有利暗号。

我们面对面站在公寓两端；门在我右边、哈珀的左边。如果要救她，就得俯身穿过开放区域，也代表必须俯身通过下一发破门而来的子弹的路径。

我蜷起身体，小腿肌肉发力，准备压低身体用力一跃，过去抓住哈珀的膝盖，在开枪者轰掉她脑袋前把她扑倒。

但我没有跳起来。

因为不需要了。我眼中所见的一切哈珀也看见了。我很清楚。因为她将身体紧贴墙壁，调整武器角度，对着门板的头部高度位置打空了一个弹夹。

门中央出现了更多的弹孔，而我看到贝克、艾伦和基德仿效哈珀。那声音简直震耳欲聋。三支枪械在封闭空间激烈开火，将木头打成碎片。我伏到地上，捂住耳朵。

弹夹从他们的手枪中掉出来，三人再以流畅的动作换上弹药满满的新弹夹。我瞥了哈利一眼，见他满脸忧虑。他正以全身的重量压在华盛顿胸口，努力为他止血。

华盛顿毫无反应。

我放下手，耳中鸣响不已，仿佛有个修道士在我脑中敲响教堂钟声，实在太痛了，以至于我站起来时身体甚至在摇晃。

公寓门是开着的。

而哈珀不见人影。

00:64

我在跟上她之前，见到贝克和艾伦去帮哈利。其中一人对华盛顿说话，另一人也帮忙对伤口加压；基德打了电话联系支援和急救人员。

“探员受伤，胸口遭霰弹枪击伤，急需医疗援助。”基德说。

门是朝哈珀那侧打开的，因此我利落地穿过门口，背往墙壁一贴，好将走廊看得更清楚。

看不见哈珀，也看不见任何人。

我等了一会儿。

没有开火的声音。

接着我便听见哈珀的大声咒骂。我继续压低身体，快速移到走道上，注意着四面的动静。左边没有东西，只有空荡荡的走廊。我看到正前方管理员的公寓。他的门打开着，人正坐在一张扶手椅上，面对着走廊。

他死了，深色污渍浸透了他的上衣，头往后仰，露出喉咙上以刀切至见骨、几乎斩首割断的巨大切口。他的双腿、腹部与下巴下方都有弹孔，显然是死后造成的，而且是来自探员打穿门的子弹。我检查了一下右边，见到了哈珀。

她站在通往天井的那扇双开门前，仍在咒骂。我看到她举起了枪，接着又用力朝门上一敲，发出金属的撞击声，再无其他。我朝她跑去，看到门上有个 U 形闩锁，将两扇门的门把都锁住。那看起来像是个摩托车锁。一根马蹄状的铁条穿过两扇门的门把手，一根横在下方的铁棒将之锁住。

哈珀又敲了一次。

“那该死的混账锁了门、坐了电梯。”她说。

她退后，狠狠踢门。门一动也不动。不管对我们开枪的是谁，一定事先按好了电梯，并在开枪前就将锁扣在了门上。

哈珀再次咒骂，又低下头粗重地呼吸。

她跑过我身边，而我知道她要去哪儿；我在门厅的大楼平面图看到过。我跟着她，还差点撞倒贝克；他正好从巴克的公寓冲出来。

“逃生梯。”哈珀喊着。

贝克和我跟着她进入管理员公寓，经过他的尸体，看到她在窗户前面将一把椅子高举过头。窗户玻璃上已经有了两个弹孔，在高高的角落里。因为刚才的无差别射击，这里有更多的碎片。椅子飞过窗户，击中逃生梯的铁扶手，翻过去落到街道上。

哈珀一脚踏上窗沿，跳上锻铁制的黑色逃生梯。那是一片坚固的黑色铁制平台，有着金属网眼结构。她轻盈落地，贝克也一脚踩上窗沿，打算从破掉的窗户中跳出去。

他在半空中的半秒间，一阵恶寒与惊慌如一桶冰水冲击我的颈后。

这也是开枪者计划好的，这一切都是。

他知道我们会去巴克的公寓。他计划杀死管理员，计划埋伏等待我们，计划锁起通往天井的门，射出那发将门打穿的子弹，利用电梯逃亡。

我正要倾身出去警告他们，意外却在这时发生了。贝克落上逃生梯的瞬间，这块平台区域就在金属与金属碰撞的刺耳声响中扭转。贝克低低地朝我的方向往后弹，头撞上砖墙、消失了踪影。整个平台沿着对角线翻转，这表示当贝克往下坠时，哈珀所在的区域将往上，把她高高抛起，然后朝着和贝克一样的方向飞去。

我抓住破窗的窗框，试图对哈珀伸出右手，而此时窗框上残留的碎玻璃插进了我的左手。

我身后传来急促的脚步声，是艾伦（或基德），他很快就能来到我的背后。

我抓住哈珀外套的袖口，她用右手抓住我的手肘，但贝克压斜那层平台的力道之大，也代表哈珀承受着极强的冲击力，我无法阻止她撞上窗户右边的墙壁。她往下滑，但我紧紧抓住了她。

由于窗框剩下的玻璃碎片割伤了我的手掌，我的手滑溜不已。我只能努力撑住。

但当哈珀的手滑落到最底时，我再也撑不住了。

窗框断成两截，哈珀的重量直接将我扯出窗户，头朝下脚朝上地往下坠。

00:65

我的大腿和膝盖擦过窗框底部凸出的玻璃碎片，我感到裤子被撕破，一只鞋子掉了。很可能是艾伦或基德最后的奋力一抓，却只成功脱掉了我的鞋子。

哈珀双脚落地，摔在我们下一层的铁楼梯上。落下的冲力让她一路下坠，背狠狠撞上梯子。

我低下了头，闭上眼。

我的肩头先落在某个东西上，腿才摔落地面，脚跟再以骇人之力撞上铁梯。我的左脚没了鞋，失去鞋跟当缓冲，使得撞击力道变得更重。那股痛楚沿着腿直冲而上，灌入我的小腿。

疼痛很好。

那表示我还活着。

我转身看到自己落在贝克的腹部，立刻四肢伏地爬起身。哈珀在上一层的梯子上张嘴呻吟，每个跌落一层楼并掉在一道铁梯上的人都会如此。她承受了非人的疼痛，但还活着。

贝克死了。他的脑袋几乎塞到了右肩下方，应该是后脑勺撞上砖块时折断了脖子，再穿过楼梯平台继续跌落。

我体内涌出的肾上腺素开始消退，渐渐感到双腿如火烧般疼痛。我低头一瞥，疼痛因而加倍。我的大腿被玻璃扎得千疮百孔，我垂手将裤子撕破的地方掀开，立刻看到实际状况有多么糟糕。在那个瞬间，我的手也开始灼痛。我转转手腕，在掌中见到一片闪烁发光的碎玻璃。

突然，我听见一辆车驶过的声音。我下方有引擎加速、轮胎尖声呼啸与喇叭的声音。我往下方的街道看去，唯一看到的景象是一对车头灯消失在远方，朝着高速公路的方向驶去。是袭击者，他逃走了。

但是该死的，那家伙是谁？

另一个声音使我看向反方向：有人在敲玻璃。我转过身，见到一对老夫妇站在他们公寓的窗边，瞪大眼睛注视外面的我。我们正在7楼。

我听见哈珀再次出声咒骂，我也出了声。

但我并非和她一样说出什么咒骂之词。

我在心中发誓。

对贝克，对华盛顿，对哈维尔，对我自己。

我发誓，等我找到要为此事负责的家伙，我会亲手把他们送入棺材。

接着，痛楚消散。我重新找回了自己的呼吸，发现艾伦和基德在我上方朝下大喊，问我们情况如何。我无视他们。我无视用鞋子狂踢楼梯、挫败怒吼的哈珀。我无视身上的痛。

我的心思正飘向其他事情——丽贝卡写给茱莉的信。我开始对那封信真正的意思有点头绪了。

00:56

我们在现场用掉了整整一个小时。

联邦调查局的资深人员将这里挤满。司法部门的那个老间谍也抵达了现场：亚历山大·柏林。他的棕发剪得短短的，蓝西装、白衬衫、红领带，但我看不出塞在他臀部的那根棍子是什么色。我猜那玩意儿的年纪至少和他一样，说不定都要 70 岁了。

林奇和柏林带着些许窃喜，花了整整半小时抨击哈珀、基德和艾伦，无视了他们才刚经历过枪林弹雨、哈珀的搭档当胸遭霰弹枪轰中、以及她背上的瘀青可能伤及至骨。

林奇和柏林唯一在乎的就是他们带上了两个平民——具体来说就是哈利和我——不但涉入一桩进行中的调查核心，更直入枪战之中。贝克探员殉职，华盛顿正在生死的关口挣扎，外加一名平民死亡——也就是管理员。真是把事情搞得一塌糊涂。

调查局的人在管理员床下找到一把乙炔喷焊枪及一台角磨机。那该死的王八蛋烧毁且切断了逃生梯顶部平台铁架对角线两端的铁支架，只留下支撑杆，让铁丝虚晃一枪地挂在原处。单单哈珀的重量并不够，可是，一旦贝克的靴子踏上那层平台，最后几根铁丝就会断裂，整个平台会猛地弹起变形。

他早就计划好了。

所有监控设备的视频早就被抹掉，街上也没有监控；没人见到车子从建筑离开。

我们连个屁都没有。

天井的锁剪开后，我坐在刚刚摔落的地上，裤子脱至脚踝处，让急救人员在我大腿的割伤处贴上免缝胶带。我手上的绷带感觉很紧，对方已尽可能将玻璃都挑出来。接着，他在我两条大腿上各敷了两块棉片，再次要我随他前往医院缝合手上的割伤，我也再次拒绝。于是，他给了我一些止痛药，让我直接吞下去。

柏林的大声责骂被手机来电声打断，他走进巴克的公寓接通电话。我没有听到他和哈珀全部的对话，有一部分内容他是把她带到旁边讲的。

柏林总算走了，哈珀也卸下了伪装。她也拒绝前往医院。但现在，我看见她脸上的痛苦。她慢慢用双手盖住了头，伸展着背部肌肉。

在做这一整串动作时，她像个码头工人那样破口大骂。

“现在怎么办？”我问。

她看了一眼手表，我也看了我的。在必须回到法庭前还剩不到两小时。

“总之，什么都不要说、什么都不要做。”她说。

哈利拿着四瓶装在纸袋中的水走下楼梯，递给我一瓶。哈珀和基德拒绝了递到他们手边的水。哈利把瓶子放在地上。他弯下身时，注意到自己袖口上的血渍与西装上的斑斑血迹。他从口袋拿出一条手帕，在上面倒了点水，拭去脏污。

“有华盛顿探员的新消息吗？”他问。

哈珀没有看他，只是摇摇头。她看着地板，双手撑在臀部。

“我现在要去急诊室，待在这里我也没办法做什么。”艾伦说。他和基德分别与哈利和我握手，之后离开。

“哈珀，发生什么事了？告诉我。”我说。

“从现在开始将是柏林的一人独秀时间。林奇让他加入进来，而目前为止，他们认为今晚的枪击事件与卡洛琳的案子无关。”

“你在跟我开玩笑吧？”哈利说。

“他认为斯科特·巴克满口胡言，是故意玩游戏，耍哈维尔。联邦调查局的官方立场现在改变了。由于没有与此相反的可信证据，因此我们的立场就是：卡洛琳·哈维尔已经死了。我们仍将马龙·布莱克和彼得·麦考利当作绑架杀害她的共犯，积极追查。”

“你觉得袭击者是他们之一吗？”我问。

“也许。问题在于，我们现在要追的是袭击者，不是卡洛琳·哈维尔。”

“这到底怎么了？我还以为调查局已经重开此案了。”我说。

“案子是华盛顿重开的，但他已经不再是这个案子的调查员了。这就是政治。你有发现代表联邦执法机构签下巴克那张豁免协议的人是谁吗？”她问。

“没有，我没看到。”我说。

哈珀指着巴克公寓打开的门。“帕特里克·林奇。他是负责人，而他不想这种事情留在自己的记录上——也就是促成让绑架谋杀犯逍遥法外的协议。他们之所以签下协议，是因为林奇认为巴克会终结掉哈维尔。我们都知道这件事最后会怎样。所以，所有探员目前都在追马龙和麦考利。柏林现在要去找巴克谈话。如果巴克不和他谈——而且他也很可能这样——那么柏林可以说他已彻查过巴克的可信度。如果她仍活着，却在接下来的8个小时死亡，柏林和林奇的双手依旧会干干净净。每个签下那个豁免协议的执法官员都会祈祷卡洛琳真的已经死了；他们不希望她被找到。”

“你打算怎么办？”我问。

“直接回分局看看有没有办法进急诊室。”

我的手机在口袋里嗡嗡作响，我抽出来，没认出号码，但还是接了。我接了电话，谢过来电者，并且挂掉。

“哈利和我需要搭个便车。”我说。

“去哪儿？”哈珀问。

“医院。莱尼·哈维尔刚刚醒来。”

00:67

在我们上车前，哈珀说服一名急救人员给她一剂肌肉松弛剂和止痛药。10分钟后，她就像没事人一样，还坚持要开车，说自己好得很。哈珀让我想到刚承受过强烈撞击，却坚持靠用药拼完全场的四分卫。该死，她真够了不起的。在我说话的同时，她驾着车疾驶在白原市夜半的街道上。哈利坐在哈珀旁边，而我坐在后边，好在我可以在等待止痛药发生效用时伸直双腿。

我们朝市中心驶去，坐在维多利亚皇冠车里于街道之间穿梭。当第一滴舒缓疼痛的药剂开始作用于我的身体时，双腿割伤与手上传来的灼热刺痛感开始减轻。途中没人说话。我想哈利和哈珀大概也和我一样麻木。然而，这辆车中依旧有希望。唯一可能知道真相的人刚刚回到游戏。现在可以说是卡洛琳·哈维尔最需要她父亲的时候。

我们停在医院外面，靠着对安保人员亮出徽章的哈珀，我们快速从急救人员入口进入急诊室。进去时，我们讨论起该如何掌握和哈维尔沟通的分寸。

“也许我们不该把发生的所有细节都告诉他。我们可以谈谈斯科特·巴克，试图找出我们需要知道的线索，但不要告诉他巴克说自己抓了卡洛琳，而且她还活着。万一巴克说谎，或者更糟——他说的是真的，结果我们无法及时找到她……这人才刚试图自杀，如果他发现她还活着，却又再一次失去她……”

他们两人点点头。一名医院护士带我们上了一层楼，我们轻而易举地在一条苍白的长走廊中找到哈维尔的私人病房：唯一有狱警和警察在外站哨的就是他的病房。

哈珀的徽章又一次让我们顺利进入。

放在床头柜上的惨白桌灯照亮了病房。那盏灯弯着身，简直像要倒下一般。电灯泡射出的尼古丁色灯光使哈维尔看起来更糟。他的前额冒着汗水，而我实在不知道他的皮肤究竟是真的泛黄，还是黄色的灯罩害的。他喉咙上有块约烟盒大小的可黏式纱布，双手手腕缠了厚厚的绷带。他处于深度睡眠中，稍微翻了翻身，试图转头，但纱布妨碍了他的动作，使他停下来瑟缩了一下。哈维尔闭着双眼，过了一会儿，开始轻轻打鼾。

我听到手铐的声响，见到一副闪亮的镣铐扣着哈维尔的脚踝——一端在右脚，另一端连着病床扶手。如此的过度与不必要，一如美国刑罚体系中大部分的规定。

“他要醒了。”哈珀说。

我们靠近床边，我看着哈维尔挣扎着想要醒来。似乎为了给他止痛，医院为他注射了强效药剂。

“莱尼，是我，艾迪，我和一个不错的联邦探员与好朋友一起过来的。你能说话吗？这件事真的很重要。”

“没成功。”他说。

他的嗓音听起来像在拉生锈的锯子。我握住他的手，小心不碰到缠着绷带的手腕。

“我很高兴没成功。发生了件事，审判改变了，乔治·范迪克不是……”

“老天，可怜的乔治。他怎么样了？”哈维尔字字都说得十分挣扎。

“他不叫乔治·范迪克，他一直在骗你，莱尼——骗了很多年。我认为他和卡洛琳的失踪脱不了关系。他真正的名字是斯科特·巴克。你对这名字有印象吗？”

“什么？”他立起手肘，试图把自己撑成坐姿，双臂却在床单上滑开，头往后一倒，发出痛呼声，脸皱成一团。

“慢一点，我只是想知道这个人是谁，还有他和你，或是你过世的太太丽贝卡之间的关系。”

哈维尔脑中思绪翻涌，眼神变得更清明，脸上表情更活跃。他说话的速度变快，而且极为清晰，只是喉咙依旧沙哑。

“我知道那个名字，我记得，但从没见过那家伙。那是我最后一次去阿富汗。当我回到家的时候，我已经攒够了开公司的钱。丽贝卡怀了卡洛琳，她的妹妹茱莉当时也怀了孕，而丽贝卡给了她一些钱，把怀孕的她安顿在镇外一间租来的小木屋里。”

他突然一阵咳嗽，脸上因此流窜过新一波的痛苦神情。我拿了一杯水递给他，他用吸管啜着喝。喝够之后，他舔舔嘴唇继续说。

“我不认为我们能负担得起，但贝卡坚持至少要帮茱莉到这个程度。她的妹妹有些问题，而这是她第一次有好几年不碰毒。我的太太认为在她妹妹怀孕时给予支持很重要。不但是为了茱莉，也是为了孩子。我想贝卡是害怕要是没有任何帮助，茱莉又会开始嗑药——又要和她那些老朋友混在一起。”

他想多说点什么，但喉咙撑不住了。我再次递给他水，但他挥手拒绝，暂停了一会儿才继续说。

“有一天晚上，贝卡打电话给我，当时我在基地。她告诉我，茱莉以前的男友斯科特·巴克又回到她生活中。贝卡很怕那家伙，他的到来是个坏消息。曾有一次，贝卡把茱莉从巴克的公寓拖出来，因为他揍茱莉。总之，我说我会找些人去照看那房屋一阵子，也许还会和这个叫斯科特·巴克的家伙谈谈，确保他不越雷池一步。”

哈维尔陷入沉默。他的嘴巴很干，舌头也无法再湿润嘴唇。我又给他另一口水，他只喝了一点，但也足以润滑喉咙了。

“她不想那样，她说那最后会害到自己，所以我就没那么做。一个月后卡洛琳出生了，两个月后，我回到家，初次见到我的宝贝女儿……我们的奇迹……医生……医生说我们没办法有孩子的。她是那么的美丽。”

这些话撕扯着他，犹如撕扯着他的缝线。

“茱莉又发生了什么事？”

“我不知道。当我回来时，她已经进监狱了。贝卡和她完全切断了联系。再次听到她的名字是在贝卡留给我的字条上，就是她……她……她自杀之后。我猜，对于茱莉发生的事，贝卡心中有一部分是自责的。我想她觉得自己应该可以做得更多，这样一来，也许可怕的事情就不会发生，她的侄女就还能活着。”

“你也不知道茱莉和丽贝卡是吵架还是决裂了，是吗？”

“我不确定。贝卡告诉我斯科特是艾米莉的父亲，但即便如此，她也不希望他出现在茱莉周围。也许她们是为此才吵的？我无法确定。她不喜欢谈这件事。抓走卡洛琳的人是斯科特吗？”哈维尔问。

“我认为是，我们正在调查。斯科特·巴克似乎认为你必须对他身上发生的某件事忏悔。你知道那可能是什么事吗？”

他摇摇头。

我们又多谈了几分钟，直到他不敌睡意。然后，我们便静静离开病房。

“我们必须在一小时内回到法庭。”当我们离开医院、朝车走去时，哈珀说道。

有些什么在啃噬我的大脑。我是这么靠近真相——我现在还是如此认为——而且我又一次对真相“惊鸿一瞥”——但接着这些思绪再次飘飞远去。时间差不多要用完了。

回法院几乎没花多少时间。我看得出哈珀和哈利跟我一样精疲力竭。一同走向法院入口时，他们在人行道上拖着双脚。大部分建筑都笼罩在黑暗中，门厅的灯只亮了一半。林奇在门口等着，交叉双臂，一脸怒容。

我突然停下脚步，哈利和哈珀又拖着脚多走了几步，才发现我没跟上他们。

他们朝我转过头。

一路上哈维尔说的那些事不停地在我脑海中翻滚。

我脑中那团迷雾终于开始消散。我有一个猜想，一个能把这一切合理化的推论，但我需要证据——一个能拿给斯科特·巴克看的东西。

“我想我知道发生什么事了。卡洛琳还活着，我可以找到她的确切位置，但首先，我需要一些东西。”我将我的车钥匙丢给哈珀。

“带上你最强的技术人员，找到我的车。希望他们可以在那件衣服上弄出点名堂。”

“什么衣服？”哈珀问。

“我的衣服，那件上面沾满了莱尼·哈维尔的血、被我放在汽车后备厢的衣服。不过不只需要那个，我还需要一些文件，以及得和技术人员沟通一下。”

“到底是什么？”哈利追问。

“我还不是很确定——目前为止，这还只是推论。”

“那这么做又怎么能让你知道卡洛琳被关在哪里呢？”哈珀问。

“这么做没办法让我知道，这只是我的武器。我一拿到那些文件和衣服上的结果，我就要质询斯科特·巴克。他想要听人忏悔，我就向他忏悔——然后就要换我听他忏悔了。”

00:68

我把纸张折起来，收进牛皮纸资料袋中。丽贝卡病历里的资料与精神疾病或忧郁症没什么关联。她在 2002 年换了内科医生，而她的新医生认为她可能有产后抑郁症。几年后，丽贝卡告诉医生，女儿和她之间有“情感联结问题”。在这件事上没有更进一步的记录，唯有一张只开了一次的抗焦虑药物处方笺。我从头到尾读了 20 分钟这份档案，再将它带到一号法庭的辩护席，并在其他人进来前静静地再读了一遍。直到我将它合上、双手放在上方、闭上眼睛，我才能真正确定这么多年前究竟发生了什么事。档案里没有太多有关联的内容，感觉薄弱且不真实，但它会起作用的。我不断告诉自己手边有足够的工具，那份档案就是我射向巴克的子弹。也许有些会打歪，有些会让他痛，但若缺少任何一个，都不会起作用。

在过去的 10 分钟里，法官、陪审团及证人鱼贯进入法庭，我不断在心中对问题进行排序：要用哪一个开场？要把哪一个留到最后？

我清楚地意识到自己的呼吸频率，刻意将一切放慢，这使我的心跳速度降下，胸膛动作放慢，期望这么做能缓下我脑中由信息与问题组成的龙卷风。

用了大概 2 秒吧。

我的双眼一下子睁开，看到法庭中的每一个人都安安静静地看着我。舒尔茨法官正在桌上敲着笔，我的对手米歇尔·金在用嘴型无声地表示“祝你好运”。在那瞬间，我们仿佛并非敌对的律师。金把这个破坏王放进法庭，就某种程度来讲，假如卡洛琳·哈维尔被找到时还活着，那么至少金会知道这混乱的局面到最后得到的结果是好的。如今，这已超越了官司的范围。

这是生死攸关的大事。

其他人则一脸愁容。鲍尔斯队长、格罗夫探长和哈利看着我，表情仿佛我要控制一架岌岌可危、俯冲入海的飞机。只有哈珀昂着下巴，眼中带有希望。

我认为我会得到更多火力以击溃斯科特·巴克。

我站起来，对自己说：无论发到我手中的是什么牌，我都得将就着用。陪审团中有人在咳嗽，但我没看他们。陪审团现在已经不重要了，他们只是这场表演的道具。除去主要角色和金的助理，这个法庭中再无别人。没有媒体，没有观众，只有我们。

这片空间感觉空得诡异。

我看着斯科特·巴克，他安安静静、一动不动地坐在证人席上，接着我想到了父亲。他打牌的水平只是业余的，从来没有赢过大钱，但也没有输过一次。某天晚上，坐在麦戈尼格尔酒吧的一张高脚凳上，我问他到底为什么打扑克时运气总是这么好。

“这和运气无关。孩子，这不在于你是否拿到了好牌。任何牌面都可能会赢。桌上的牌是好还是坏根本不重要，关键在于你要如何出手。”

我父亲认为出老千是烂招中的最烂招。他这辈子打牌从没出过老千，一次也没有。他总是堂堂正正地玩。

现在轮到我了，只不过我的牌并不全。

所以我想，出个老千应该无妨。

我还没张开嘴，先停顿了一下，再次看向坐在我身后一排、位于哈利旁边的哈珀。

哈珀低声说：“一架直升机待命中。祝你好运。”

我点点头。我们讨论的一切都已就绪，我只希望能从巴克那里套出一点能派得上用场的线索。

“谢了。”我说。

斯科特·巴克的领带已经松了，西装外套也不在，但除此之外，他看起来很好，毫无畏惧，也无迟疑。他的脸让他看起来犹如博物馆中的大理石神祇，坚如磐石，不带任何情绪，宛若早已死去。然而那双眼睛依旧充满生机与恨意，映射出他心中的地狱业火。他没看我，直勾勾地瞪视着前方。

“我有些问题要问你。”我说。

巴克依旧不和我作眼神交流。“我想见的是你的委托人，不是你。把他带到我面前，让我听他忏悔。只有这样才能救他的女儿。”

我没理他。第一步动作是关键。谁在第一场战斗中获得胜利，就最有可能主宰且决定结果。我必须让自己成为那个人，但我不能表现出来。

“我的委托人试图自杀，他现在在医院里，虽然情况稳定，但有生命危险，而且他在昏迷中。你没有办法和他说话，你必须对我说。”我说。

“我不相信你。”他说。

“我可以问你一些问题吗？”我问。

他的表情再次变得一片空白，隔绝一切。他已经说完他的台词，不会再有更多的交谈了。

“我可以代我的委托人向你忏悔。”我说。

没有回应。

“在我看来，我们可以互相帮忙。我想知道你把卡洛琳·哈维尔关在哪里，而你‘当然’想知道多年前茱莉和宝宝发生了什么事，还有那个黑衣男子。”

他的目光保持不动，犹如娃娃脸上的两颗玻璃珠。

“我知道你还有其他疑问，我可以帮你。”我说。

他的嘴角轻颤一下。

“你很可能觉得我在装腔作势。你错了。总之我会继续。那么这件事是怎么开始的呢？”

我从档案中拿出一张纸。那是通过联邦调查局申请获得的惩教部门过往记录。

我举起那张纸。“你最后一次见到活着的茱莉·罗森是在 2011 年 8 月 2 日，她去世不久前。”

他立刻抬起头，那双蓝色的眼珠马上定定地看着我的脸。

“东兄弟群岛医院的病患茱莉·罗森的访客记录只有一条，两个名字，两名访客，两个假身份：艾伦·马什和汤姆·贝尔。其中一人就是你，不是吗？”

他没有动，也没说话。

“茱莉写信给你，你来见她。在她受审判的时候，你在旁听席上看着她。在她面对谋杀指控时，你没有支持她，是因为你认为她谋杀了自己的孩子——也就是你的孩子。但她在2011年写信给你，告诉你另一个说法。那封信被记录了下来，有一封信寄到泽西岛的一个邮政信箱，是给斯科特·巴克的，对吗？”

没有回应。但这已不再是刑事审判了。无论我需要什么筹码，舒尔茨法官都会给我。从她前倾的姿势我看得出来：她不想打断我。金也一样。她们都期望着真相水落石出。

“你用假名去探望茱莉。你之所以去，是因为那封信中有些什么改变了你对茱莉犯罪的想法？”

他点点头。

“因为头部受伤，茱莉的记忆非常残破。她并不是突然记起到底发生了什么事，对吗？”

巴克有一个长处：耐心。他待在巢穴之中数年才出手攻击。而卡洛琳没有时间了。

“你不是想听到忏悔，你是想要知道真相，因为茱莉没有告诉你。”我说。

“不是。”他说。答案呼之欲出，而我不敢停手。我得让这个人开口说话。

“斯科特，你想要答案，我会全部给你，你只要和我谈谈茱莉就好。她从姐姐丽贝卡·哈维尔那里收到一封信，就在丽贝卡冲出某条山路的防撞护栏之前，对吗？”

他迟疑了。这不在他的计划之中。他要哈维尔双膝跪下，他要享受这种权力。这我给不了，所以我得告诉他一些别的。

“那封信——那是丽贝卡的忏悔，是不是？”

巴克的呼吸加快了。他为这件事计划了这么久，我知道他想开口。他需要开口。

“我们一起把哈维尔的忏悔告诉法庭吧。”我说。

“那是丽贝卡的错，”他说，“她承认自己觉得茱莉是个不合格的母亲，而且她想把孩子——我的孩子——给带走。”

我拿出从巴克公寓中找到的信件副本，大声读出来。

茱莉：

我犯了错。我以为能相信你。你答应了我，却撒了谎。但你是对的，我不是个好妈妈。很抱歉我做了这种事，我希望你也觉得抱歉。

再见。

贝卡

“关于黑衣男子，茱莉没有说谎，对不对？”

“对，她没有。那是哈维尔。他谋杀了我的孩子，在她熟睡时把她活活烧死了。我要他也知道那是什么感受。”巴克说。

“你搞错了，茱莉也搞错了。又或者你实际上还没把这件事弄清楚。”我说。

他陷入了危机：巴克被这个故事吸引住了，稍微往前倾身。

“茱莉的头被撞了一下，她嗑药嗑嗨，失去判断力——她挣扎着想求生。而那不是黑衣男子——是黑衣女子。”我说。

巴克下颚一敛，眯起眼睛。

“丽贝卡穿上黑衣，带着备用钥匙去了那间屋子。她打算带走艾米莉，烧了房子，这样就不会有人知道小孩被带走了。人们会认为毒虫茱莉嗑药嗑到嗨，结果烧了房屋。没有目击证人，没有人会来找小孩——计划原本是这样的。”我说。

巴克的脸涨红了，迅速回道："她和她丈夫共谋，哈维尔必须为自己做的事还债。茱莉妨碍到了他，而我女儿用生命偿还了这个代价。茱莉被定罪时他一声不吭，他知道是自己的妻子造成的这一切，却什么都没有做。"

"莱纳德·哈维尔对火灾一无所知。记录上显示，当时他正在阿富汗服役。斯科特，你完全搞错了。"我说。

00:69

空气闻起来很不新鲜。我知道法庭中还有大约 20 个人，检察官助理、警察、联邦调查局探员，全都集中注意力，看着、听着，但感觉不像那样。

感觉好像只有我和他。

巴克露出了一些新的样貌。即使他放下了伪装，我发现依旧很难注视着他的脸。我时不时觉得能看见乔治的踪影，但接下来冰冷且坚硬的棱角又回到他的轮廓。可是，在我提到茱莉之后，巴克心底深处某种紧绷与焦虑的情绪开始发挥作用。他的手指似乎在微微颤抖，直到他发现这个问题，并将手指交互紧扣住，以纠正这种情况。而在那双惶然失落的无神目光里，还留有一丝希望。

我摇摇头。"你已经玩了 5 年的把戏，策划出一场完美嫁祸给他人的绑架案。丽贝卡·哈维尔已经死了，所以你要莱纳德·哈维尔也经历和茱莉一模一样的遭遇：没有杀害孩子，却必须接受谋杀审判。但你不知道全部的真相。如果你告诉我卡洛琳在哪里、谁扣押着她，还有要怎么把她救出来，我就把茱莉对你隐瞒的事全告诉你。”

“她没对我隐瞒任何事。她把记得的一切都告诉了我。她的头被打中后，一切都变得颠三倒四起来，但是那封信让她想起事情的真正经过。我要你的委托人承认这件事。要不然，他所受的一切折磨、卡洛琳的所有痛苦、这一切的一切，都是白费工夫。”

“那女孩受的苦够多了，我们没有时间——”

“相信我，时间是有的，还有时间可以救她。”巴克说。

“我不是在说茱莉对你撒谎了。茱莉已宣告无罪，她的名声已没有任何污点。但丽贝卡和茱莉还藏着些秘密，而我很确定茱莉忘了。我可以告诉你，但你必须告诉我卡洛琳在哪里。你觉得呢？”

“茱莉什么都告诉我了。”他固执地说。

“她就没告诉你在她屋里的人是她姐姐，穿了一身黑衣；也没告诉你艾米莉的秘密。”我说。

他抓住椅子扶手，从我面前转开去看天花板。流遍巴克体内的愤怒与痛苦清楚显现在他脸上的每一寸皮肤。

“告诉我卡洛琳在哪儿，我就告诉你艾米莉的事。”我说。

巴克没有料想到这一幕。他射出目光，环视这片空间，因犹豫不决而表情扭曲。好长一段时间里，他什么也没说，在心中与这个诱惑搏斗，而我不敢催促。

最后，他转向我。“先告诉我艾米莉的事。”他说。

我沉默了漫长的1分钟，巴克也是。我必须让情况看起来像是我在衡量着他，做出我的主观判断。真相其实是：我需要他相信我是不愿意说出这件事的，而且这是他在这里获得的一个小胜利。

该出第一张牌了。我往前俯身，翻开档案，拿出一份文件。我把文件放在桌上，翻转过来，滑往巴克的方向。他注视着那张纸。巴克以前就看过了，非常清楚那是什么、上面说的又是什么。那是艾米莉·罗森的出生证明。

“你的名字并没有登记在‘父亲’那一栏。这是为什么？”

“茱莉和我讨论过。在当时，我从事的工作，风险很高。我不希望上面记录的父亲是我，会有专业人员用那件事来对付我。”

“听起来不让你的名字出现在记录上的这个决定很正确，但那不是你做的决定，对吧？”

“茱莉希望那栏是空白的，她说她需要时间想一想。我得离开去执行一个长期的工作，还真得感谢哈维尔，我们再也没机会了。”

“所以我说对了，最开始是茱莉提的。”

我这句话没得到回应。巴克冰冷而疏离，他听的时候脸上没做出任何表情。不过无妨。此时此刻，我只需要他认为我知道自己在讲什么。往事实上再裹上一层层事实。他知道这都是真的。

把卡洛琳活着救出来的唯一希望，就寄托在这人相信我说的每一个字了。

我从地上拿起一个资料夹放到桌上，翻出下一张纸，递过去。他读的时候，我又准备好另一份文件。这份文件有三页，我还不能拿给他看。我需要他好好读第一页，细细研究，再用第二份文件对他展开攻击。

他仔细看着第一张纸。我知道这是他以前没有看过的。巴克眼睛周遭的皮肤皱出深深的纹路。

“这是茱莉最后的银行结单，几分钟前联邦调查局帮我拿到的。这上面记录了茱莉户头的汇入金额：2001 年 8 月，1 万美金；2002 年艾米莉出生那周，又是 1 万美金。”

“所以？”

“这些钱是丽贝卡·哈维尔汇的。”

“我在2001年6月左右和茱莉又见了面，几个月后，她搬到上州她姐姐帮她租的一栋小木屋中。她有提到丽贝卡在她戒毒后帮她安顿下来。这和这件事到底有什么关系？”

另一张牌、另一份文件——这次是来自丽贝卡·哈维尔的记录。

他一脸困惑地读着，随即丢到一边。

“这份报告来自丽贝卡·哈维尔的妇产科医生，报告上写着：由于细胞损伤，丽贝卡·哈维尔无法自然受孕。”

“我想我记得这件事。茱莉谈过她姐姐的怀孕简直是个奇迹。她姐姐长久以来一直努力想怀上小孩，我猜他们就是走了运。”他说。

“不，他们没有。”我说，并将一张两页的报告与附在里面的一张照片递给他。那份报告是由联邦调查局在曼哈顿的实验室于最后一小时赶出来的。

“莱纳德·哈维尔不是什么天使，斯科特，但他深爱着卡洛琳，用情之深，超乎你的想象。他对自己孩子作出的奉献是你这辈子都做不到的。”

他的鼻孔扩张。现在的我完全倚靠胆识，不慌不忙。巴克因失去、爱、复仇与恨等等混杂纷乱的情绪被推往极端，这个男人愿意为了爱痛下杀手，而这是我必须加以利用的情绪。

“看一下报告后面的照片，那是我的上衣，上面全是莱纳德的血。如果他的女儿死了，他也不想活了。因为他的生命从此毫无意义。她就是他的命。他用利器割开两手手腕和喉咙，你就做不到。但哈维尔可以，因为他爱他的女儿。”

“哈维尔和他太太烧死了我的女儿！”

他的声音在这片空间里四处回荡，而我在最后一声回音消散前便再次开口，嗓音温和且平静。

“你错了。丽贝卡·哈维尔做了更糟糕的事。”

我拿出丽贝卡写给茱莉的信，大声读出来：“我犯了错。我以为能相信你。你答应了我，却撒了谎。茱莉答应了丽贝卡一件事：为了得到 2 万美金，茱莉答应把孩子给丽贝卡。第一笔 1 万美金在茱莉怀孕时付清，第二笔则是在她生完之后。”

他摇着头，动作快速且狂暴。

“你面前的文件是从我上衣提取到的莱纳德·哈维尔血液的 DNA 分析。拿来和对照样本比对后，发现遗传标记并没有相似性。”

我见到他在椅子上整个僵住，双眼睁大，提高了警戒性。

“而那个对照样本来自卡洛琳·哈维尔。”

这是数分钟来我第一次注意到这里还有其他人：我听见了抽气声。

“我看过了丽贝卡·哈维尔所有的病历。她在 2002 年 9 月换了内科医生，如此一来，她就能靠这名新的内科医生重新开始——也许这人不会知道她的病历有遗漏的真正理由。你看，这里有一个间断：怀孕的间断。里头没有任何丽贝卡·哈维尔怀过孕的记录，更不要说生了小孩。没有血液测试，没有扫描，没有产前检查预约。没有怀孕。档案里有个由她的新医生写的笔记，声明丽贝卡告诉他自己的旧记录不见了。也许这对她的新医生就足够了，但对我而言不够。怀孕记录之所以不在，是因为根本没有怀孕这件事。”

我让寂静的氛围在室内逐渐扩散，巴克迷失在各种可怕的思绪中，双眼急速移动，暗自希望、祈祷这个真相可能是哪里弄错了。我看着他的表情垮下，嘴唇无声颤动。

“丽贝卡·哈维尔是假怀孕。当时莱纳德在阿富汗，最后一次出任务。她很可能戴了好几个月的假肚子，让朋友邻居以为她怀了小孩。

明明没有怀孕，然而莱纳德·哈维尔回家时却迎接了一个小女婴，那就是你的宝贝女儿。”

他摇着头聆听，一边前后摇晃，一边将指甲深埋入头皮。犯下错误的沉重感已占领了他的心思。

“我的推测是：茱莉在孩子出生后改变了想法，没有遵守与姐姐的约定。丽贝卡已经支付了钱，也撒了好几个月的谎，现在假怀孕变成她人生中真实的一部分了。丽贝卡最后一天作为郡立法医上班，正好是在火灾前 24 小时。”

我从面前一沓纸中再拿出一张，递给巴克。

“这是一个无名女婴的焚化令。她是在垃圾箱旁边找到的，而且不到几个月大。没人来认领尸体。这份命令是由丽贝卡·哈维尔签署的，是她作为法医执行的最后一件事。她再也没有回到工作岗位，你知道为什么吗？她把指令放进案件记录中归档，带走了孩子的尸体。她去茱莉家偷走婴儿，烧了房子，让情况看起来像是孩子死在大火之中，但根本没有孩子死掉。丽贝卡把无名女婴的尸体放在婴儿床中点火，带着艾米莉离开。”

我永远忘不了巴克发出的声音。我以前就听过。当哈维尔站在他烧毁的家的车道上，得知女儿可能已经死去时，也发出了一模一样的声音。那个声音听起来犹如灵魂被撕成了两半。

“告诉我你女儿在哪里，我们还有可能将她活着救出来。告诉我！”

“断头谷墓园一个无名艺术家的坟墓里。如果你们来不及阻止，马龙会在早上 7 点整对她开枪。”

00:70

我从没搭过直升机，而我们一降落在断头谷墓园后方的空地，我就对自己承诺：这辈子再也不会踏上直升机一步。我完全不知道自己在空中待了多久。感觉就像一小时，但也可能是 10 分钟。在飞机上的这段时间我一直紧紧闭着眼睛，唯一能做的就是全心全意抓住从上方垂下的安全带。飞机降落时有点颠簸，而我抓得实在太紧，不知怎地竟把其中一条布带从上面扯了下来。现在它正松松垮垮地垂在我的头旁。

联邦调查局特战小队对着我摇头。林奇低声对他们说了什么，然后对我投以高高在上的眼神。哈珀叫他们住手。

我确认时间：6 点 45 分。再过 15 分钟，马龙就会对卡洛琳开枪。

我们下了直升机，我的双脚陷入深且湿的草地中。我一直低着头，直到我们脱离叶片的范围。我蹲下身，朝着分开墓园和空地的一大片树林跑去。

我和哈珀落在队伍最后面，林奇领着特战小队。他们配备了自动步枪，穿戴着黑色头盔与防弹背心。林奇要我在这里，我们不能浪费时间，而在林奇的设想中，马龙必定会听到直升机到来的声音，所以很可能会发生挟持人质的情况。在那种场面下，我必须与巴克通话，并且利用他来说服马龙。巴克仍不愿意和调查局说话，因此他们需要我当中间人。我握有的信息随时可能会（但也可能不会）派上用场。不过他们依旧要我在场，哈利则留守在原地。

我已问过巴克有没有马龙的联系方式，像是手机或加密的电子邮件。他说没有。马龙收到了赎金当作酬劳，而他也会履行他在那封信

THE LIAR

中的义务。我问他对这件事有几成把握。

“我对茱莉发誓，一定要恢复她的名声，要让伤害她的人受苦。我给了马龙优渥的酬劳去做这件事。”

巴克与马龙第一次见面似乎是在洛杉矶。马龙试着脱手两把无买卖契约、也不知来源的古董霰弹枪。巴克只花了 3 分钟就查出那是两周前从比弗利山庄一栋屋子里偷出来的。那屋里也有些钱遭窃，还有一辆车和一些枪支——不过这都是在武器测试开火之后的事了：马龙在离开前对着年老的男屋主清空了两个枪管。

巴克向来善于利用拿到手的一切机会。他将马龙收为己用，让他变成能帮自己干肮脏事的工具——而且他还真是干了不少。他 6 个月前在交赎金的地点往麦考利后脑勺送进两颗子弹。巴克也承认在他公寓设下陷阱的人就是马龙。他开枪射中了华盛顿、杀了贝克以及管理员。

“超人”林奇在穿过树林进入墓园时，衣服袖子被荆棘树丛给撕开了。等轮到我爬过去时，枝干早已被前方的队伍推平了。

唯一的光源是附在特战小队步枪下方的小小光束。此刻距离天亮还有整整 45 分钟，而我们前方的山丘依旧笼罩在沉甸甸的黑暗里。林奇站在墓园北角确认地图时，用手掌盖住了他那支小小的手电筒。

他环顾四周，但没拿手电筒照射视线的方向。

“山丘上方约 500 米的地方，是那种可以走进去的墓地，看起来像栋小房子。墓园的这块地方是非公开的私人区域，所以如果你看到一名男性，他就是敌方目标。我们两人一队互相掩护行动，从左边上去，在我喊停之前不要停下，接着 B 小队从右侧包抄。进去之前等我信号。弗林，你留在山丘下面。”林奇安排道。

草长约至膝盖，我们前方有一排排墓碑与雕像，这也是带围栏的坟墓起始处。许多石头和装饰华美的塑像都覆满了苔藓、粉碎倾倒，随处可见倒塌或断成两截的石头。我看着一组四人小队由林奇带头，上了山丘。一整片恍若蜘蛛网的低雾覆盖住地面。

哈珀和我等他们先前进，再跟着越过那些死者，朝着山丘顶端的坟墓前进。

现在天更黑了，太阳还未逼近天际线，我又确认了下时间：快要6点50分了，还剩10分钟。马龙或许根本不在这里。说不定他会避开此处，等到7点，等到该杀死那女孩时才来。要杀死一个人并非易事。有些人可以眼睛眨也不眨地下手；有些则是迫不得已，为情势或精神状态所逼；而对剩下的人而言则是工作的一部分。我有种感觉，对马龙而言，即便这只是个简单的任务，依旧不太容易。尤其是若你得和那女孩共处一室，每小时、每分每秒地倒数，直到按下扳机的时刻来临，那么就会更加困难。

我曾与马龙短暂地见过一面，我不认为他能在夜晚时分轻轻松松坐在一个少女身旁，然后在大清早拿枪射死她。这只有特殊的杀手能做到。我的推测是：马龙不会那么做。

而我错了。

消音器是有点帮助的，但世上没有一款消音器能完全掩住枪声。雷管和燃料的爆炸一定会发出声音，且相当响亮。所有自动武器的抛壳口抛出废弹的动作，也绝对会制造出声响。金属抛壳口打开或弹出用过的废弹匣后再关上，都会发出“啪”的一声，听起来就像铁锤轻轻落地的声音，可以听见，但音量不大。想象一下这种状况在1秒内连续发生了两次，并持续3秒钟。

另一个声音来自扫射在林奇防弹背心上的子弹。接着我又听到其他声响：某人被自己的血呛住的声音。我看见前方约100米的林奇，他从枪林弹雨中别开头，一手按住从喉咙汩汩涌出的鲜血。

我到处观望。我正站在山丘底下、草丛之中，毫无掩护。我判断自己正身处在一个最糟糕的位置，于是我压低身体，在长满青草的河岸的掩护下向墓碑走去。

头后方有只手将我扇倒在茂密且潮湿的草丛中。我完全没听见哈珀来到我身后的声音，但我知道是她。我头后方的手小小的，但那个让我脸朝下趴倒的力道可不是开玩笑的。她抓住我衣服后方，我们两人一起匍匐在一团高起的草堆后面。我的双腿又开始流血，疼痛令我只能咬紧牙关以压抑自己口中的呻吟。

特战小队回击的火力震耳欲聋，仿佛来自四面八方。

“你看清子弹是从哪里射来的吗？”哈珀问。

“没有。”我回答说。

她身体往外探，盯着山丘上方。

“他一定带着步枪在最上面埋伏。他的开枪位置十分完美，位居高处，也有合适的武器与足够的高度能看到整座墓园。”她说。

“你要怎么做？”我问。

“安静，不要发出声音，待在这里。”她说，接着翻身滚了360°回到趴着的姿势，再往前匍匐。

我也往前爬，每爬一厘米，另一波疼痛就从伤痕累累的腿扩散开。等到我位置够近时，便转过身背靠着墓碑。幸亏我这么做了——子弹突然击中我刚刚躺着的那块平坦区域，一块块巨大的泥土和碎草霎时喷入空中。

特战小队停火了；他们在找掩护。

我感到寒冷渗入衣服中。我又一次汗流浃背，而这阵寒冷只是增添了我的惊慌。我感到心脏在胸腔中狂跳，呼吸急促得犹如汽车引擎排出废气——凝结出的吐息规律地转为缕缕烟云，飘在我头的上方。

我听见噼啪声，感到小小的石头落在肚子和腿上。

马龙一定看到了我呼出的气，并用子弹扫射墓碑。我听到子弹反弹在古老石头上发出的噼里啪啦声，于是我极力控制呼吸，将头压低。这么一来，我的吐息制造出的雾气才能和草丛上低低笼罩的雾混成一团。

墓园老旧的这部分是个巨大的凹地，除非上到山丘的顶端。这儿的回音剧烈且深远，到处都听得见金属高速撞击石头的声响，感觉就像在一家配备环绕音响的电影院中。你来我往的枪声从四面八方传进我耳中，不停鸣响。

我提起勇气逼自己站起来，快速从墓碑后探了个头。

我看到了山丘上的坟墓，但看不见联邦探员和袭击者。

可是，我能清楚地听到探员的声音。他们用突击步枪反击着，接着，我听到一声指令。

"掩护。"

耳边传来更多的枪声，都经过了消音，却仍十分响亮。然后就只剩给步枪上消音器时发出的咻咻声。

"有人倒下了！有人倒下了！"

一片寂静。没有风声。甚至没有空气穿过树木时发出的呼呼声。如果马龙射倒其他人，那就只剩下三名特战队员了，再加上哈珀。此时我冒出一个可怕的想法。"有人倒下"并不一定表示那个人是男性或女性——要是被击中的人是哈珀，该怎么办？

耳边传来更多经过消音的开火与子弹击毁墓碑的声音。

我的手机正在外套中嗡嗡作响。我的心脏跳得太用力，起先竟没注意到这个声音。我辛苦地背靠着墓碑，用外套遮住屏幕发出的光，检查了手机。

是哈珀发来的信息。

特战小队无法动弹，被钳制在袭击者下方。你有办法拿到林奇的枪吗？我需要人引开注意力。

我慢慢地——能多低就多低——从墓碑后探出来窥探。林奇躺在10米外，身体一动不动。他的枪在他身旁的草丛里。由于双腿疼痛，外加马龙拥有俯瞰整座墓园的视野，林奇的枪远得就像在堪萨斯州。

我发回信息。

我到不了枪那里。

我再次检查时间：还有5分钟到7点。我就这么放空了30秒。在这段时间中，我思考着克莉丝汀和艾米。她们会没事的。最终，克莉丝汀会遇见别的男人，艾米会有新爸爸。经济上她们不需要我的帮助。克莉丝汀有份好工作，她的父亲会照顾她们。这个念头非常清晰：她们其实不需要我。

看来，坟墓里的女孩是这世界上最需要我的人。

我深吸一口气，喊出声："马龙！我是艾迪·弗林。我没有武器。"

我站起来，双手高举过头顶。马龙平伏在山顶的斜坡上，正慢慢移往右侧，朝着坟墓入口过去。他用枪口对准我，而我知道，在他起身进入坟墓前会一枪结束我的小命。

"我有斯科特·巴克的消息。"我说。

马龙停止移动，头压低，这么一来就能透过步枪上的瞄准镜分毫不差地锁定我。

我闭上眼，说:“斯科特要你知道，他已经把真相告诉我们了。”

三发子弹迅速射出。

心跳在耳中大响。我不敢呼吸。我知道只要一吸气大脑就会被疼痛占领，我将被惊恐侵袭，然后我会倒下。因为寒冷，我浑身麻木，说不定子弹射穿我的身体时我根本感觉不到痛。我头晕目眩，想抓住某个东西，我想吸入空气，同时承受疼痛的来袭，但恐惧麻痹了我的四肢。我动不了，胸口开始灼热，双手颤抖，我再也撑不下去了。

我吸入一口气，睁开眼睛。

山丘最顶部被联邦探员枪上的手电筒照亮，我看到哈珀的手枪对着地面，再低头看着自己的胸口:没有血。我再次往自己的肺中灌满冰冷的空气，这感觉真好。为了爬上山丘，我最后的300米是用跑的，腿疼得像火烧。到了山顶后，我看到哈珀站在马龙上方:她从右边悄悄接近，从背后偷袭了他。

马龙死了。

两名特战小队队员在处理林奇，试图先给他的喉咙裹上纱布，再抬起他冲向山下的直升机。但我知道，应该已经太迟了。

当我转过身时，哈珀已不见人影，通往无名艺术家坟墓的沉重铁门大大敞开着。

00:71

坟墓的门稍稍开了条缝，能见到光亮溢出，划开清晨的昏暗。我循着一路往里面冲的哈珀用靴子踏扁杂草踩出的足迹走了进去。

迎面而来的第一样事物是气味——霉味，粪臭味，以及其他一些陈旧的、腐坏的、死去的事物散发出的气味。我紧紧抓住铁门，将缝隙拉得更大一些，好方便进去。哈珀只将门开到了目前的宽度，那道缝仅容许她那娇小的身形挤过去。

门意外地好开，我本来已做好准备，要用脚蹬地，使出吃奶的力气推开那玩意儿。但马龙一定给门轴上过了油。我进来后，还看到他在门底部加装了滚轮，以减轻门轴的承重。我踏上老旧的水泥地。

一盏油灯在石室角落燃烧着，哈珀跪在旁边，正对着地上某样物体忙碌个不停。

我的眼睛花了几秒才适应了光线。

“去找支援，我们得把这个抬起来。”哈珀说。我低头见到她在用撬棍摆弄一个我起先以为是地板的地方。那其实是一块盖在地面正中央的 3 厘米厚的铁板。

我对着外面大喊。没多久就有两名探员进来了，其中一人拿了另一根撬棍，想办法将之插入铁板下方。

马龙实在是个块头很大的家伙，只有像他那种体型的人才可能单独将这块铁板推到一边。铁板边缘有一层土与泥，让它便于移动。

“数到三，往左推。”哈珀说。

她数到三，撬棍下压，我们用双手双脚猛推，将铁板移到一旁。手电筒的光束瞄准了地上的那个洞。

经历初次见到哈珀探员的那一整晚，以及截至目前的 24 小时，我渐渐对她产生了崇敬之意。她十分聪明、坚强——也很勇敢。如果认真去想，她可能是我至今为止认识的最强悍的人。

当哈珀看进那个深深的洞窟时，即便强悍如她也忍不住流了满脸眼泪。我怪不了她。当我低头看时，心中只有一个疑问：怎么可能？怎么可能有人对一个 17 岁的少女做出这种事？

这超越了我的理解。事实上，这就如那些我知道自己根本就不该理解的时刻。其中毫无逻辑，只有邪恶。

00:72

我在白原市警局的会议室里等待着。现在快要早上 9 点了，肾上腺素最多只能让人撑到这么久了。我的双腿让我痛苦不堪，等不及要回家，脱掉裤子，让它们别再摩擦我的伤口。鲍尔斯队长对我释出了些善意，让我用这里的笔记本电脑和复印机。我正在等他把科普兰带过来，好将最后一些残局收拾干净。

亚历山大·柏林进入了会议室——就是那个司法部门来的家伙。他的臀部仍有一块突起，而我心中唯一的疑问就是他到底何时会拿出那玩意儿揍我。

“我不会占用你太多时间。我知道你很累，而且在等别人。但艾迪，我想稍微跟你聊一下你的领带夹。我们检查了法庭的监控设备。看来你似乎在你的委托人试图自杀前恰好弄丢了那东西。监狱囚车的警卫说看到你在哈维尔的移送牢房地板上捡起了一个夹子。”

我什么也没说。柏林在我旁边坐下。

“艾迪，我是这样推测的，”柏林说，“鲍尔斯队长可以依此逮捕你，但我觉得那么做并不公平。你的委托人处于痛苦之中，想得到解脱，也许你是想给他个解脱？也许，他在法庭上抓住你的衣服，并在你不知情的状况下偷走了领带夹？”

我们两人都没说话。

“艾迪，事情是这样的，”柏林继续说，“我以前有只狗，它是在一个很糟的地方发现的，我带它回家，喂它吃东西，保护它，训练它接触外面的世界，并帮我们找出社区里其他的坏狗。但是你听听，有时狗就是改不了性子。几年后就会变，它会想要咬你——它发狂了。”

“司法要我们去照顾发狂的狗。巴克会因为谋杀麦考利入狱，同时也要为参与谋杀服刑，针对负伤的华盛顿探员，他也会受到进一步控告……诸如此类。我想我应该可以说，我重新控制好了我的狗，永远将它关了起来。”

“听你这么说我很高兴。”我说。

“现在，关于领带夹……”柏林说。

“什么领带夹？”我问。

“一点也没错。我已经忘了领带夹。我的记忆变来变去。关于好狗变坏这件事呢，就是你还是得换只狗。我以前就听人提过你的名字，不记得在哪儿，与你有关的那些官司有时会引起我们的注意。现在呢，你还是只小狗，等你长大了，我很可能会需要你的帮助。”

我不喜欢这样。我不是任何人的狗，无论好坏。

“要是我说我不感兴趣呢？”我问。

“那么，我的记忆可能会突然大有进展。不用担心，我现在不需要你，也许永远都不会需要。但如果我有需要了，我会吹个口哨，期待你跑过来。”

他没再多说一个字，直接站起身离开。

会议室空荡又冰冷，暖气还没热起来，只剩中央空调系统在努力运转。我将双手夹在腋下保暖，这件西装仍因墓园的草而潮潮的。一想到那里，以及推开那块铁板后看到的景象……

我摇着头，试图摆脱那段记忆，并拉开可乐拉环缓缓喝了好大一口。

门上传来敲门声，打开后，哈珀领着马克斯·科普兰进入室内。她叫他坐在会议桌另一端，跟我隔了一段距离，接着便离开，将门在身后关上。

“这么做的意义是什么？”他问。

除了审讯时待在委托人旁边当顾问，科普兰从未在警局过夜，当然也没在牢中过过夜。他拉松领带，解开最上面的扣子，外套垂垂地挂在右臂上。他让外套落到地上，交叉起双臂。

“我会以不正当逮捕为由起诉警方，”科普兰说，“我一出去就会提起诉讼。对了，我还要告你袭击。不要以为我忘了你那件事。”

打从我见到科普兰的那一刻起，想将他脑袋打烂的冲动就没消失过。我提醒自己，还有比这更好的方法。

“警方和调查局仍在考虑起诉，科普兰，这件事还没结束。就我的看法，你协助绑架并谋杀一名 17 岁的女孩。”

“那你就拿出证据。还有，谁说那是谋杀的？”他反问道。

我的目光落在桌上一个深色的木节痕迹上，盯着那里不放。

“几小时前，它变成了谋杀。”我说，“但是，马克斯，这一切都可以改变。”

我将他的手机从口袋里拿出来滑过桌面。

“所以是你偷走我手机的。”

“是我找到的，就在这个房间的角落——一定是从你口袋掉出来了。总之，我不知道那部手机是谁的，就检查了信息和语音信箱……”我暂停了一下，看着科普兰脸上的血色蒸发殆尽。

“以及录音。”我补了一句。

我看着他粗大的指头扫过手机，打算删掉录音。我拿出自己的手机，开始播放其中一个。

“你不能这么做。”科普兰说。

“我已经这么做了。你想删就删，我已经复制了几份，一份给警察，还有一份给联邦调查局。他们只听了第一部分：一场平凡普通的会议。而我呢，两个录音都听了。你早知道你的委托人会被质询关于某年轻女子遭谋杀且失踪的事件，他给了你卡洛琳·哈维尔这个名字，并帮你起草豁免协议。你来到这个分局时，这件事已经定下了。在卡洛琳通报失踪前你早就知道，却什么也没做。律师惩戒委员会会如何看待此事呢？更重要的是——陪审团会如何看待此事？”

他被战栗感压倒，瓷白的脸面开始颤动。我可以感到他的恐惧犹如寒流般在里面到处呼啸。

“也可以不这样；我能帮助你。”我说。

他的思绪历程分成两股——他想要我帮他，但该死的又不能相信我。因为他所在的境地，让他无法清晰地思考这件事。这个决定与时间因素息息相关。就算不是现在，很快也会发生。在不久的将来，科普兰的恐惧最终会超过他的负荷，而且他一定会来求我帮助他。

到最后我甚至连几秒都不必等。

“你要怎么帮我？你又为什么要帮我？”

“你不是坏人，只是被引入歧途了。这可能发生在任何一名律师身上。你认为自己是在为委托人谋求最大的福利，其实各行各业要求的都一样。可是接着你开始慢慢逼近界线，过不了多久就会越过，接着便再也没有了回头路。这很容易发生的，我自己就经历过。”

他什么也没说，但脸上闪过了一丝希望。

“你要怎么帮我？”他又问了一次。

“我可以让这些录音消失，连同所有的副本一起消失。那是唯一能将你与这起案件中一切犯罪行为联系起来的东西。你希望它消失吗？我能做到。反过来，你也得为我做点事。”

“我有钱，可以写张支票给——”

“我对钱没有兴趣。我要你做两件事：首先，签了这份宣誓书。”

我将今天早上打印好的宣誓书拿出来，站起身递给科普兰。

“这份宣誓书会撤销你对哈利·福特在茱莉·罗森案上诉所做的指控——每一条指控。严格来说，你要白纸黑字地声明在最初的听证会上，福特法官按照纽约州律师公会惯例忠实地履行了他的责任。你也会看到，这份宣誓书中规定你并无合理原因认为哈利·福特为茱莉·罗森案辩护时敷衍了事。”

“我做不到。如果我签了这个，就等于告诉法院我在先前的宣誓书中撒谎，我会被撤销律师资格。”

“你当然会，这就是重点——还是你宁可在法庭上冒着面临共谋绑架与谋杀被起诉的风险碰碰运气？”

他又把宣誓书读了一次。

“在我把鲍尔斯队长喊进来逮捕你之前，你还有10秒钟的时间。”我说。

科普兰早就赚够了钱。他不需要工作——他只是想从工作中获得满足感。夺走这份满足感能让我获得些许愉悦。他挫败地揉揉那颗光头，拿出一支笔签下宣誓书。

“就这样？”他问。

“没有，还有一件事。”

“什么事？”

“第二件事也很简单，你只要传达一个信息。”

“哪种信息？”他说。

“私人信息。”

00:73

“发生什么事了？你成功了吗？她还活着吗？”巴克迫不及待地追问。

在警局审讯室中，他坐在我桌子对面的椅子上。科普兰还是直挺挺地站着，没有去坐我旁边的另一个座位，反而一直盯着自己的鞋子。

“怎么样？你救到她了吗？”巴克高喊。

我的嗓音压低，缓和却沉重。

“我们搭直升机到了墓园，那是唯一能确保在时间用完前及时抵达的方式。马龙一定是听到直升机降落在旁边空地的声音了。我们到达山顶进入坟墓前，他开枪杀了领头的探员。联邦调查局顺利击杀了马龙，然后我们就进了坟墓。”

我说得越多，巴克的呼吸就越粗重。他的胸膛开始上下起伏，张开了嘴，脸上的表情仿佛是在从我的字里行间、抑扬顿挫中搜索答案。

我是可以直接告诉他，但我想尽力拖延。他活该。

“我们推开了铁板，把手电筒的光照进洞里。”

我垂下了头。

“发生什么了？”

“我们推测，马龙听见直升机的声音时就打开了密室，一枪射中卡洛琳的脑袋，再关起密室，出来迎接我们。”

“我很遗憾。”科普兰说。

我正好在巴克发作前站起身。他龇着牙齿，突然弹起来。这房里没有紧急按钮，不过我也不需要。他的愤怒并不针对房中的人，只针对他自己。

他的双拳敲在铁桌上，一次又一次，噪音震耳欲聋。他一次又一次地说：“不——不、不、不、不……”直到拳头开始流血。

科普兰花了整整5分钟才让他冷静下来坐回座位上。泪水积在桌上的凹陷里，并在巴克低声说出艾米莉的名字时混入由他指节流出的血。

我再次坐下，在科普兰轻柔地对他说话时静静聆听。

“你永远也弥补不了。”我说，“但你有一件小事可以做，可以稍微弥补，这是你唯一能做的事：我要问你交赎金当晚的细节。你差点死在那场火灾中。我有一些问题，你要把真实的答案告诉我。”我说。

科普兰递给巴克一张纸巾，揉揉他的背后，试图安抚他。这，就是我要科普兰传达给巴克的信息。

合作。

那两人四目相交，巴克点点头，科普兰也点点头。

他们有了共识。

之后，巴克稍微冷静了一些，将注意力转回来对着我。“你想知道什么？”

“一切。我想知道一切。”

00:74

10分钟后，我留科普兰和巴克在咨询室里共处。巴克脸上的表情不算完全冷静。我可以看出他的焦虑，罪恶感造成的重担正沉沉地压在他身上。但巴克并不担心眼前要面对的牢狱之灾，不，他一点也不在乎。因为他现在就在地狱之中，而且除了待在里面别无选择。

哈珀站在走廊尽头，靠着墙，双臂交叉在胸前。我注意到——而且不是第一次了——与她轻盈娇小的身型相比，她腰间那把枪有点巨大。早晨的太阳透过她身后的窗户灌入光芒，盖在她身上，变为一道剪影。

我也背靠着墙。咨询室的门打开，科普兰出来后又将门关上，轻轻对我点了下头。

“我的释放文书还没好吗？”他问。

我把身体推离墙壁，看着他身后的哈珀。她一动也不动。

“几分钟内就会准备好。我相信哈珀探员正在处理那些文件。”我说。

他转过身看着哈珀，再转回来对着我开口：“她看起来真是忙得不可开交呢。”

“本来就是这样的。司法的巨轮需要时间，10分钟应该够了。”我说。

我又回到背贴着墙的姿势，闭上眼睛，任凭巴克刚刚告诉我的信息深深印入脑中。卡洛琳失踪那天，他切断了哈维尔宅邸外灯光的电缆线；他跟踪她的车，绑架她，抽她的血，在地下室布置好；他在马龙的帮助下设好爆炸装置。马龙则按照巴克的指示杀了麦考利，将尸体埋好。他做得很完美，但事情还没结束。还需要一个时间与一个地点进行最后的收尾工作，但那不是今天要做的。

走廊上的安静被科普兰的鞋跟在硬邦邦亚麻地板上踩出的规律声音破坏。他走过来又走过去。

“还没好吗？他妈的到底是什么事情耽搁了啊？”他不耐烦地问。

我确认了时间，过了 9 分钟。我对哈珀挥挥手，她站直身体，走开了。那条走廊上只剩科普兰和我。

“是时候了。”我说。

科普兰一脸困惑。“是时候干吗？”

他站在咨商室门的正前方举起双手，脸上写满疑惑。

鲍尔斯队长从转角出现，指头上摇晃着一副手铐。科普兰还来不及反应，鲍尔斯已将他“砰”的一声压制在墙上（脸先撞上了墙），并抓住他的双臂，手铐紧紧铐住他的手腕。

“马克斯・科普兰，你因参与绑架杀人的罪名遭到逮捕。”鲍尔斯说，并开始宣读科普兰的权力。

“这他妈的是在搞什么？我们不是说好了！”他高喊着。

“不是和我。我们握有巴克的录音带，他确认卡洛琳・哈维尔绑架案的所有细节早有预谋，也有你在巴克遭逮捕后与他商讨的视频。你没给他看豁免协议，你一个字都没说。如今巴克承认了他的计划，你带着早就写好的协议进入警局，我们可以证明你清楚你的委托人做了什么。现在，你完了。”

“让我给你一个小小的建议——辩护律师对辩护律师的。”我说，“你对你委托人所做的录音行为是违法的。他不知道自己被录了音，你这么做是想避免他对你不利——很聪明——但依旧不能掩盖你非法对巴克进行录音的事实。我得告诉你，不管那份录音非法或合法，都改变不了那是属于律师与当事人工作成果的事实。那是秘匿特权的一部分。无论我有没有找到手机，或者是从你那里偷来的，只要没有法官给的搜查令，我都不能听，或将那份录音拿来使用。事实上，单靠那份证据是不可能起诉你的，因为那是我用非法手段取得的，它永远进不了法庭。但当你——就在刚才——让你的委托人说出计划的瞬间，他就放弃了这份特权。”

科普兰踉跄着靠上了门，伸出一只手抚向心脏。

“马克斯，我要你知道，那部手机本来不可能拿来用在你身上的，你本可以就这么走出去，无罪一身轻。可是现在你完蛋了，我要你好好思考这件事。”

“不、不、不……”他朝我扑来，鲍尔斯扯住手铐，将他拖了回去。

“走了。”鲍尔斯将他带走。

看着科普兰被带走时，一股颤抖无法压抑地窜过我的全身。还好，老天保佑，我对科普兰撒了谎，也对巴克撒了谎。

我也越了界，而且再也没有了回头路。

00:75

3 天后，哈利和我被带到白原市综合医院 14 楼一间私人病房。莱尼·哈维尔在床上坐起身，望着天花板。护士长通知我们，她的护士已在前一天拆掉了缠在他脖子上的重重纱布。他重新恢复意识后情况良好，但还是很虚弱。

“有朋友来看你。”带我们进他病房的护士说。

看到我时，他没有反应，但看到哈利时则面露疑惑。

“莱尼，你身体怎么样？这是我朋友哈利·福特法官。不久前你见过他，但那时还有点不省人事。你可以叫他哈利。”我说。

哈维尔打算抬起手时，我终于亲眼看到他整个人有多虚弱。哈利轻轻握住他的手，点点头。

“艾迪。”哈维尔说，“我很感激你来看我，可是我现在不想听任何审判的事。”

我环顾病房。

“有注意到什么吗？”我问。

“没什么特别的。”哈维尔说。

“呃，我想提示的是‘有什么人不在这里’。你的病房里没有狱警，外面也没有；你的脚踝也没和床铐在一起了。”

他稍微坐起来一些，观望着四周。

“你说的没错。这是怎么回事？”

“因为你的审判结束了，严格来说，那是一场无效审判，但检察官不会再对你提出任何控告。你自由了。”我说。

我把他试图自杀后发生的一切告诉他。与斯科特·巴克不同的地方在于，他听到的是完整的故事。我这么做很不公平。他的后脑勺倒到枕头上，仿佛我刚才狠狠往他脸上揍了一拳。

“我要你知道，我对斯科特·巴克撒了谎，那份 DNA 测试结果是假的。事实上我们从来没做过那个测试。哈珀让实验室做出假的报告，反正那也不是真正的审判——我们需要和巴克合作。此外，我也隐瞒了最重要的事情。”

我将一张纸放进莱尼手中，再也没有开口，让他自己去读。那文件来自试管婴儿诊所。身为一名服役中的军人，莱尼跟诊所签署了许可书——他的妻子无论何时都可以在不经过他允许的情况下使用他的精子。

“这代表什么？”他问。

“这代表卡洛琳是你亲生的，真的是你的女儿——但她的生母是茱莉·罗森。”

哈利移往私人病房的门口，将门打开。哈维尔先是闭上眼睛，接着睁开，看着哈利。我俯身，用食指和拇指用力捏了下哈维尔的脸颊。

“嗷，”他抗议，“你为什么要捏我？”

“我只是要你清楚自己不是在做梦。”说完，我移到一旁，让他能看到门口。

卡洛琳·哈维尔拄着一根拐杖，步伐仍摇摇晃晃。哈利扶着她另一只手臂，温柔地带她走进哈维尔的病房。经过这几天，她整个人恢复了一点血色，体重增加了大约 5 斤，而她的物理治疗师认为，卡洛琳在这恐怖的 6 个月中瘦下去的双腿肌肉一定能再多长些回来。

她来到床边，亲了哈利的脸颊一下，再用双手捧着父亲泪流满面的脸。

“爸爸。”她喊道。

他们一齐痛哭。她长长的金发贴在他湿答答的双颊上，他嗅着她、抱紧她、亲吻她，而她也紧紧回拥。他们一同哭泣，为失去的那些时光，为自身承受的折磨，以及终于能恢复正常生活的向往，即使这种希望微乎其微。

看着那个场面，我努力不去想斯科特·巴克。我试着不去想当我对他撒谎、告诉他卡洛琳已死时他是什么表情。我想伤害他，我要他知道他造成了什么样的伤痛——我要他深刻感受到，而且希望这感受会将他撕裂。

卡洛琳不知道自己其实就是艾米莉·罗森。她什么时候才会发现——又或者她到底会不会发现——都与我无关。哈珀将卡洛琳拖出那个洞穴的头几天里，我知道哈维尔看到卡洛琳一定会很痛苦。她身体脱水，只剩皮包骨，没有半点生气，甚至头发开始脱落。单是望着那个女孩蜷缩在地里的水泥洞中淌血，就已经算是我做过最困难的事情之一。

她一定受尽了折磨，苦苦哀求斯科特·巴克放她走。这么多个月，她一定不断祈祷、乞求并哭泣着。

只要一想到这件事，对巴克撒谎似乎就不那么糟了。不过因为那不是他的孩子，他就能开开心心地以这种方式折磨人。他听见了她的每一声恳求，还是予以忽视。

我吐出一口气，揉揉眼，感到一股强烈的冲动促使我想去看看自己的女儿；我现在就想抱着她。

“我们走吧，哈利。”

在我们离开前，我又想起一些事。

“谢谢你，谢谢！”哈维尔喊道。

“你不用谢我，只要雇用我就行了——最后一次。关于你的离婚还有一点事情要处理。”

00:76

高尔与潘宁事务所的办公室仿佛将我最鄙视律师的一切具象化了。也许是因为橡木镶板加上玻璃，又或者是他们摆在接待处那碗免费的镀金钢笔。那些笔上头都有事务所标志的浮雕。在这里我扮演反派，来到这个地方试图协调莱尼和苏珊·哈维尔之间的财务协议。我甚至穿了比较好的西装，带上一份资料和平板电脑，但接待人员仍对我不以为然。她一个礼拜花在美甲上的费用可能比我的饭钱还多。

她叫我稍等。我找了个座位，抓了把免费的镀金笔，开始动手把事务所的名字从侧面刮下来。他们让我等了很久，可能有半小时吧。在那段时间中，我把五支笔上的事务所名字弄了下来，再把它们藏进我的外套口袋里。毕竟镀金笔也只是笔。

一名高个子的金发年轻女子走到我面前，身穿一套惊艳慑人、曲线贴身的绿色套装，问我的委托人是否很快会到。

“没有，只有我。”我说。

她一脸困惑，要我跟她走。我们走了好久，穿过有中央空调、塞满穿着昂贵西装的年轻律师的宽敞走廊；他们或在打电话，或在看笔记本电脑，或拿着文件急匆匆地路过我们。

我们来到一间有着玻璃墙的会议室。她打开门领我进去。这间办公室位于角落里，宽敞无比，窗户那里傲然展示着曼哈顿惊人的天际线。现在时间刚过 9 点，桌子另一边有十名律师，全背对着那片景色，用上头印有高尔与潘宁商标的马克杯啜饮咖啡。在这群人中间的是苏珊·哈维尔。她左边有五名律师，右边也有五名律师。在他们的低卡玛奇朵与低糖拿铁旁边，每名律师都有一本上面印有事务所标志的皮革文件夹和一台平板电脑。

我在我椅子的前方停下，等着看桌子另一边的混账们是否有人会站起来和我握手——一个都没有。

我在会议桌中间的位子上坐下，正对着苏珊。她戴着宽椭圆形的深色墨镜，完全没意识到我的存在。

“要喝点什么吗？”那位绿衣的年轻金发女子问。

“不用了，谢谢，我不会待很久。”我说。

苏珊·哈维尔的两边分别坐着高尔和潘宁，他们是两名五官凌厉的中年离婚律师。

我将我的资料放在桌上，平板电脑压在上方。我花了点时间打量我每一个对手的脸。单是这场会议，苏珊·哈维尔一小时就可能花掉1万美金。其余律师都是男性，全留着干干净净、侧边与后方都剃短的发型，穿深色西装，打一点也不花哨的领带。

“这些人有打算说话吗？”我问。

“不是所有人。”苏珊左边的一名律师说，“我是杰弗里·潘宁，将会由我来主持这次谈判。”他说。

我往后靠，十指交扣，双手搭在头后方。

“你倒是很放松啊？”杰弗里表示。

“非常放松。话说，你们这些人为什么要坐在桌子那边？怎么不坐在这边？这样才能看到景色啊。”

没人说话。

“你的委托人什么时候到？”杰弗里问。

“他不会到的。你只需要跟我谈。”我说。

杰弗里摇摇头，啧啧出声。他那边的年轻律师见他这么做也群起效仿。我并不惊讶。我是见过一些奉承的行为，但没有这么夸张的。

“你在离婚这块领域没有多少打官司的经验，对吧，弗林先生？”

“的确不多。”我说。

“如果你有经验，就会知道我们通常是将各自的委托人带进会议室，这样一来，我们才能讨论协议的事。如果想做出点有意义的谈判，我们也许应该改期。”

“没有这个必要，我不是来这里谈判的，不会有什么谈判，永远也不会有。我只有一个条件，这也是我的最终报价。你的委托人只有接受或不接受。总之，我们没打算谈判。”我说。从高尔开始，桌边纷纷冒出笑声。他一边微笑一边说：“弗林先生，我们以前也听过这种话，但永远都会有其他的条件，你看过我们一开始的提议，我们认为那算是相当公平的：所有资产的85%。别忘了这是在进行谈判，我们的底线是建议我们的委托人只拿75%。”

房间内一片安静。我往后靠，闭上眼，压住一声呵欠。

“您真的什么都不需要吗？”绿衣女士问。

“事实上，我还挺喜欢你的笔的——就是你摆在接待处让人免费拿的笔。如果你们不在意，我想要一盒。但可以先把高尔和潘宁的标志刮掉吗？”

没有人笑，绿衣女士似乎震惊得说不出话来，随后踩着高高的鞋跟离开了。

“我们可以认真谈谈吗？”杰弗里问。

“好主意，”我说，“我想跟你的委托人私下谈谈。”

“门儿都没有。”杰弗里否决了我的提议。那些戴着200美金领带的哈巴狗又开始狂点头。

“噢，各位绅士，不用担心，我们不是要讨论离婚的事。”我说。

“无论讨论什么，你都不可能和我们的委托人独处。”杰弗里说。

“是吗？是这样吗？苏珊？”我看向苏珊·哈维尔。

她一动也不动。有一瞬间，我甚至以为那副眼镜和这件豹纹洋装底下的是个假人呢。

“这其实和你们一点关系都没有。你看，苏珊，我想和你谈谈新罗谢尔火车站的一个置物柜。”

她立刻抽出双手抓住两侧男士的上臂。

“让我们独处。”她说。

她不需要说两次，声音中的命令性已经足够了。高尔和潘宁心不甘情不愿地站起身，他们的团队也跟着做，但杰弗里·潘宁满心警戒。他不希望有任何灰色交易，因为那代表那些资产不会纳入正式的财务协议中，那么一来，他就不能从中拿到分成。

“苏珊，没有私下交易，我们说好了。”他提醒说。

“出去。”她厉声说。

高尔和潘宁的律师军团一个接一个离开房间，杰弗里最后一个离开。他出去前，我说：“哦对了，我本来要告诉你的接待人员——我的助理随时会来加入我们。请确保你会立刻带她进来。”

“当然。”杰弗里语带讥讽，并在出去时摔上大门。

“现在这里的空间感觉大多了，你不觉得吗？”我打开平板电脑，开机。苏珊什么也没说。

我把屏幕翻转过来，将它靠着保护罩上的立架垂直立起。

我什么也没说，直接按下播放。

那是火车站的监控视频，日期是卡洛琳·哈维尔失踪前一周。调查局将监控视频的每一处都看遍了，依旧没看见有人靠近林奇在交换假赎金时找到的装手机的置物柜。

但不知怎地，我相信这非常重要。我不喜欢未解的问题。但凡有人不辞辛劳需要完美地隐藏自己的行迹，都表示那人有该死的、天大的理由必须要躲躲藏藏。距离卡洛琳与父亲重逢已过了一个月，我和联邦调查局扎扎实实地花了三天检查所有的视频。一开始，联邦技术人员告诉我这么做毫无意义：我要怎么看到连他们都看不到的东西？

我则告诉技术人员，我不是要找把东西放进置物柜的人。他不太懂，但觉得好奇，乃至于允许我和他一起细细搜寻视频里的蛛丝马迹。

第三天，我找到了。拍到置物柜的镜头一向是静止不动的，但它的确能做出范围有限的移动。那是我的第一个发现，而这帮助我缩小了搜寻的范围。

分别有两组人看过这段影像，他们要找的是这样的人——打开置物柜门、将手机放进里面、向投币孔丢入50美分、再关上门、转动钥匙锁好柜门，再抽出钥匙走掉。而他们没在置物柜旁看到任何一个符合条件的人。

但一定有人拿走了那把钥匙，一定有人去了置物柜那里，因为林奇确实在马桶水箱里找到了置物柜钥匙。调查局在视频中没见到任何人拿钥匙——这是事实。所以，我要找的是为什么调查局会没看到任何人拿钥匙。

我要找的是声东击西的人。

搜寻的第三天，我看到了这场戏的第一幕，而那幕正在苏珊·哈维尔面前的平板电脑上播放。一个穿着黑色连帽衫的小孩从口袋中拿出某样东西，一边走一边指了一下地板。在不停下脚步的情况下，他将那样小东西放回自己口袋。30秒后，一名与黑色连帽衫小孩走相同方向的年迈女士经过这里。当她来到那孩子指着的位置时，突然双脚往外滑开，像是踩到透明薄冰那样，直接跌了个四脚朝天，她购物袋中的东西撒得满地都是。三个路人跑过来看她有没有事。

那孩子用的是软塑胶瓶，那是个50毫升、可挤压喷出内容物的小瓶子，里面装着混了点橄榄油的水。

镜头移动，聚焦在那名摔倒的女士身上，也包括在场所有人的注意力。屏幕的最顶端，你可以看到置物柜，但不见全貌。就算有人站在置物柜那里，也只会看到他们的腿和腹部——只有这样。那个关键的置物柜旁没有人。然而，另一边的置物柜却出现了人。一名高个子男人打开了那个置物柜，将一个袋子放进去，双臂伸进置物柜深处整整5分钟。他关起门，在离开时走向镜头。那是极其短暂的一幕，在这段视频中则以慢动作处理。

视频以慢速播放时，我注意看着苏珊。她努力不去看他，但实在是忍不住。毕竟，那曾是她的爱人。

在法庭上这是站不住脚的，但那个男人确实看起来很像马龙。

那名老太太被扶着站起来，她买的东西也被捡回来放回袋里。她踉跄着往前，朝置物柜走去。为了别再跌倒，她伸出一只手放在置物柜的门上。门上那只手停留了几秒，然后她再次站起来，径自离开了。门没有被打开，她什么也没放进投币孔。视频的质量太粗糙，看不出来什么，但我知道她拿到了某样东西。

她拿到了钥匙。

“严格来说，这真是相当聪明。这些置物柜是背对背放的，马龙用的置物柜背板是软质木头做的，另一边就是调查局在交赎金当晚打开的置物柜。我们都知道调查局在里面找到了什么，如今，我们知道马龙敲掉了两个置物柜之间的软木隔板，从后面将手机放进去，并重新放回隔板。他从后面进入放赎金的置物柜，也在投币孔里投了50美分。这么一来，你就不需要打开置物柜并将硬币投进里面了。你只需要转一下、拔出钥匙——这就是你摔倒后试图站稳时所做的事。”

“那不是我，你永远无法证明这一点。”

“我不需要，巴克告诉我们你有参与进来。那不是他的点子。马龙和莱尼一样爱上了你，你发现他和自己说的身份有出入。此外，他也让你在赎金中分了一杯羹。”

她喉咙上的一根血管抽了一下。

“听着，我知道你是为了钱才嫁给莱尼的，不为别的。只要他继续有钱下去，你就会继续快乐下去。但当手头开始变紧时，你就会能卷多少卷多少，迅速走人。我已经和你前两任丈夫谈过了，他们对你的评价可不怎么好，我也不意外。你从没告诉过莱尼你先前结了三次婚，他只知道你是寡妇。你的上一任丈夫死于二氧化碳中毒，假如联邦调查局发现这件事，我很确定他们会更仔细调查你上一任丈夫的死。你本来这次也可以逃掉的，但你变贪心了。因为那场火，你从保险公司那里得到的钱大大超过卖掉房子能拿到的数字。但事实则是：你从莱纳德·哈维尔身上一毛都拿不到。你订婚戒指上那颗钻正搁在保险箱中——你该拿去当了。你能得到的只有那个。现在，你要结束这场官司，一分都不拿，也没有赡养费，到此为止。带着身上现有的离开。如果你想在离婚这件事上硬来，我和你说的一切都会在法庭上爆出来。”

我将两份协议书推过桌面，附上手边一支全新的、没有任何公司名称的镀金笔。

“签名，然后给我从这个地方滚出去。联邦调查局迟早会把这一切拼凑起来。等他们拼凑完，我想你应该不会希望自己还待在这里。”我说。

纸张停在苏珊伸出的双臂之间，她收回双手，指甲刮过桌面。

她咬紧牙签了下去——两份都签了——再把纸朝我推回来，站起身。

这时门打开了，杰弗里·潘宁说：“你的助理到了。”

“你的助理？”哈珀大步走进来说道。

“不好意思，我觉得我好像不该在这里说出联邦调查局几个字，不然苏珊很可能就不会签下文件。”

“什么文件？”杰弗里问。

我将苏珊·哈维尔刚签的文件之一递给他，并见到杰弗里一边读，脸一边迅速垮下去。他的委托人看到哈珀似乎一点也不惊讶。她垂着脑袋，静静等着哈珀宣读她的缄默权、给她戴上手铐，并带她走出去。杰弗里把协议揉成一团，在我离开时往我背上扔。

“我跟你保证这件事还没完。”他威胁我说。

“如果没有把握就不要做这种保证。”我说。

在高尔和潘宁市中心的办公室外面，两名探员在便衣警车里等候着。哈珀将苏珊·哈维尔交到她同事的手中。

“把她带走。”她说。

其中一名探员想要取下苏珊手腕上的手铐。

“留着它。”她说。

“我们有自己的手铐。你难道不想把你的手铐拿回去吗？”那名探员问。

“不用。”哈珀说。她将手伸进外套，拿下武器和徽章交给那名探员。

“把这些和我的手铐拿给特别指挥官，跟他们说我不干了。”她说。

两名探员傻站在那里一会儿，才将苏珊·哈维尔塞进后座，上车离开了。

“想不到。”我说。

“我也想不到。华盛顿是我继续这份工作唯一的理由。他会拿着伤病抚恤金退休，说想买进上西城某个私家侦探事务所的股份——他需要合伙人。我在考虑。”她说。

“挺不错的。”

哈珀的姿势变得有点不自在。她张开双臂，好像想拥抱我，又觉得还是别了，于是改成伸出右手和我握了握。

“有缘再见，艾迪。”她说。

哈珀的道奇车停在街对面，她撕掉挡风玻璃上的罚单，上了车，在开入车流前猛一个加速，磨掉约一厘米的轮胎橡胶。

我抬起头看着蓝色的天空，云朵交织在摩天大楼上方。我想着我的家人：克莉丝汀和艾米。这周我决定用剩下的时间大睡特睡，再开车出去，和她们待上一段时间。艾米似乎在一天天长高，而我错过了她很多的成长过程。我走了一个街区，上了自己的车，瞪着引擎，让它呼呼响个几秒，接着踩下油门缓缓开出去。此时，我的手机响起，蓝牙系统替我接起电话。

“是艾迪吗？”

“是的，我是艾迪·弗林。你需要什么帮助吗？”

“我是二十一分局的刑警队长巴恩斯，这里有个委托人要交给你。”

我在红灯前停下。

“你还在听吗？”巴恩斯问。

“在听。”我说。

一对母女走过我面前的斑马线，小孩大约是艾米的年纪，女人穿着的红色外套在风中翻飞敞开。

“你要不要接这个官司？”他又问。

年轻女孩在走到人行道前挣开了母亲的手，跑进一名棕发的高个子男人怀中。他顺势将孩子抱起来开心地转圈。

“这人被指控什么罪？”我问。

“三重谋杀。”刑警队长说。

那名女子走上人行道，亲吻了牵着他们孩子的男人。我的眼神怎么也离不开他们。

我前面的信号灯变成了绿色。

“艾迪，你还在吗？”刑警队长说。

后面的车按了按喇叭，催我开动。我没理他。

“你到底要不要接这个官司？”刑警队长有点着急。

又有几辆车加入了按喇叭的队伍中，我放开方向盘，看着女孩握着她父亲的手蹦蹦跳跳地走开了。